Los amantes de la noche

Seix Barral Biblioteca Formentor

Mieko Kawakami
Los amantes de la noche

Traducción del japonés por
Lourdes Porta

Obra editada en colaboración con Editorial Planeta – España

Título original: *Subete mayonaka no koibitotachi*

Este libro ha sido traducido y publicado con el apoyo de The Japan Foundation

Bajo el sello editorial SEIX BARRAL M.R.
Avenida Presidente Masarik núm. 111,
Piso 2, Polanco V Sección, Miguel Hidalgo
C.P. 11560, Ciudad de México
www.planetadelibros.com.mx

Primera edición impresa en España: octubre de 2025
ISBN: 978-84-322-4889-4

Primera edición impresa en México: octubre de 2025
ISBN: 978-607-39-3352-0

Impreso en los talleres de Corporación en Servicios
Integrales de Asesoría Profesional, S.A. de C.V.,
Calle E # 6, Parque Industrial
Puebla 2000, C.P. 72225, Puebla, Pue.
Impreso y hecho en México / *Printed in Mexico*

«¿Por qué crees que es tan bonita la noche?»

«Pues, sin duda, porque de noche el mundo se reduce a la mitad.» Mientras camino por la noche de hoy, recuerdo lo que Mitsutsuka-san me dijo una vez. Cuento las luces. Cuento las luces de la noche. No llueve, pero el rojo de los semáforos tiembla como si estuviese mojado. Las farolas se suceden, una tras otra. Los faros de los coches pasan y se van. Las ventanas iluminadas. El brillo de los teléfonos celulares en las manos de personas que vuelven a sus casas o que se disponen a ir a alguna parte. ¿Por qué es tan bonita la noche? ¿Por qué brilla tanto? ¿Por qué, de noche, no hay más que luz?

La música que fluye por los audífonos llena mis oídos, me llena a mí, acaba siéndolo todo. Una canción de cuna. Una hermosa canción de cuna interpretada al piano. «Es una melodía preciosa, ¿verdad?» «Sí, mucho. Es mi melodía de Chopin preferida. ¿También te ha gustado a ti, Fuyuko-san?» «Sí. Parece el aliento de la noche. Suena como si fuese luz derretida.»

«¿Sabes? Cuando la apabullante luz del día se va, la otra mitad desea brillar con todas sus fuerzas: por eso la luz en la noche es tan especial.»

«Es cierto, Mitsutsuka-san. Es tan hermosa que se me saltan las lágrimas sin más.»

1

—¿Ya han llegado las cajas de cartón?

Hijiri Ishikawa me llamó justo cuando yo acababa de terminar el trabajo de la mañana y estaba llenando una olla de agua para hacerme un plato rápido de espaguetis para almorzar.

—Sí. Anoche. Pero aún no he podido abrirlas.

Después de poner la olla al fuego, tomé con la mano izquierda el celular, que estaba sosteniendo entre el hombro y la barbilla, volví a la habitación, me puse en cuclillas delante de las dos cajas de cartón que habían llegado la noche anterior y empujé una, un poco, con la mano. No se movió ni un milímetro.

—Da igual. Aún no es necesario que las abras. Están llenas hasta los topes y todavía falta mucho para la fecha de entrega. Al menos esta vez tendrás tiempo de sobra, ¿eh?

—No pasa nada. Estoy acostumbrada, ya sabes —dije.

—Pues no sé, la verdad... —Hijiri habló en tono burlón—. Que hasta ahora hayas podido no quiere decir que hoy vaya a seguir siendo así, ¿no crees?

—Bueno, sí. Tienes razón. Pero, de momento, me las apaño —reí—. Aunque puede que lo piense porque todavía no he abierto las cajas.

—Ahora que lo dices, esa bibliografía... ¿Por qué siempre habrá tantos datos? ¿Es que esos no pueden escribir sin dar tantas referencias? No es nada nuevo, ya lo sé. Lo pienso siempre, pero es que esta vez se pasó. Casi todo son citas, ¿verdad? Lo de cosecha propia no llega a la mitad.

Oí cómo Hijiri reía entre dientes al otro lado de la línea.

—Pesaban tanto que me costó lo mío llevarlas a recepción. Llegué a preguntarme si el lumbago se considera un accidente laboral.

—¡Pobre! Pero ha sido una suerte haber conseguido todo el material, ¿no? Lo de tener todos los libros de consulta juntos parece un sueño.

Al oír mis palabras, Hijiri repuso: «Bueno, sí», y se rio.

—Tienes toda la razón —añadió—. Pero, aunque esté mal decirlo, eso es porque te lo he preparado yo.

En cuanto acabé de comerme los espaguetis, que había mezclado con salsa boloñesa precocinada y calentada, me eché el fleco hacia atrás y me lo recogí con una cinta. Agarré un lápiz con la mano derecha. Tomé mi atril casero. (A la espera de comprarme uno decente, llevaba cuatro años usando de manera provisional un tablero grande, adquirido en una tienda de material de dibujo de Shinjuku, que recostaba contra un diccionario de griego y un libro de vocabulario que ya no utilizaba, apilados uno encima de otro.) Me apoyé el tablero en la barriga, como de costumbre. Clavé la vista en las galeras dispuestas encima y empecé a perseguir las letras, una a una.

Cuando me siento algo cansada, hago rotar alternativamente la cabeza y los brazos para estirar los músculos. Luego me voy a la cocina, me preparo un té caliente y me lo bebo a sorbitos, despacio, con tiempo, mientras voy dejando que se enfríe.

Me siento con fuerzas de quedarme todo el tiempo necesario ante el escritorio, pero sé que, si no descanso cuando toca, puede pasárseme algo por alto en cualquier momento, así que me impongo hacer una pausa cada dos horas. Después de ese rato de relajación, me acomodo de nuevo frente a la mesa. Y vuelta a empezar, una y otra vez.

A la izquierda de las galeras tengo un cuadro sinóptico con un resumen de las relaciones personales, la estructura temporal y el argumento de la obra, y voy comprobando si hay alguna incoherencia con las réplicas que los personajes van dando, una tras otra, con elocuencia (dicho sea de paso, en la novela que empecé a leer anteayer aparece un montón de gente en una trama que se extiende a lo largo de varios años). Y, como la acción se desarrolla en una gran mansión, también tengo a la mano un plano del edificio.

El nombre de un corsé. Si las flores de la plumeria son blancas o no lo son. Si Charles Dickens es realmente Charles Dickens o no es él.

Siempre verifico los nombres propios y los hechos históricos por partida doble —con diccionarios y por internet—, y en cuanto detecto un posible fallo, lo reviso y lo compruebo una vez tras otra. Al mismo tiempo, voy buscando errores ortográficos y tipográficos y, tras anotar las correcciones en lápiz, les añado un signo de interrogación.

Muchas veces me encuentro con expresiones dudosas que me llevan de cabeza hasta el final. Cuando no logro dilucidar si el autor las ha escrito de manera intencionada, si forman parte o no de la personalidad del escritor, entonces consulto a Hijiri por correo electrónico. Y, cuando ni siquiera así estoy completamente segura, anoto la duda en letra pequeña para que sea el autor quien decida.

Hace tres años, a finales de abril, dejé la empresa donde había estado trabajando desde que salí de la universidad.

Era una editorial pequeña, de la que nadie había oído hablar, pese a tener un nombre de lo más pretencioso, que solo publicaba libros de esos que hacen que te preguntes quién diablos los lee. El trabajo de una editorial puede variar ligeramente según las dimensiones o la personalidad de cada una, pero reside básicamente en hacer libros y venderlos. Y, en todas ellas, uno de los pasos previos a la publicación de un libro consiste en leer y releer infinidad de veces los textos para comprobar si hay errores, usos incorrectos de las palabras, o si existe alguna confusión en los hechos narrados: en resumen, el trabajo de corrección. Y yo era una de las correctoras de aquella pequeña editorial.

Aunque medité muchísimo la decisión de dejar la empresa, ahora ya no tengo muy claro cuál fue la razón. Decir que lo hice porque estaba cansada de las relaciones personales en el trabajo puede sonar algo estúpido, pero creo que, en definitiva, fue por eso.

Desde niña he tenido tan poca confianza en mí misma que casi no soy capaz de mantener una conversación normal con la gente —ya no hablemos de salir a divertirme o de tener una relación con alguien, por supuesto—, y, como era de esperar, nunca logré acostumbrarme al ambiente de una empresa pequeña. Al principio, mis compañeras me propusieron varias veces salir a comer o a tomar algo con ellas, pero, a medida que me negaba poniendo una excusa tras otra, fueron dejando de invitarme y, antes de que me diera cuenta, me habían dejado por completo de lado. No me dirigían la palabra a menos que fuera estrictamente necesario, y las cajas de dulces, con caramelos o galletas, que pasaban de mano en mano durante las horas de trabajo, empezaron a saltarse mi mesa. Si solo se hubiera tratado de hacerme el vacío, podría decirse que yo me lo había buscado, pero los silencios y las miradas fueron cargándose poco a poco de una frialdad sutilmente malévola, y a mí me fue resultando cada vez más pesado el simple hecho de ir a trabajar.

Me pasaba el día entero sin hablar con nadie, y de repente oía cómo, por una cosa u otra, cuchicheaban sobre mí. Algunas de mis compañeras de trabajo bromeaban o se reían de mí en la cara usando un argot inventado por ellas que se suponía que yo no iba a entender y, cuando aquello se convirtió en una costumbre, lo siguiente fue hacerme una serie de preguntas que nada tenían que ver con el trabajo. «¿No te casas?» «Ah, ¿y por qué no?» «¿Qué haces los días feriados?» Al responderles que me quedaba en casa, «¡Vaya! —se reían—. ¿Y qué vas a hacer con tanto dinero ahorrado?». Y, así, iban encadenando una pregunta con otra. Cuando me callaba porque no sabía qué responder, las otras chicas, que no se perdían una palabra mientras mantenían los ojos clavados en la computadora, se pasaban la lengua por los labios y soltaban una risita sofocada.

La que más preguntaba, tanto que parecía la representante del grupo, era una mujer que andaría por los cincuenta. Era una de esas personas que, con su modo de hablar, te dan a entender lo orgullosas que se sienten de haber sido capaces de compaginar el trabajo con el cuidado de la familia y de haber criado un par de hijos estupendos. Estuve sentada a su lado desde el primer día (y, de no haber dejado yo la empresa, seguro que habría seguido estándolo hasta el día de su jubilación), y ella aprovechaba los momentos en que estábamos a solas para hablarme. Parecía irritarla lo libre de preocupaciones que estaba yo, una mujer soltera que solo se dedicaba a su trabajo, y, entre suspiros, me soltaba parrafadas interminables sobre lo mucho que le costaba a ella sacar las cosas adelante y sobre lo fácil que era todo para alguien como yo. Cuando estaba presente alguna de las chicas jóvenes, se cuidaba mucho de hablar así y empezaba a tomarme el pelo para complacer a las demás.

Cuanto más en silencio trabajaba, cuanto más tiempo llevaba en aquel lugar, más a disgusto me sentía. Quizá les pareciera algo malo no rechazar nunca un trabajo o no retrasarse en la fecha de entrega, porque llegué a sorprender a dos chicas recién llegadas, unos diez años más jóvenes que yo, diciendo: «Es que esa va de buena persona, ¿sabes?», «Claro. Esa se mata trabajando porque no tiene otro sitio adonde ir. ¿Se divertirá alguna vez?». Pero es que yo no podía entenderlo. ¿En qué se suponía que consistía la diversión? En caso de que no me dieran ganas de hacer un trabajo, ¿cuál era la manera correcta de rechazarlo? En cuanto empezaba a darle vueltas, acababa perdiendo de vista lo que quería y volvía al punto de partida, incapaz de actuar. Y con respecto a no tener otro lugar adonde ir ni tener ninguna ilusión en la vida, pues es posible que tuvieran razón.

—Es que, por lo visto, la persona que se encargaba de ese trabajo los ha dejado plantados y me han preguntado si no tenía a nadie que pudiera empezar enseguida.

Fue entonces cuando Kyōko me llamó.

Como hacía muchos años que no la veía, y no hace falta decir que era la primera vez que me telefoneaba, al principio no acabé de entender de qué iba el asunto, pero, como decía que era urgente, quedamos en vernos y hablar el fin de semana siguiente.

Kyōko era una editora que había trabajado durante mucho tiempo en mi empresa, pero se había ido unos años después de que entrara yo y ahora dirigía una empresa de producción editorial.

—Pues ya ves. Empecé a aceptar trabajillos extras y, al final, han acabado siendo tantos que ahora hago de todo. Tengo a varias personas contratadas, ¿sabes? Y hacemos reportajes, trabajos de edición, de diseño, de escritura... Vamos, que a estas alturas ni yo misma sé qué tipo de empresa tengo.

Tras decir eso, soltó una carcajada. Recordaba muy bien el sonido de su risa y la sensación que me había provocado en el pasado. Además, al oír cómo pronunciaba mi nombre, «Irie-san», con su peculiar acento, sentí, no sé por qué, una punzada de nostalgia.

Cuando entró en la cafetería donde nos habíamos citado, me sorprendió ver lo mucho que había engordado, tanto que me costó reconocerla; pero su rostro, cuidadosamente maquillado, tenía una vivacidad que la hacía parecer mucho más joven que antes. En la época en que trabajábamos juntas, yo tenía veintidós años y ella debía de estar por los treinta y dos, de modo que ahora ya debía de rondar los cuarenta. Tenía las arrugas (y otros signos) propios de la edad, por supuesto, pero, a pesar de ello, ofrecía una impresión fresca y llena de vida.

Mientras se subía las mangas de la fina chaqueta negra, que llevaba encima de una blusa blanca de apariencia muy suave, Kyōko dijo: «Qué calor hace hoy, ¿no?», y me miró de frente. Incapaz de sostener su mirada, desvié la vista, la fijé en un punto intermedio entre su mentón y el nacimiento de su cuello y empecé a escuchar, entre gestos afirmativos de cabeza, lo que me contaba.

—No sé cómo funcionan ahora las cosas por allá, pero he pensado que quizá tengas tiempo de hacer algún trabajo extra.

Kyōko me contó que una gran editorial con la que colaboraba estaba buscando correctores *freelance* y que se había acordado de mí. Tiempo atrás habíamos compartido una vez, casi por casualidad, un almuerzo con gente de la empresa, pero ni siquiera habíamos hablado a solas. Por más que hubiéramos trabajado en el mismo lugar, como yo siempre desempeñaba mis tareas en silencio, casi sin abrir la boca, me sorprendió que alguien que no había tenido ninguna relación conmigo se hubiese acordado de mí tantos años después. Más que alegría, eso me hizo sentir una extrañeza que, al final, derivó en inquietud.

—Podría emplearte en mi empresa, pero, en estos momentos, no me interesa aumentar la plantilla. En fin, allí están buscando a alguien con experiencia.

Kyōko me lo dijo mientras toqueteaba un gran anillo de plata que llevaba en el dedo índice. Por ambos lados del anillo sobresalía la carne. Con los ojos fijos en el dedo, yo iba tomando sorbos de té inglés y asintiendo, luego, con los labios cerrados. A medida que se enfriaba, el té iba adquiriendo un sabor polvoriento, áspero y amargo.

—Ya sé que estás ocupada con lo de la empresa y no quiero forzarte, pero piensa que es una gran compañía y que te encargarían trabajos de manera constante. Además, también son bastante flexibles con los plazos. Se trataría de un empleo a tiempo parcial, de que les echaras una mano. De que les dedicaras parte de tu tiempo.

Que les dedicara parte de mi tiempo. Las palabras de Kyōko resonaron dentro de mi cabeza. Desde que trabajaba en la editorial había ido dejando gradualmente de ver la televisión porque me sentía angustiada cada vez que, en los subtítulos de la pantalla, descubría un error que no podía corregir. Tampoco leía ni escuchaba música. Ni tenía amigos con los que salir a comer o con quienes charlar largo y tendido por teléfono. Era excepcional que me llevara trabajo a casa porque durante la jornada laboral dejaba lista la consulta de datos y demás. Volvía a casa a las ocho como muy tarde y, en cuanto acababa de cenar algo ligero, ya no tenía nada más que hacer.

¿Cómo pasaba, noche tras noche, las horas antes de irme a la cama? ¿Con qué llenaba aquella ingente masa de tiempo antes de empezar a trabajar?

No consigo acordarme de nada. Lo único que recuerdo es un número infinito de caracteres regulares impresos ordenadamente sobre un papel blanco.

—Creo que podré... —le respondí tras una pausa.

Al oírlo, Kyōko abrió los ojos de par en par y, con una amplia sonrisa, me dio las gracias.

Mientras, yo permanecía con la cabeza baja mirando el dibujo de florecitas de la taza de té, ya vacía.

—¡Oh! ¡Qué bien! Ya sabes que si tienes algún problema puedes decírmelo enseguida, ¿vale? Sea lo que sea, en cualquier momento.

Sacó con gesto rápido una agenda de su cartera de vivo color naranja y, tras preguntarme la dirección de casa y mi correo electrónico, los fue apuntando ágilmente con un bolígrafo fino de plata.

—Creo que se pondrán en contacto contigo enseguida. Muchísimas gracias. Me has hecho un favor inmenso. Déjame que te lo agradezca, ¿eh? Yo también me pondré en contacto contigo dentro de poco.

Tras tomar el último sorbo de café que le quedaba en la taza, Kyōko dijo: «¿Vamos?». Las dos nos pusimos en pie y nos dirigimos hacia la salida de la cafetería. Cuando vio que me disponía a pagar mi parte, exclamó: «¡Oh, déjalo!», y me sonrió con aire incómodo. Yo le di las gracias con una inclinación de cabeza y volví a meter el monedero en la bolsa que llevaba colgada al hombro. «Estoy contenta de ver que estás tan bien», dijo volviéndose hacia mí, un poco por detrás de ella. Ajustó su paso al mío y, tras avanzar unos metros más, levantó la mano para parar un taxi, en el que montó mientras se despedía: «Entonces, cuento contigo. Si necesitas algo, llámame», y se fue.

Hijiri Ishikawa trabajaba en la gran editorial con la que Kyōko me había ofrecido colaborar. En concreto, pertenecía al departamento de corrección de aquella enorme empresa.

Ella revisaba textos, pero también hacía de enlace entre los correctores *freelance* y la producción externa, y la asignación de la mayor parte de las galeras, manuscritos y documentos pasaba por sus manos.

Los asuntos de trabajo solíamos tratarlos en su mayor parte por correo electrónico, teléfono y servicio de mensajería, pero unos meses después de empezar a trabajar juntas, pasado ya el primer invierno, comenzó a llamarme con el menor pretexto, o sin pretexto alguno, para preguntarme cómo iba todo.

Vi a Hijiri por primera vez en una fiesta de Año Nuevo que se celebró, poco después de que Kyōko me ofreciera el trabajo, con la finalidad de que los correctores en plantilla y los colaboradores *freelance* pudieran conocerse y pasar un rato juntos. Tras clavar los ojos en la invitación que Kyōko me había enviado, me pasé más de tres días angustiada, dándole vueltas al asunto, antes de decidirme a asistir.

Hijiri llevaba el pelo corto hasta media oreja, teñido de un bonito color castaño. Iba maquillada con esmero. Era la primera vez que veía un rostro de facciones tan bien dibujadas, no en una revista, un póster o por la televisión, sino en vivo y de cerca. La envolvía una atmósfera especial, como si toda ella estuviera perfilada de un modo distinto a los demás. Parecía más luminosa y brillante que todo lo que la rodeaba.

Por lo visto, Hijiri tenía un carácter resuelto y era muy capaz de decir las cosas sin ambages a quien fuera, porque, hacia el final de la fiesta, por un asunto sin importancia, se enzarzó en una discusión con el editor que estaba a su lado y a quien acabó dejando sin argumentos. Sentada un par de asientos más allá, presencié toda la disputa, y recuerdo haber sentido una excitación inexplicable ante las palabras provocativas y certeras que salían de su boca, ante sus réplicas contundentes y, también, al ver cómo lograba dominar la situación y lanzaba, de vez en cuando, miradas rápidas y sonrisas a su alrededor cuando su oponente perdía los papeles y su tono se volvía más agresivo. Hijiri tenía una inteligencia rápida, era capaz de captar al vuelo el ambiente en cualquier situación, sabía soltar bromas ingeniosas y hacer reír a los demás... Era una mujer dotada de un montón de capacidades con las que yo no podía ni soñar, y me bastaron unas horas para descubrirlas, a pesar de que todas eran completamente ajenas a mí.

Hijiri y yo teníamos la misma edad y las dos procedíamos de la prefectura de Nagano, aunque de ciudades muy alejadas la una de la otra. Aparte de esas dos cosas y de que ambas éramos mujeres, no teníamos ningún punto en común, a pesar de lo cual ella fue muy amable conmigo.

Poco después de la fiesta de Año Nuevo, cuando empezamos a tratar temas concretos de trabajo, las dos tuvimos que quedar para la entrega de galeras o para hacer alguna comprobación. En cada ocasión, yo estaba muy nerviosa, pero, desde el principio, ella siempre se comportó como si no se diera cuenta de nada y, poco a poco, fui descargando la tensión de mis hombros y me fui relajando. A partir de cierto momento, empezamos a hablar de otras cosas. Aunque yo hacía poco más que escuchar, Hijiri decía que yo era una persona divertida, y la verdad era que se reía, contenta. A veces le preguntaba en qué era divertida yo y, entonces, ella respondía: «¿En qué? ¡En todo!», y sonreía alegremente, sin tomarme en serio. Entonces, como yo no sabía qué decir, bajaba los ojos. Al verlo, Hijiri me decía: «No me hagas caso. A mí me pareces divertida y me la paso muy bien contigo. Eso es lo que siento yo. Si tú no lo ves así, no pasa nada. No por eso tienes que deprimirte», y volvía a sonreír contenta. Yo no hablaba tanto como Hijiri, pero, a veces, me asombraba secretamente al darme cuenta de que me había divertido tanto que se me había pasado el tiempo volando.

Transcurrió un año desde que empezamos a vernos por asuntos profesionales y, en una de esas ocasiones, al acabar, Hijiri me preguntó cómo me iba en la editorial.

Le expliqué, con muchos rodeos, que el trabajo en sí me gustaba y que era justamente aquello lo que quería hacer, pero que no acababa de sentirme a gusto en la empresa. Cuando terminé con mis circunloquios, Hijiri me miró a los ojos, soltó un conciso: «¡Vaya!», y, después, las dos enmudecimos. Como Hijiri no decía nada y callaba con cara de estar pensando algo, me preocupé por si mis palabras le habían sonado a queja. ¿Y si ella se refería puramente al trabajo? De pronto, me sentí angustiada pensando que quizá solo había preguntado por las galeras en las que estaba trabajando, o por mi agenda, y que yo, en cambio, le había salido con algo completamente distinto, con una historia que sonaba a queja sobre el ambiente de mi oficina, cosa que a ella no debía de importarle en absoluto, y que yo había metido la pata y que debía de haberla dejado atónita, o que quizá la había molestado... ¿Cómo podía hacerle entender que esa no era mi intención? No me sentía capaz de expresarme bien y ya había hablado más de la cuenta... ¿Cómo podía arreglarlo? Había enmudecido, indecisa, cuando oí que Hijiri decía: «Pues entonces podrías pasarte a *freelance*, ¿no?».

¿Cómo? Levanté la cabeza y la miré de frente. Ella prosiguió mientras se rascaba suavemente el rabillo del ojo con una uña esmaltada en un bonito color.

—Siendo *freelance*... Mira, no quiero hablar por hablar, porque no tengo ni idea de cuál es tu sueldo actual ni cuáles son las condiciones de tu seguro médico. Pero una persona que trabaje tan bien como tú puede hacer unos cuatro volúmenes enteros al mes y sacarse... pues unos trescientos mil yenes mensuales. Hay altibajos en la cantidad de trabajo, claro. Pero, sí, puede llegar muy bien a esta cantidad —dijo Hijiri mirándome fijamente a los ojos—. Y, a partir de ahí, depende de tu esfuerzo.

Sentí tanto alivio al ver que no la había molestado que me entraron ganas de suspirar, pero todo aquello de *freelance*, de los trescientos mil yenes al mes, de las oscilaciones de trabajo y, además, la valoración que había hecho de mí como «persona que trabaja tan bien»: todo aquel montón de palabras inesperadas que salían de boca de Hijiri me sumieron en la confusión más absoluta y volví a enmudecer.

—¿Y bien? ¿Qué te parece?

Hijiri me lo preguntó mirándome fijamente, algo inclinada hacia mí. Como respuesta, asentí varias veces y repetí para mis adentros las palabras que acababa de pronunciar. «Correctora *freelance*.» Hijiri acababa de decirme que existía la posibilidad de que pudiera trabajar como correctora *freelance*. Convertir el trabajo que desempeñaba de forma paralela en mi actividad principal, hacerme *freelance* y dejar la empresa. Y, entonces, no tendría por qué ir a la editorial y podría hacer el trabajo a mi ritmo, tal como me pareciera a mí: eso era, ni más ni menos, lo que me decía Hijiri.

Vivir, a partir de entonces, trabajando como correctora *freelance* en casa. Me repetí esas palabras. Y, a pesar de que nunca había cruzado por mi mente la posibilidad de dejar la editorial y, menos aún, la idea de trabajar por mi cuenta, en cuanto me la susurré traducida en palabras, empezó a adquirir un peso y una resonancia increíblemente realistas, tanto que incluso llegué a pensar que aquel era, de base, el único camino a seguir y empecé a notar cómo mis mejillas enrojecían de excitación al haber descubierto algo que tanto me convenía.

Pensé en la empresa. Intenté evocar el ambiente. Dejando aparte la seguridad de tener un sitio adonde ir todos los días, ¿qué diablos me ofrecía aquel lugar? Me lo pregunté una vez más. La caja de cartón de dulces, siempre visible a mano derecha. El tazón de alguien. La pizarra cuyo blanco había pasado a gris. Las pantallas de las computadoras. El dolor punzante en las sienes. Aquellas horas sin hablar con nadie, silenciosas, pero tan largas que acababan pareciendo un sueño oscuro y triste, interminable. La forma de los ojos de la gente del trabajo. El repiqueteo de los teclados. Y, de vez en cuando, intercaladas entre imágenes similares, aparecían unas galeras inmaculadas, atiborradas de letras recién impresas, esperando a que yo las leyese: su visión me ofrecía un poco de calidez, pero, al primer parpadeo, su blanca y luminosa faz se hundía de inmediato en las profundidades de aquel silencio que me era tan familiar.

Mis ingresos eran de tres millones doscientos mil yenes anuales.

Estar en la empresa tenía la ventaja de que me pagaban un sueldo solo con hacer el trabajo que me asignaban, pero, tal como Hijiri decía... Suponiendo que me llegaran periódicamente textos para corregir, no era descabellado pensar que, tal vez, pudiese vivir como *freelance*... Por fin la idea fue calando en mi mente. Pronto haría un año que había empezado el trabajo complementario y tanto el número de galeras que me pasaban como los ingresos que recibía habían sido hasta entonces muy regulares y, por más que se tratara básicamente de hacer lo mismo que en la empresa, el hecho de poder enfrentarme a las galeras a solas en casa, sin nadie más, y de poder ir analizando al detalle cada palabra, cada frase, dotaba al trabajo de un contenido completamente distinto.

—Ojalá pudiera. Eso... sería fantástico —dije como si hablara conmigo misma, y solté una risita.

No pretendía reírme, solo que no sabía qué cara poner: con aquella risa lo que estaba dando a entender era que yo, en realidad, vivía aturdida sin pensar en nada. Sentí que oscuras olas embestían mi pecho y me enjugué, una vez tras otra, la punta de los dedos con el *oshibori*.*

—De hecho, hay muchos correctores *freelance*, ¿sabes? —dijo Hijiri con voz alegre—. Incluso hay gente que lleva más de veinte años haciéndolo.

—¿Veinte años? —repetí.

—Pues sí. Veinte años —sonrió Hijiri.

—Ya... Pero lo que pasa es que no sabes si vas a tener trabajo todos los meses... Es decir, que no hay ninguna garantía ni nada por el estilo. Porque no la hay, claro...

Había tenido que armarme de valor para decirlo, porque no sabía cómo se lo iba a tomar Hijiri, y eso me inquietaba aún más. Entonces ella, dejando mis preocupaciones a un lado, adoptó una expresión grave, me clavó los ojos y dijo: «Sí, claro. Esa es la cuestión fundamental». Acto seguido, asintió con un enérgico movimiento de la cabeza.

—Como es lógico, mi empresa edita libros todos los meses y, aunque no puedo prometértelos todos, mi jefa de departamento valora mucho tu trabajo. Tanto que suele decir que ojalá pudieras hacer más, ¿sabes? Esa es la verdad. Vamos, que si te hicieras *freelance* y te encargaras de más

* Toallita refrescante, caliente o fría, que suelen ofrecer en restaurantes o cafeterías antes de servir la consumición. *(N. de la t.)*

galeras, a nosotros nos harías un gran favor. Y lo que te estoy diciendo es una realidad.

—¿Ah, sí? —Perpleja, miré a Hijiri a la cara.

—Pues sí. —Ella subió un poco la voz como si, de esa forma, quisiera ahuyentar mis inquietudes.

—¿Ah, sí? —repetí, y lancé un suspiro. Después, ya con la expresión más distendida, logré reír, ahora con naturalidad.

—¿Sabes? A mí me gusta la gente que trabaja de forma que pueda confiar en ella —añadió Hijiri tras una pausa.

—¿Confiar?

—Sí, exacto. Confiar —dijo y, luego, sonrió alegremente—. Que es algo distinto de *fiarte*. ¿Cómo te lo diría? Ya lo indica el «con-» de la palabra, ¿no? *Confiar*. En un sentido más amplio.

Asentí.

—Eso de fiarte, como lo del depósito de renta de un departamento o algo parecido, implica tener interés en algo concreto... Ay, no sé... Fiarse puede ser algo unidireccional o no serlo, ¿verdad? Así que, ¿cómo te lo diría?... Es como si la otra parte no existiera. Vamos, que yo me fío ahora de algo, pero puede ser que más adelante, a la mínima, por lo que sea, deje de poder fiarme de ese algo en concreto.

—Ya —dije.

—Visto así, lo de fiarse no es gran cosa. Cuando cambia la situación, o los intereses, lo de fiarse se va al traste. Pero la confianza, en cambio, yo la veo como algo distinto. Tiene una base más sólida.

Fiarse de alguien no es lo mismo que confiar en alguien. Para mí, confiar significa que yo le doy algo a alguien en la medida en que me ha demostrado algo. Al menos, así lo siento yo.

Mientras hablaba, se rascaba detrás de la oreja.

—Y yo, una vez confío en alguien, sigo haciéndolo siempre. Esa confianza ya no desaparece.

Asentí en silencio.

—No sé... Así es como yo lo veo. Y, además, ¿sabes?, para mí, la confianza no nace del cariño, del enamoramiento, del amor ni de nada por el estilo... A mis ojos, lo definitivo, lo que me hace sentir confianza hacia alguien, es la actitud que tiene ese alguien frente al trabajo.

—¿La actitud frente al trabajo? —repetí.

—Sí. Su actitud. Su actitud frente al trabajo. Porque ahí se refleja todo. Cómo es una persona en general. Al menos yo lo veo así.

—¿Quieres decir si es responsable... y otras cosas por el estilo? —le pregunté.

—Sí. —Hijiri se quedó unos instantes reflexionando con la mirada clavada en el techo y, después, asintió varias veces con la cabeza—. Simplificando, vendría a ser eso. Y en lo del trabajo, ¿sabes?, entran tanto las tareas de la casa como estar en la caja de un supermercado, hacer pequeñas inversiones diarias en la Bolsa o ser obrero. No importa qué tipo de actividad hagas ni tampoco si, haciéndola, obtienes algún beneficio. Porque el resultado depende de la suerte, y eso puede cambiar mucho según las circunstancias. Puedes lograr que los demás vean algo tal como a ti te conviene. A los demás puedes engañarlos. Pero tú misma eres la única persona a la que no puedes mentirle. Y lo que importa es la manera en que te tomas el trabajo en tu vida diaria, qué respeto te merece, cuánto esfuerzo le estás dedicando. O le has dedicado ya. Yo tengo confianza en las personas que afrontan su trabajo de esa forma... Todo esto que te estoy diciendo pueden parecer tonterías de otra época, pero bueno, así es como lo veo yo.

—Y eso... —dije tras asentir varias veces con la cabeza—. Eso... ¿en qué lo ves?

—Pues eso se nota enseguida cuando tratas un poco a alguien, en cuanto hablas con ese alguien y ves su trabajo —sonrió Hijiri.

—Ah. Y tú, ¿eso lo ves?

—Sí, claro.

Levantó las comisuras de los labios y me miró como si quisiera decir que era obvio.

—A mí solo me gustan esa clase de personas.

Hijiri prosiguió, sonriendo alegremente:

—Y cuando me encuentro con alguien así y me gusta, me fío mucho de mis propios sentimientos, ¿sabes? No sé si se trata de gustar o de querer... Porque, en realidad, no es que haya pensado mucho en el amor o en cosas de ese tipo... Pero lo que queda al final, lo que no cambia o no se desvanece a la mínima, lo que dura, en definitiva, es la confianza.

Tras decir esas palabras, me clavó la mirada.

—Y yo confío en ti.

—¿En mí? —dije sorprendida.

—Sí. —Al ver mi expresión, Hijiri me miró con los ojos muy abiertos y me dijo, riendo—: ¿A qué viene tanta sorpresa?

Sin saber dónde fijar la vista, bajé los ojos y, durante unos instantes, no pude mirarla a la cara.

—Tu actitud frente al trabajo me merece confianza. Lo que quiere decir que confío en ti... Perdona si todo esto es algo confuso. Pero es que, para mí, no existe criterio más importante que ese.

Al reír, se encogió de hombros. La miré a la cara y, luego, en voz baja, le dije: «Gracias».

—... En nuestro trabajo, por más que te esfuerces, por más cuidado que tengas, por más que repases, siempre siempre se te pasará algo por alto. Aunque sean varias personas las que lean las galeras, montones y montones de veces, durante varios días, hasta no poder más, aunque te mates, al final, no existe un solo libro sin erratas, ¿no es cierto?

—Tienes razón —respondí. Era exactamente así.

—Siempre aparecen errores. No falla. ¿Verdad?

—Sí.

—Por eso, en este sentido, el libro perfecto no existe, como tampoco existe el trabajo perfecto. Mira, por ejemplo: sale un libro, pasa un año sin que nadie haya descubierto ninguna errata y, luego, vas tú unos años después, lo abres de repente y, ¡zas!, vas y encuentras un error. No falla. Eso sucede infinidad de veces. Y cuando pasa..., la verdad es que te sientes fatal, como si te hubieran abandonado.

—Sí, así es.

—Y mira que las habías mirado. Las habías mirado y remirado, ¿eh? Es horrible. Te sientes fatal.

Hijiri hablaba con pasión.

—Por más que sepamos por experiencia que no existe el libro sin erratas, aunque lo tengamos metido en la cabeza, a pesar de eso, aspiramos al libro perfecto, ¿no es cierto? A un libro perfecto, sin errores. Es una batalla perdida de antemano, de acuerdo. Pero no tenemos más alternativa que intentarlo, ¿verdad?

Asentí.

—No podemos crear algo a partir de la nada, claro. Pero nuestro trabajo es muy importante. Yo no entiendo nada sobre cosas complicadas como la literatura, la novela o la crítica, pero me siento orgullosa de mi trabajo... No sé cómo decirlo, pero tiene algo. Algo importante. Y tengo la sensación de que tú sientes algo parecido.

Durante un momento, Hijiri permaneció inmóvil, con los labios apretados, pensando en algo.

—A mí esto me fascina. Me tiene completamente atrapada.

Enmudecimos unos instantes y nos dedicamos a tomar nuestras bebidas. Un grupo de mujeres más mayores, sentadas a la mesa contigua, estallaron de pronto en carcajadas: nosotras nos sorprendimos tanto que casi pegamos un salto en la silla, intercambiamos una mirada y nos echamos a reír.

—... Se lo comentaré a la jefa del departamento. Que Irie-san está interesada en trabajar como *freelance*. Déjame tantear el terreno. Pero la verdad es que nos harás un favor, en serio. Si decides encargarte a tiempo completo de nuestras galeras. Quizá te parezco pesada, pero hablamos a menudo de eso.

Hijiri echó una ojeada a su reloj de pulsera, dijo: «Tengo que irme», y, tras meter en el bolso el celular, el pañuelo y la agenda que había dejado encima de la mesa, tomó la cuenta con la punta de los dedos en un gesto rápido, me dijo que me llamaría cuando se acercara la fecha de entrega y, después, agitó su mano libre en un gesto de despedida, salió de la cafetería y se marchó.

Fue de este modo como decidí dejar la empresa y convertirme en correctora *freelance*. Mi jefe decía que aquel era el peor momento para irme y estuve varias veces a punto de echarme atrás, pero tanto desde el punto de vista del contrato como de la ejecución del trabajo que tenía entre manos, la ocasión era buena, así que, tras hablar varias veces con mi jefe, logré dejarle claro que quería marcharme de la empresa, aunque no le especifiqué la razón.

Recogí mi mesa, hice los trámites administrativos, me despedí de las personas de quienes tenía que despedirme y, al bajar la escalera y salir del edificio, noté de pronto cómo se aflojaba la tensión de mis hombros y, por un instante, mi campo visual osciló. Dejé en el suelo las dos bolsas de papel donde se repartían todas mis cosas, enderecé la espalda mientras espiraba con fuerza y, después, inspiré tan hondo que me dolió el pecho. Cuando hube repetido varias veces lo mismo, sentí cómo una frescura desconocida se extendía lentamente por mis pulmones y me invadía la sensación de que las partes blandas de mi cuerpo, empujadas desde dentro, se iban abriendo paso hacia el exterior. Tuve la sensación de que tanto los coches que iban y venían igual que siempre, como el follaje de las plantas, o el aire en sí, todo era un poco más fresco que de costumbre.

Pero no fui capaz de transitar a través de ese límpido paisaje por mucho tiempo. A medida que me alejaba de la empresa donde había pasado una cantidad de tiempo nada desdeñable, la sensación de que quizá había hecho algo realmente irreparable se me pegó a la espalda, fue volviéndose más y más pesada y, cada vez que mis pies avanzaban un paso, un negro velo caía ante mis ojos.

Quizá debería haber sido más paciente. ¿No me habría dejado llevar a la ligera por el entusiasmo de Hijiri y habría acabado perdiendo la noción de la realidad? La verdad es que podría haber aguantado mucho mucho más. Porque ¿acaso no tiene todo el mundo que aguantar una cosa u otra? Una mezcla pertinaz de arrepentimiento y angustia me iba subiendo desde el fondo de la garganta y yo era incapaz de deshacerme de ella en forma de voz o de suspiro.

2

Hace nueve años, en invierno..., el día en que cumplía veinticinco años, a las once de la noche pasadas, de pronto se me ocurrió salir a pasear a medianoche.

No sé por qué me cruzó aquella idea por la cabeza, pero estaba diciéndome que iba a acabar otro cumpleaños sin que sucediera nada cuando, de repente, me vino la idea de salir y caminar. Tampoco habría estado mal ir a buscar un pastel y comérmelo (mi cumpleaños es en Nochebuena y, en esa fecha, pasteles los hay por todas partes), pero si hablamos de cosas que podía hacer sola, esa fue la única que se me ocurrió.

Era un invierno tan frío que, a menos que tuviera encendida la calefacción, incluso dentro del piso se formaba un halo blanco al espirar. Tiritando de frío, me quité, capa a capa, toda mi ropa de estar en casa que llevaba encima: una vez en ropa interior, me puse un suéter y unos pantalones, me embutí una gruesa chamarra, me enrollé bien la bufanda alrededor del cuello y salí.

El aire de diciembre era uniformemente tenso y gélido y, aunque a ras de suelo no pasaba ni un soplo de viento, al levantar los ojos, veías cómo allá arriba, muy lejos, las nubes corrían a gran velocidad. Me detuve un instante, miré el cielo de la noche. Mi corazón palpitó con fuerza al contemplar los matices, ni blancos ni grises, de las nubes que se superponían en capas y capas como si fueran las sombras de un animal gigantesco que se moviera silenciosamente por el cielo. La luna asomó su brillante faz, blanquísima. Era una noche de cumpleaños tranquila. Empecé a andar con las manos embutidas en los bolsillos de la chamarra y, solo con recorrer las solitarias calles desiertas, tuve la sensación, no sé por qué, de haberme convertido en algo un poco mejor.

Aquella noche, los contornos de las cosas se perfilaban de una forma extraña, y tenía la impresión de que todo cuanto veía me hablaba a mí en particular. Las casas de siempre, sin nada especial, los postes de la luz: todo parecía brillar con orgullo.

Hierbajos secos y blanquecinos que se adherían a duras penas a las macetas en los umbrales de las puertas, latas vacías, botellas de plástico, bolsas del supermercado abandonadas en la cesta delantera de bicicletas oxidadas. Todos ellos parecían poseer un sentido oculto que solo yo podía descifrar.

Caminé observándolos, uno tras otro, con cuidado y, cada vez que se reflejaba un nuevo objeto en mi retina, brotaba un pequeño sonido en mi pecho. Me daba la sensación de que la luz de la noche era la única que celebraba mi cumpleaños en secreto.

A partir de entonces, empecé a salir a pasear todas las noches de mis cumpleaños.

Mientras recordaba aquella primera noche en que salí a pasear por las calles, lancé una ojeada al calendario que tenía encima del escritorio, pero este me anunció que todavía estábamos en abril, que aún faltaba más de medio año para la siguiente medianoche.

Volví las páginas, contemplé el dibujo de la nieve y el árbol de Navidad impreso en la hoja del mes de diciembre; luego, regresé a abril y, de nuevo, volví las páginas hasta diciembre. No hace falta decir que el calendario solo llegaba hasta ese mes. En sus páginas, únicamente había fechas de entrega anotadas en finos trazos con lápiz: ningún otro proyecto. Pensé vagamente que, si me intercambiaran el medio año pasado por el que estaba por venir, yo ni siquiera notaría la diferencia.

Me preparé la cena, comí y, tras lavar los trastes, reemprendí el trabajo. Cuando hube terminado el número de páginas que me había propuesto hacer en un día de un tirón, apagué la luz de mi escritorio e hice algunos estiramientos, como de costumbre. Después, recogí la ropa que llevaba tendida desde el mediodía y, cuando estaba doblando la ropa interior, las toallas y demás, sonó mi celular. No me hizo falta mirarlo para saber quién era, porque Hijiri era la única que me llamaba; aunque lo extraño era que lo hiciese a aquellas horas. Eran ya las diez y media de la noche.

—¿Qué estabas haciendo? —A juzgar por su voz, estaba de buen humor.

—Doblaba la ropa —respondí. Al parecer, Hijiri me llamaba desde un sitio bastante bullicioso.

—¿Y, luego, a dormir? ¿O vas a seguir trabajando?

—El trabajo lo he terminado hace poco.

—Entonces, ¿por qué no te vienes un rato? —me dijo—. He estado tomando algo con la gente del trabajo y acabo de despedirme de todo el mundo.

Acto seguido, me dio el nombre y la dirección de un local. Lo apunté, aunque dudaba. Aparte del día de mi cumpleaños, casi nunca salía a esas horas; de haber estado con alguien más, habría rehusado. Pero, al decirme que estaba sola, me resultaba difícil negarme.

—Si te da mucha pereza, olvídalo —dijo Hijiri—. Mentira. Aunque te dé pereza, ven. Por un día no pasa nada, ¿no? Bueno, lo de «por un día» es un decir, porque es la primera vez que te propongo quedar a estas horas, ¿verdad?

Al decirlo, se rio.

—A ver... No es que tenga nada especial que contarte. Pero no importa. Podemos charlar un rato.

—De acuerdo —le respondí al final. Y, tras confirmar los datos que había anotado, colgué.

Luego, espiré hondo, recorrí sin sentido la habitación con la mirada y, tras enfundarme unos pantalones, me puse una sudadera fina. Me dije que necesitaría llevar algo encima, pero no tenía lo que se llama *abrigo de entretiempo*. Cada año, al llegar esa época, pensaba que me iría bien tener uno, pero siempre me había quedado en la intención y, posiblemente, seguiría siendo así en el futuro. Estuve pensando vagamente en todo aquello mientras buscaba otra sudadera. Abrigo de entretiempo. Gabardina. Estuve en un tris —aunque parezca exagerado— de buscar la definición exacta de *abrigo de entretiempo*, pero superé la tentación, me puse los zapatos y salí.

El local donde me había citado Hijiri era un bar que se ajustaba perfectamente a la definición de *elegante*, y la tonalidad de las luces iba del marrón al dorado. Había poca gente, ofrecía una sensación algo amplia y vacía, con una música que sonaba a bajo volumen por los altavoces del techo.

Cuando llegué, Hijiri ya estaba allí, sentada al

fondo de la barra. Al verme, me hizo señas con la mano.

—¡Qué bien! ¡Has venido! —Sonrió alegremente mientras tiraba de un taburete para que me sentara.

Llevaba un vestido rojo con una chaqueta de lana gris por encima. Sobre la parte del pecho, se extendía un delicado bordado de cuentas que lanzaban un brillo opaco al menor movimiento.

—¿Has bebido mucho? —pregunté al ver que la copa que tenía en la mano estaba vacía.

—Pues no es que haya bebido poco —dijo ella con distancia, como si se refiriera a una tercera persona—. Bebo siempre, pero hoy más que de costumbre. ¿Y tú? ¿Qué vas a tomar?

—¿Yo? Lo de siempre.

Hijiri se pidió otra bebida para ella y un cóctel de mango sin alcohol para mí.

—¿Salen los de la empresa regularmente a tomar algo? —Se lo pregunté mientras recorría el local con la mirada porque, como estaba algo nerviosa, me resultaba difícil hablar mirándola de frente. Y añadí—: ¡Qué bar tan bonito!

—Ah, sí. Debe de ser la segunda vez que vengo. Los del trabajo salimos poco juntos. En alguna ocasión nos reunimos para dar la bienvenida o despedir a alguien. Y también está la típica fiesta de final de año. A título personal, a veces salgo a tomar algo con alguien, claro. Pero, ya sabes, los que nos dedicamos a la corrección somos un hatajo de individuos solitarios que hacemos un trabajo solitario, ¿no es verdad? —dijo Hijiri con una amplia sonrisa.

Me pareció que su expresión era más dulce que de costumbre.

—Arriba..., y por arriba me refiero al piso de arriba..., a edición. Al lugar donde hacen los libros. Allí creo que sí salen mucho. Mis compañeros de carrera están repartidos por varios departamentos y, según he oído, ese es un poco especial, ¿sabes? Bueno, se entiende. Es que tienen que relacionarse con los grandes autores y cosas por el estilo. Y eso implica salir a comer y beber. Y, por lo visto, hay algunos que se pasan y gastan lo que les da la gana.

—¿En serio?

—Bueno, yo no lo sé de primera mano, pero eso es lo que he oído.

—Eso de los grandes autores..., ¿quieres decir escritores que venden muchos libros?

—Vete a saber —dijo Hijiri—. Yo no trabajo directamente con ellos y no sé cuáles son grandes y cuáles no, pero supongo que por ahí va el asunto. Claro que también hay algunos que no venden nada y que son considerados de primera línea. Porque ya habrás oído hablar de cómo van los premios literarios, claro.

—Sí —respondí.

—Puede que sea grande, pero que no impacte. O, por el contrario, que sea impactante sin ser un gran autor. Habrá una especie de regla peculiar para eso, supongo. Claro que cosas así las encuentras por todas partes. Incluso a las mujeres nos dicen cosas parecidas, ¿no? Por ejemplo, una mujer que no tiene hijos y gana dinero puede que impresione, pero de una mujer que ha tenido hijos, aunque no gane un céntimo, se dice que es una gran mujer, ¿verdad?

Asentí mientras me enjugaba cuidadosamente los dedos con el *oshibori*.

—En fin, todo eso a nosotras... Bueno, sí nos importa, claro, porque nuestro sueldo sale de ahí. Pero, por otra parte, en nuestro trabajo es irrelevante. Porque, al fin y al cabo, a los ojos de los correctores, todos los manuscritos son iguales de la misma manera —dijo Hijiri. Y añadió, riendo—: ¿He dicho «iguales de la misma manera»? ¡Qué espanto! Me entran ganas de tomar el lápiz y tacharlo.

Le di la razón y yo también me reí.

Después hablamos de temas concretos de trabajo, pedí otra copa de lo mismo e Hijiri, un cóctel con fresa.

—Tú no usas nada de maquillaje, ¿verdad? —me preguntó tras una pausa.

—No, casi nada —respondí con cierto nerviosismo al ver que me había convertido de repente en el tema de conversación. Para disimular, bebí un sorbo de agua.

—¿Normalmente no te pones nada?

—Nada, nada, tampoco... Casi nada.

—Vaya. —Hijiri me miró fijamente a la cara con la copa pegada a los labios—. Pero ¿no porque vayas de natural...?

—¿De natural?

Al oírme repetir la pregunta, sonrió divertida, enseñando un poco los dientes a través de sus labios bien dibujados.

—Sí, ya sabes... Los de la filosofía de «me gusto al natural».

—Ah, ¿hay gente así?

—¿Que si hay gente así? Por todas partes —dijo y, tras apurar el último sorbo que le quedaba en la copa, pidió otra—. Son esos que van diciendo cosas del tipo: «Yo me dejo llevar... Yo acepto el paso de los años tal como viene... Yo seré lo que tenga que ser... A mí la naturaleza me ama porque yo amo todo lo que la respeta... Yo soy maravilloso y acepto de manera positiva todo lo que ocurre porque ocurre lo que tiene que ocurrir... Yo estoy lleno de cosas que tienen sentido»... Y podría seguir y seguir.

Le di una respuesta vaga.

—En fin, todo el mundo puede vivir como le parezca.

Con la mejilla apoyada en la palma de mano, Hijiri enjugó una gota del vaso con el dedo. Sus pestañas, largas y rectas, proyectaban una sombra nítida debajo de sus ojos.

—Pero, ¿sabes?, si lo piensas bien, no es así.

Todo eso de lo espiritual, lo ecológico y demás está muy bien, pero ¿no te parece mezquino a más no poder? Vale con lo de Dios, la providencia divina, la naturaleza, la superenergía, el cosmos y toda la pesca, pero ¿cómo conectan todo eso con cada pequeño detalle de la insignificante vida cotidiana de los insignificantes seres humanos? ¿Qué tiene que ver eso con problemas personales que no tienen ninguna importancia? Ese es el tema.

Asentí.

—De hecho, mucha teoría y no son otra cosa más que creyentes del beneficio inmediato: lo único que buscan es ser felices, que los demás piensen que ellos son felices y, así, sentirse seguros. Sin embargo, van diciendo que ven algo grande, que sienten algo grande, que están meditando sobre lo que significa. Y que quieren compartir esa sensación de dicha: por ahí andan. Y eso a pesar de que lo único que les importa es su propia felicidad. Ojalá se lo guardasen todo para ellos y se callaran de una vez... Ah, estoy bien, ¿eh? Ya sé que he bebido mucho, pero no estoy nada borracha. Es que yo, con el alcohol, soy como una esponja, ya ves.

Lo cierto era que, desde hacía un rato, Hijiri se iba llevando el vaso a los labios a una velocidad considerable, pero ni en su rostro ni en su mirada se apreciaba cambio alguno. Al contrario: daba la sensación de que, a medida que bebía, se iba volviendo más incisiva. Había visto beber a Hijiri varias veces —aunque esa era la primera que estábamos a solas—, y la verdad es que nunca la había visto borracha.

—¿Y tú no bebes porque no te gusta o porque no puedes? —me dijo mirando mi copa, que apenas estaba un tercio más vacía que al principio.

—Más bien no puedo —respondí—. Cuando estaba en la universidad, me tomé una copa y me sentó tan mal que no he vuelto a probar el alcohol.

—Vaya —repuso Hijiri, y añadió que ella también probaría uno de mango. Pero, acto seguido, pidió una Carlsberg—. Pero tomarse una copa de más, sin exagerar, no está mal, ¿sabes? Te relaja, te atonta un poco, pero en buen plan. Yo no me emborracho casi nunca, pero la verdad es que se me haría muy dura la vida sin alcohol.

—Entonces... ¿hoy era eso, una de esas salidas de copas? —le pregunté—. Aunque la verdad es que yo no sé muy bien en qué consisten.

—Pues todas se parecen. —Hijiri se rascó varias veces el rabillo del ojo con el borde redondeado de la uña—. Porque a esa gente te la encuentras por todas partes.

Asentí con un movimiento de la cabeza.

—Últimamente, cuando se juntan unas cuantas mujeres de nuestra edad, la conversación suele ir por ahí. La felicidad, la plenitud... A todas les encanta hablar de eso. Pero yo soy del tipo de personas que no se guardan casi nada, así que les hablo claro, tal como hago contigo. No es que vaya diciendo cosas al buen tuntún sin que me pregunten: tampoco es que me guste andar pisando minas. Solo hablo cuando intentan venderme sus ideas, o cuando me reconvienen suavemente con expresión dulzona. Porque, cuando te dicen una tontería, te entran ganas de decirles que aquello es una tontería, ¿o no? Y, entonces, me miran con lástima. Con auténtica compasión. Ponen ojos de estar pensando: «La pobre está tan obsesionada con su trabajo que ha perdido de vista lo que es importante e ignora la auténtica verdad». Entonces, acaban soltándome cosas del tipo: «Oh, Ishikawa-san, te entiendo tan bien. Antes pensaba como tú... Pero tú también te darás cuenta algún día, ya lo verás. Aunque eso tiene que lograrse de forma natural, no se puede forzar. Cuando llegue el momento, oirás la llamada». ¿Quién va a llamar a quién? La verdad es que no entiendo nada de toda esa historia.

—Pero no todo el mundo será igual, ¿no? —me reí.

—No, tal vez no. Pero eso de los horóscopos y demás tiene mucho éxito —dijo Hijiri.

—¿Y aciertan?

—A mí me parece que, en el fondo, no se trata de si aciertan o no —dijo Hijiri tomando un sorbo de Carlsberg—. Solo ponen cosas que cualquiera, al leerlas, puede pensar: «Ah, pues sí. Es verdad». Lo que importa es que tú sientas que dicen algo que te atañe —añadió—. La gente quiere que le digan esto y aquello sobre sí misma. Bueno, eso puedo entenderlo. Pero yo paso.

—¿No te interesa? —le pregunté.

—No, para nada —dijo ella sin ambages—. No se trata de si me lo creo o no me lo creo. Es..., ¿cómo te lo diría? Es que no soporto depender de ese tipo de cosas. Sea cual sea la respuesta, no soporto algo que no haya pensado yo con mi propia cabeza. Quiero decidir las cosas por mí misma y actuar en consecuencia.

—No te gusta dejar las cosas en manos de los demás —dije tras una pausa.

—Exacto. Soy el tipo de persona que no acepta, en ningún sentido, dejar algo en manos ajenas —rio Hijiri—. Ya sabes. Lo de «eso ya lo hago yo, gracias». Bueno, pues si se lo dices a la gente, te sueltan que «las personas no podemos vivir solas, no vivimos solas». Y es así, claro. Es evidente. Y precisamente porque lo tengo muy claro es por lo que pienso que una tiene que ir haciendo lo que pueda por sí misma.

Hijiri tomó el menú impreso en una fina lámina y le echó una ojeada.

—¿Se te antojan unas verduras adobadas?

Le respondí que sí. Pidió tres tipos de verduras en adobo y unos tallos de apio.

—... Pero qué más da. Incluyéndome a mí, todo el mundo es libre de hacer lo que quiera. Aunque, ¿sabes?, eso de que estés hablando y, ¡zas!, de golpe te encuentres con que te están avasallando, pues yo, eso, no lo soporto. Me pone enferma. Esa gente presume de ser de «los que han visto la luz» y, como eso es lo que los define, lo único que tienen, pues no pueden estar callados. Tienen que proclamarlo a los cuatro vientos, necesitan que sepas que son felices. Y se extasían ante la idea de lo grandes que son por compartir ese «secreto» de forma desinteresada, cuando, en el fondo, solo se trata de sentirse superiores a los demás. De una especie de megalomanía mística barata.

Mientras removía con el popote los restos del cóctel de mango, densos y brillantes, en el fondo de la copa, le pregunté a Hijiri si aquello no sería, quizá, una especie de religión. Tras beberse la cerveza a grandes tragos, como si fuera agua, ella asintió varias veces con la cabeza.

—Sí. Aunque eso puede ser también una falta de respeto hacia la religión —dijo—. Hay un montón de sectas inútiles, y creyentes de la moda del beneficio inmediato los hay a patadas. Pero hay que reconocer que, en ciertos aspectos, la religión tiene algo noble. Las víctimas son siempre gente común, personas que se aferran a algo con sentido para seguir adelante. Incluso hay quien se despoja de sus bienes y renuncia absolutamente a todo, pensando seriamente en entrar en el reino de Dios. Y eso, a su manera, es algo grande.

—Sí. —Yo estaba mordisqueando un tallo de apio. El olor y el sabor se extendieron por el interior de mi boca—. Sí, es posible.

—Estos no tienen nada que ver con los que te decía antes, con los naturalistas y espirituales que solo buscan vivir algo mejor... Vamos, que están en otra dimensión... Pero, Irie-san, ¿no te estaré molestando con lo que digo? ¿Te aburro? Quizá esté hablando demasiado, ¿no?

Hijiri apretó los labios y me miró con expresión de disculpa. Debido a la iluminación, escasa pero de tonos relajantes, sus labios carnosos se perfilaban con nitidez en la penumbra y se veían tan frescos que daba la impresión de que fueran a desprenderse del rostro y a cobrar vida propia de un momento a otro.

—En absoluto —dije con franqueza—. Al contrario... ¿Cómo te lo diría?, tienes montones de ideas... Me parece impresionante, de verdad.

—De impresionante, nada —repuso Hijiri, dirigiendo la mirada hacia el vaso—. Siempre he tenido la mala costumbre de decir a las claras lo que pienso. A veces, me muerdo la lengua, por supuesto. Soy adulta. Sé que la gente no va a estar siempre de acuerdo conmigo y, con los años, me he dado cuenta de que eso es lo más común. Cuando entré en la empresa me lo decían cada dos por tres. Que era muy rebelde y que no resultaba simpática. Que era difícil tratar conmigo, que cansaba a la gente... En fin. Ese tipo de comentarios son tan normales que ya son casi una tradición. Cuando es un hombre el que me sale con eso, yo paso. Porque, a estas alturas, ya no espero nada de ellos. Pero ¿quieres que te diga algo?, las mujeres de la empresa, en el fondo, son exactamente iguales.

Hijiri tomó un tallo de apio. Sonó el crujido característico de las verduras al partirse.

—Ahora no recuerdo cuándo, pero había salido a tomar una copa con los de la editorial, como hoy. Choqué con un jefe por algo que no tenía nada que ver con el trabajo y discutimos. Nada nuevo, ya ves. Él dijo cosas muy pero muy ofensivas, y pensé que, si lo dejaba pasar, aquello repercutiría en el trabajo, así que no me eché atrás. Pero yo tengo mucha labia, ya sabes. Total, que lo dejé en ridículo, se creó un ambiente de mil demonios y se acabó la fiesta. Yo pensé que qué le íbamos a hacer. Por lo visto, nadie le había hablado así hasta entonces, pero a un tipo capaz de ser tan grosero con las mujeres había que pararle los pies. Por la mañana teníamos que seguir trabajando juntos. Y el entorno se lo crea uno mismo. No había alternativa. En fin, luego, en la estación, cuando todo el mundo se despedía, una compañera un año más joven que yo me llamó y se me acercó corriendo. Yo, al verla, pensé que quería agradecerme que le hubiera hablado claro a aquel tipo. Como la discusión había empezado por algo que había dicho aquella chica, supuse que era normal que quisiera agradecérmelo. Entonces, ella va y me suelta: «¿No te da miedo caer mal a los demás? Lo único que consigues es crearte una mala imagen. Y, al final, te perjudicará». Hacía un rato, yo no había pretendido hablar en su nombre ni nada por el estilo, pero la verdad es que me dejó pasmada. Farfullé algo y me quedé unos cinco segundos mirándola fijamente, ¿sabes?

Me reí.

—No hay por qué intentar caer mal, pero tampoco hay que hacer lo que sea para gustar a la gente. Si les caigo bien, fantástico. Pero tampoco vivo para agradar a los demás.

Tras preguntarme si me importaba que tomase algo más, Hijiri miró la carta y pidió un cóctel de fresa distinto. Un barman, vestido de punta en blanco y que no había cambiado de expresión en todo el rato, desapareció hacia el fondo tras hacer un rápido gesto afirmativo. Los clientes eran algo más numerosos que antes y las charlas y las risas se solapaban con la música que sonaba a bajo volumen. Era evidente que hablaban, porque se oía el murmullo de las conversaciones, pero el sentido de las palabras era absorbido por el aire en cuanto eran pronunciadas y no se entendía nada de lo que estaban diciendo. Hasta el punto de que ni siquiera se distinguía si hablaban en japonés.

¿Cuántas copas se habría tomado Hijiri? Imposible saberlo, pero ni en su aspecto ni en su forma de hablar —aunque sí parecía un poco acelerada— se apreciaba cambio alguno. Hasta el punto de que me pregunté si no habría estado escogiendo bebidas de muy baja graduación. Por mi parte, volví a pedir lo mismo. Hijiri lanzó un suspiro y prosiguió:

—Y van y te salen con perlas así: «¿Y tú, Ishikawa-san, a estas alturas, aún sigues siendo feminista?... Las mujeres fuertes, las luchadoras, ya están pasadas de moda». Y te lo dicen y se quedan tan anchas, sin haberse parado siquiera un segundo a pensar sobre el tema. «Claro, es que tú eres capaz de hacerlo, Ishikawa-san. Pero no todo el mundo es tan fuerte como tú. La mayoría de la gente es frágil.» Pero, ¿sabes?, de lo que están hablando no es de fragilidad, sino de estupidez. Porque yo, fuerte, no lo soy, si te soy franca. Y, además, ¿qué significa eso de que está pasado de moda? En mi vida me he preocupado por esas cosas. Yo soy como soy y punto.

—Estupidez... —repetí en voz baja.

—La hay de distintas clases —dijo Hijiri apoyando el mentón en la palma de la mano—. Y hay un tipo de estupidez que origina unos comentarios y unas maneras de pensar tan brutales que me ponen los pelos de punta. Yo, esa estupidez, a veces soy incapaz de soportarla. La de aquella chica joven de la que te he hablado, la que vino corriendo, esa todavía. Era sincera, y eso está bien. Que haya gente honesta es algo bueno. Tranquiliza. Y si a ella le va bien así, adelante. Pero, ¿sabes?, los malos bichos son esas que se dan cuenta de todo pero que se hacen las inocentes para protegerse a sí mismas. Esas que, a pesar de que les encanta el poder, los honores y de que se mueren por tenerlos, ponen cara de que eso, a ellas, ni se les ha pasado por la cabeza y se hacen las tontas. Esas que se mueven con astucia, siempre con la premisa de no amenazar bajo ningún concepto el orgullo y el complejo de superioridad masculinos. Y que viven tomando siempre grandes precauciones para no salir jamás malparadas. Fingen vivir distraídas, siempre tan inocentes, mientras sus ojos brillan como el acero. Y, en cuanto aparece otro espécimen que podría amenazar mínimamente su posición (una chica joven, por ejemplo), van y la machacan. Al instante. Sin piedad. Lo he visto montones de veces. Pero, en fin, eso todavía tiene un pase. Al fin y al cabo, es una forma de concebir la vida. Lo que no soporto es que estén convencidas de que nadie descubrirá jamás su comedia de pacotilla... Su simpleza. Porque, cuando dicen: «Las mujeres tenemos que actuar con mano izquierda», con la pretensión de infravalorar a los hombres, lo que están haciendo en realidad es menospreciar a las mujeres. Se tranquilizan a sí mismas diciéndose que, actuando de forma solapada, controlan la situación y se salen con la suya... Lo que yo no puedo tolerar es, justamente, esa clase de estupidez.

—Creo que entiendo lo que dices —dije con franqueza.

—Cuando empiezo a hablar de este tema, no hay quien me pare, ¿verdad?

—¿Desde siempre?

—No lo sé. Al menos, desde hace mucho tiempo.

—Vaya —exclamé con sincera admiración—. Y en la empresa, ¿hay mujeres así?

—Ojalá fuera solo en el trabajo —me dijo Hijiri mirándome fijamente. Cada vez que me clavaba los ojos, yo no sabía qué cara poner—. Están por todas partes. En las aulas, en las escuelas de belleza, en los parques, en la consulta del ginecólogo... Y, por supuesto, en casa.

Mientras hablaba, iba extendiendo despacio con la punta del dedo índice las gotas de agua que había en la barra. Las luces indirectas creaban círculos dorados en la superficie abombada del agua.

—Están por todas partes —repitió tras una breve pausa.

Estallaron unas risas en la mesa de atrás. Se oyó un entrechocar de copas y, justo entonces, se abrió la puerta y entraron otros clientes.

—En fin. —Hijiri sonrió—. Nadie lo dice en voz alta, claro. Pero seguro que piensan que tengo algún problema, como mínimo.

Soltó una carcajada, divertida.

—Y que a ver si este año, por fin, me decido a ir a terapia.

Quizá habría tenido que sumarme a su risa, pero no lo logré, así que dirigí los ojos hacia el reloj que colgaba de la pared. Había transcurrido casi una hora desde mi llegada.

—¿Vamos? —preguntó Hijiri, preocupándose por mí.

—Aún es temprano. No llevamos mucho rato.

—No —dijo ella con un suspiro—. Cuántas tonterías he estado soltando, ¿verdad? Aunque, en fin, para mí son cosas importantes... Ahora te toca hablar a ti, ¿vale? Nos conocemos desde hace mucho, pero me da la impresión de que no sé nada de ti.

—¿Hablar de mí?

Tomada por sorpresa, solté una risita.

—Yo no tengo nada interesante que contar. Nada que valga la pena. —Negué con la cabeza—. Lo que me has estado diciendo tú lo es muchísimo más.

—Vaya. Pues si te gustan estas historias, te las puedo contar a diario. Incluso puedo llamarte después por teléfono y seguir. —Hijiri se rio—. Vamos. Cuéntame algo sobre ti.

¿Algo sobre mí? Por más que me lo pidan, no se me ocurre nada que pueda interesar a nadie. Me llamo Fuyuko Irie, trabajo como correctora *freelance*, tengo treinta y cuatro años. Cumpliré los treinta y cinco el próximo mes de diciembre. Vivo sola. En el mismo departamento de siempre. Nací en la prefectura de Nagano. En el campo. En un valle. Mi única diversión es salir una vez al año, el día de mi cumpleaños, a medianoche. Pero dudo que nadie pueda entender que me haga ilusión algo así y eso jamás se lo he contado a nadie. No tengo amigos con quien hablar. Y eso es todo. Sobre mí no hay nada más que decir.

—Vamos, que no te gusta hablar de ti misma —dijo Hijiri en tono burlón.

—No es eso —repuse—. Es que no hay casi nada. En serio.

—A ver... Por ejemplo, ¿sales con alguien?

—Ahora, no —dije.

—¿Estás separada?

Interesada, Hijiri se inclinó hacia mí frunciendo el entrecejo y, al acercar su rostro al mío, esbozó una alegre sonrisa. Me llegó un ligero olor a perfume desde la zona de alrededor del cuello.

—Sí —respondí.

—Vaya.

La conversación se interrumpió en ese punto, las dos nos dedicamos a apurar nuestras respectivas copas y, algo después, empezamos a hablar del trabajo. De la revisión de un diccionario, de dónde teníamos que devolver el material de consulta y otras cosas por el estilo. Hijiri me dijo que quizá el próximo mes tuviera una corrección extra para mí y empezó a escribirme una nota, pero enseguida se disculpó diciendo que esa era una ocasión especial, que no la desperdiciáramos hablando de trabajo. Sin embargo, tal como era de esperar, al cabo de un rato la conversación volvió a versar sobre la editorial y me contó la trifulca que se había originado por culpa de la carta de protesta de un escritor, enfurecido por las observaciones de las galeras, y cómo, por el contrario, otro autor con una pésima reputación había enviado una amabilísima nota de agradecimiento, gracias a lo cual había cambiado radicalmente la percepción que tenían de él en la editorial.

—Cuando estás de trabajo hasta arriba, llegas a dudar incluso de que en el barrio de Aoyama exista una calle de las Antigüedades —dijo Hijiri riendo—. Y hasta que lo buscas no te quedas tranquila. Pasa a veces, ¿no? Estás con el ansia en el cuerpo hasta que lo encuentras y sueltas: «¡Uf, pues sí que existe!».

—Sé de qué me estás hablando. —Yo también me reí.

Salimos del local y caminamos hasta una calle por donde circulaban los coches.

Hijiri se había hecho cargo de la cuenta. Yo había insistido en pagar mi parte, pero ella había rehusado diciendo: «Pero si apenas has tomado nada».

Me cedió el primer taxi. Cuando, tras varios intentos fallidos, logré bajar al fin el cristal de la ventanilla, saqué la mano y la agité. «Gracias por la velada», le dije. Hijiri me sonrió feliz mientras respondía: «Gracias a ti», alargó la mano y me agarró la punta de los dedos. El semáforo cambió a verde, el vehículo aceleró. Me volví y me quedé mirando cómo la figura de Hijiri se iba haciendo cada vez más pequeña mientras me acariciaba la punta de los dedos.

3

Justo al acabar el puente de principios de mayo, que consistió en una sucesión de días de tiempo incierto, me encontré de pronto inmersa en una vorágine de trabajo.

Aparte de que se trataba de una obra en dos volúmenes con un gran número de páginas cada uno, era, además, la primera corrección. A lo largo de tres semanas, permanecí sentada ante la mesa más de quince horas diarias. Y ni siquiera así me alcanzaba el tiempo.

Cuanto más me concentraba, mayor era la impresión de que, ante mis ojos, los caracteres empezaban a moverse a su antojo, a irse cada uno por su lado y a desparramarse por los márgenes, y yo tenía que ir pellizcándolos uno tras otro con la punta de los dedos e ir alineándolos de nuevo sobre el papel. Como siempre, recogía con gran cuidado el sentido de cada palabra, las analizaba todas con desconfianza, como si las fuera pasando, una a una, por el tamiz. Aparte de que la extensión era mayor, el resto no tenía por qué ser distinto de lo habitual, pero en aquella ocasión, quizá porque el contenido del texto no me era familiar, sentía que había perdido el control. Cuanto más intentaba recuperar mi ritmo de trabajo normal, más se me iba de las manos. Era un círculo vicioso. Mientras perseguía las palabras, el movimiento de mis ojos se hacía cada vez más lento. Al final, no me quedó otra alternativa que llamar a Hijiri y pedirle que pospusiera tres días el plazo de entrega. Era la primera vez que se lo pedía y ella accedió de buen grado, pero, al colgar, me sentí aún más deprimida.

Al día siguiente, Hijiri me llamó preocupada.

—¿Qué tal?

—Bien. Ya falta poco —dije—. Lo siento, ¿eh?, haberte causado problemas.

—No, al contrario. Soy yo la que te está interrumpiendo ahora, perdona. Pero no te llamo para meterte prisa. No es eso. Es que ayer, cuando me llamaste, estaba muy ocupada y te colgué enseguida. Y luego pensé que quizá te pasaba algo. Solo eso —dijo Hijiri.

—Mañana seguro que acabo. Es que se me ha ido un poco de las manos.

—Bah, entonces no pasa nada. Te mentiría si dijera que tranquila, que puedes tomarte todo el tiempo que quieras... —rio—. Pero tengo algo de margen, así que no te preocupes.

Cuando terminé de corregir la última página del trabajo del mes, ya amanecía.

Dirigí una ojeada a las gruesas galeras dispuestas sobre la mesa, espiré profundamente y, tras poner las manos encima de las hojas y alisarlas, volví a lanzar un hondo suspiro. A ambos lados del escritorio se amontonaban diccionarios abiertos, libros que no habría tocado jamás si no hubiera sido porque los necesitaba para el trabajo, con las páginas llenas de pósits de color verde claro adheridos, y montañas de fotocopias hechas en la biblioteca..., un montón informe de material que daba la impresión de que iba a deslizarse y a desparramarse por el suelo de un momento a otro.

Tras ponerlo todo en su sitio, afilé los lápices y los metí en el estuche. Luego me dirigí al baño, me senté en el pequeño taburete de la regadera, bajé la cabeza y permanecí un rato allí inmóvil, dejando que el agua caliente se deslizara por mi nuca. Sentí cómo la espalda y las caderas, tan rígidas que parecía que se me fueran a resquebrajar al menor movimiento, iban distendiéndose poco a poco y, al girar el cuello, descubrí que los músculos habían recuperado su elasticidad. Me dije que el agua caliente era milagrosa.

Tras secarme el pelo, me deslicé entre las sábanas y cerré los ojos. Durante un rato, estuve viendo cómo, ante mis ojos, aparecían y desaparecían unas manchas extrañas; mientras las contaba, tenía la sensación de que me iba despejando. Sin embargo, antes de que me diera cuenta, ya estaba sumida en un sueño negro, profundo.

A las once de la mañana, llamé a la editorial.

Hijiri no estaba, y la mujer que contestó al teléfono vino a decirme que el servicio de mensajería no llegaría a tiempo, así que me ofrecí a llevarles yo misma las galeras. Al oír mi sugerencia, se quedó dudando unos instantes, pero, al final, aceptó, concertamos una cita y colgamos.

A pesar de haber dormido solo cuatro horas, al despertar me sentía tan ligera como si hubiera disfrutado de un largo sueño y notaba la cabeza clara. Al descorrer las cortinas, descubrí que hacía un tiempo magnífico, y tanto las barandillas de las terrazas de los edificios que estaban a cierta distancia como las tejas blanquecinas de las casas, las hojas de color verde oscuro de los cerezos o los cables eléctricos que pendían blandamente, todo parecía oscilar bajo la brillante luz del sol.

Tomé el metro y el tren de la línea Yamanote y, tras llegar a la editorial, esperé sentada unos cinco minutos en un gran sofá negro del vestíbulo donde podrían haberse tumbado cuatro personas adultas, hasta que la mujer del teléfono se me acercó con pasitos apresurados. En el interior de aquel edificio gigantesco, tan alto que no alcanzabas a ver la cúspide aunque alzaras los ojos, todo era liso, y el sonido de pasos y las voces de la gente se confundían en una especie de susurro. La silueta de las personas se reflejaba en el pulido suelo de piedra y, cuando iban de aquí para allá, daba la impresión de que todas se deslizaban con habilidad sobre una fina capa de hielo.

La mujer me dijo que Ishikawa se había tomado el día libre y que ella recogería los papeles en su lugar. Extraje el abultado sobre con las galeras de mi bolsa de lona y se lo entregué. Ella sacó unas cuantas hojas del sobre, les echó una ojeada y, entonces, sonrió y dijo: «Muchas gracias». Añadió que, si tenía dudas, Ishikawa se pondría en contacto conmigo e hizo una inclinación de cabeza. Yo la saludé del mismo modo y salí de la editorial.

Tras entregar las galeras, me sentí más ligera todavía y, al respirar hondo, el olor dulce del final de primavera mezclado con el del impetuoso principio del verano me hizo cosquillas en la nariz.

Bajo un cielo uniformemente azul, fui pasando revista a las diferentes partes de mi cuerpo, pero no descubrí el menor rastro de dolor por ningún lado: había conseguido terminar felizmente el último gran trabajo del mes y, a cada bocanada de aire que tomaba, percibía cómo una gran sensación de libertad colmaba mis pulmones y se iba infiltrando hasta el último rincón de mi cuerpo. Dentro de mí, brotaba una fuerza que me impelía a andar hasta donde fuera, y me dije que era una lástima volver a casa. Sí, ¿por qué no iba a Shinjuku, por ejemplo, a mirar tiendas y a pasear? Haciendo un tiempo tan estupendo, además...

Durante un rato, saboreé aquel sentimiento ligero y alegre, mientras me dejaba mecer por los vaivenes del tren. Estaba sentada, inmóvil, dentro de un vagón bañado por la brillante luz de principios de verano, rodeada de gente que, en su mayor parte, tenía un aire radiante y feliz, cuando, de improviso, sin darme cuenta, empecé a bajar más y más la mirada, y aquel sentimiento que sabía que había tenido al salir de la editorial empezó a replegarse a ojos vistas, con un plis plas regular. Pronto adquirió el tamaño de una hoja de papel de dibujo; luego se hizo tan pequeño que cabía en la palma de mi mano; para cuando pensé: «Eh, espera», ya se había convertido en un minúsculo pedazo de papel y, al final, ya no se distinguía nada por más que aguzara la vista.

Las calles de Shinjuku estaban abarrotadas de gente.

Mujeres jóvenes con las manos llenas de bolsas de las tiendas; personas que hablaban por celular y se reían a carcajadas; chicas vestidas como muñecas con un trazo de maquillaje negro alrededor de los ojos. Un bebé dentro de un cochecito empujado por sus padres; la madre, con una sombrilla desplegada. Y, en medio de aquel alegre bullicio, estaba yo, atontada, con el propósito de dar una vuelta, pero sin saber por dónde empezar. Me quedé allí inmóvil unos quince minutos, observando el flujo de la gente, y, al final, decidí irme a casa. En los escasos diez minutos a pie hasta la estación, acabé con la bolsa llena de pañuelos de papel de regalo y folletos de descuentos. Justo acababa de alcanzar la boca del metro, por donde riadas de gente desaparecían como si fueran succionadas hacia su interior, cuando una mujer con un cartel en la mano me llamó de pronto. Me detuve en seco. Era una mujer baja, regordeta. Me dijo sonriendo: «¿Quiere colaborar con la campaña de donación de sangre?». No sé por qué su sonrisa me hizo pensar en una col cortada por la mitad. La mujer estaba de espaldas a la escalera de la estación, como si quisiera interceptar el paso de la gente. Me preguntó cuál era mi grupo sanguíneo y, al decirle que era A, se llevó la mano abierta a la boca en un gesto de sorpresa y exclamó: «¡Fantástico!». Me dedicó una sonrisa radiante, como si quisiera decirme que se alegraba de encontrarme al fin y, luego, sonrió aún más. Me explicó en voz muy alta que en aquellos momentos les hacía falta precisamente sangre del grupo A. Eché una mirada al cartel que llevaba y vi que ponía, en letras muy grandes, que necesitaban sangre de los grupos AB y O.

No era la primera vez que donaba sangre porque no me atrevía a decir que no. La seguí un poco por detrás, secándome el sudor de la frente y del cuello con un pañuelo. En cuanto di mi consentimiento, su entusiasmo se enfrió y no volvió a dirigirme la palabra hasta llegar a la entrada de un edificio. «Es en el quinto piso. El elevador está al fondo», dijo, me acompañó hasta la puerta, pulsó el botón y se marchó llevándose el cartel. Subí al sexto piso y, tras los trámites de recepción y un breve examen, me condujeron a una sala con varias camillas de extracción de color rosa pálido y me tumbé boca arriba en una de ellas.

Me quedé mirando distraídamente cómo los enfermeros con bata blanca recorrían la sala y cómo uno de ellos se me acercaba y me desinfectaba el brazo. Una aguja, tan gruesa que parecía de broma, se introdujo tranquilamente en mi vena y la sangre que hasta poco antes había estado circulando por mi brazo formó una especie de largo tubo de color rojo oscuro que nada tenía que ver conmigo y fue depositándose, a buen ritmo, en una bolsa.

Al finalizar la extracción, rellené un breve cuestionario y, mientras recogía un vaso de zumo de verduras de la máquina expendedora gratuita, de pronto vi mi imagen reflejada en el cristal de la ventana. Se distinguían vagamente los letreros, los muros y las ventanas de los edificios vecinos y, flotando por encima de ellos, aparecía mi sombra azulada. Producía una sensación patética. Ni desgraciada ni miserable. *Patética* era la palabra justa. Porque patética era la mujer cuya imagen se superponía a los distintos reflejos cambiantes de la ciudad. Mechones sueltos y pelos cortos alrededor del contorno de la cabeza. Los hombros caídos, los ojos hundidos, los brazos y las piernas cortos; solo el cuello se veía largo y delgado. Se le marcaban los tendones de la clavícula y del cuello, en las mejillas se dibujaba una extraña línea oblicua. Allí estaba yo, a mis treinta y cuatro años, con un suéter y unos pantalones desteñidos. Una pobre mujer, sola, que ni siquiera sabía cómo divertirse cuando iba a la ciudad en un día tan hermoso. Y que lo único valioso que tenía era una bolsa atiborrada de cosas que los demás no querían o que tiraban a la basura a la menor oportunidad.

Si se trataba de latas de cerveza, una sola, bebida despacio, a pequeños sorbos; si se trataba de sake, un vasito: eso me bastaba para dejar de ser la yo de siempre.

Tanto con la cerveza como con el sake, el primer sorbo sabía bien. Al principio, me producía un ligero dolor de cabeza, pero si me aguantaba y seguía bebiendo, me acababa acostumbrando al amargor y al gusto, lo que me asombró. Notaba los brazos y las piernas más pesados, pero sentía otras partes del cuerpo más ligeras y me daba la impresión de que se me expandía el interior de la cabeza. Diversos pensamientos y sensaciones se alejaban, pero sin caer en el olvido; la tensión se relajaba; me parecía ver las cosas a través de un cristal: todo se hacía más borroso. Mis contornos se iban difuminando deprisa, lo mío empezaba a parecerme ajeno. Dejaba de bajar la mirada. Sentía alegría.

Me acostumbré a beber cuando acababa el trabajo pronto y me quedaba tiempo antes de ir a la cama.

A mediados de junio, empezó la estación de las lluvias y, a partir del primer día, llovió durante toda una semana sin parar. Mi departamento otra ventaja no tenía, pero contaba con una buena ventilación y normalmente no necesitaba el aire acondicionado. Sin embargo, aquellos días había tanta humedad que las esquinas de las galeras y de los documentos se curvaban hacia arriba, y tuve que poner el aparato en marcha.

Hijiri se había acercado a una cafetería de mi barrio para recoger unas galeras.

—Qué fastidio —dijo haciendo ademán de desplomarse sobre la mesa.

Llevaba una camisa blanca, de cuello redondo, muy ceñida.

—Mira que sacar libros en esta época del año... En días como este, ya me dirás quién va a tener ganas de leer.

—Ya... —dije.

—Y, cuando pase de largo esta pesadez, luego, horror de los horrores, vendrá el verano. A mí me da pánico el mes de julio. ¿Y a ti? ¿Te gusta el verano?

—¿A mí? Pues lo normal —dije llevándome a los labios el vaso de agua que me habían servido.

—¿Vas a algún sitio los veranos? —preguntó Hijiri tomando a su vez un sorbo de agua. Sus labios dejaron una huella blanca en el borde del vaso transparente.

—No tengo ningún lugar fijo.

—¿No te irás?

—Quizá sí, no sé.

—¿Al extranjero?

—¿Al extranjero? —Había repetido mecánicamente las palabras de Hijiri. Acto seguido, añadí—: Al extranjero... Es que a mí los aviones no me gustan demasiado.

—Ya —dijo ella, encogiéndose de hombros—. Hay dos tipos de personas: aquellas a las que les gusta el avión y aquellas que no lo soportan.

Asentí con la cabeza y tomé un sorbo de té con hielo.

—¿Vas a ir a tu pueblo?

—Aún no he decidido nada. —Me sequé la comisura de los labios con el *oshibori* para disimular mi desconcierto.

—Pero allí también hará calor, ¿no? —prosiguió Hijiri.

Tras remover el contenido del vaso con el popote, recogió hábilmente el hielo desmenuzado, se lo llevó a la boca y empezó a masticarlo, haciéndolo crujir entre los dientes.

—Durante las fiestas del O-bon tendremos un

respiro en el trabajo, y estaría bien que aprovecharas para descansar. Si tienes tiempo, podríamos ir a tomar una copa como la otra vez. Bueno, como tú no bebes, se tratará de que me acompañes a mí, claro.

—No hay problema. —Sonreí.

—¿Sabes? A mí el verano siempre me hace pensar en una lombriz de tierra.

—¿En una lombriz? —repetí.

—Exacto. En una lombriz. Una lombriz grande de color carne. Está en algún sitio, no sé dónde. En un terreno muy cálido y reseco, ¿te lo imaginas? Pues bien, la lombriz está allí, sola, en una tierra blanquísima, calcinada por el sol. Podría ser el fondo de un lago desecado, por ejemplo. Un erial donde no crecería ni una brizna de hierba, algo así como Marte. No hay nada que se mueva. La lombriz sobrevive a duras penas, pero la cola... Ay, tienen cola, ¿no? ¿Y cabeza?

—Creo que sí tienen.

—No importa. En fin, que ves que empieza a secarse, poco a poco.

—Vaya.

—El sol está tan cerca que dirías que va a precipitarse de un momento a otro, y es tan grande, tan caliente... Es como si los seres vivos se hubiesen extinguido por completo. No hay ni una gota de agua por ninguna parte. Todo está completamente seco. Y la única lombriz que hay, la única que queda, está empezando a secarse, tal como te he dicho antes, por las puntas; se está volviendo blanca, endureciéndose... Pero eso no quiere decir que se esté muriendo, solo que se está secando. La lombriz no entiende qué le ocurre, pero está más inmóvil a cada segundo que pasa, y yo estoy allí mirando. La estoy mirando yo, de niña. Y, ¿sabes?, tengo un poco de agua en la cantimplora. Debe de ser agua para beber, supongo. Pero quiero echarle unas gotas, siempre me pregunto qué pasaría si yo le echara unas gotas. Pero eso es algo que, en ese mundo, está prohibido. Terminantemente prohibido. Así que lo único que puedo hacer es quedarme mirando cómo la lombriz se va secando. En fin, que, desde pequeña, esa es la imagen que me viene a la cabeza cuando pienso en el verano. Eso. Ni el mar, ni la sandía, ni las vacaciones.

—¿Quieres decir que, al llegar el verano, tienes ese sueño? —pregunté.

—No. Qué va. No es un sueño. Solo que, cuando pienso en días en los que hace tanto calor que no puedes ni moverte, al oír hablar del verano o de julio, me viene esa imagen a la mente. Es como si imprimiera una fotografía. Y se me queda ahí, clavada en la cabeza. En fin, es posible que lo soñara alguna vez de pequeña.

Asentí en silencio, me sequé las comisuras de los labios.

—... Y, entonces, yo, con la cantimplora con un poco de agua a la espalda, me pongo en cuclillas y acerco la cara a la lombriz que se ha quedado inmóvil, ya casi seca del todo. Y, al fijar la vista, veo que la lombriz tiene mi propia cara.

Tras pronunciar esas palabras, Hijiri soltó una carcajada. Yo también me reí y tomé un trago de té con hielo. Luego, las dos enmudecimos. Tras permanecer algún tiempo en silencio, ella pareció acordarse de algo y me tendió las dos manos con las palmas hacia arriba. En el momento, no comprendí qué estaba haciendo, pero enseguida caí en la cuenta, saqué de mi bolsa de lona el sobre con las galeras y se lo entregué. En esa ocasión se trataba de un grueso volumen de unas seiscientas páginas, tan pesado que tenías que sostenerlo con las dos manos y, aun así, te flaqueaban las muñecas. Hijiri lo tomó en brazos, como si midiera su grosor y su peso, sacudió ligeramente la cabeza y me sonrió.

—¿Puedes creértelo? Que alguien quiera decir tantísimas cosas a los demás.

Al salir de la cafetería, me despedí de Hijiri y empecé a andar por las calles al atardecer.

Pasé por un pequeño supermercado, compré sake y cervezas, me metí en un pequeño parque algo alejado de casa, me senté en un banco y abrí una lata. No había nadie, solo se oía llorar a un niño en alguna parte. Me terminé la cerveza a grandes tragos y no tardé mucho en notar la cabeza caliente y confusa. Vacié la segunda lata y, al terminar la cerveza, destapé la botella de sake con cuidado de no verter ni una gota y empecé a beber mientras andaba.

Al llegar a casa, me sentí de pronto sin ganas de hacer nada y me tumbé boca arriba, tal cual, en la cocina, junto a la entrada, y fijé la vista en el techo. El suelo no estaba frío, no se oía ningún ruido: era un atardecer tranquilo.

Sin cambiar de postura, giré la cabeza hacia un lado y, entonces, mis ojos se toparon con un montón de revistas apiladas junto al bote de la basura.

He dicho «revistas», pero yo no había comprado nada de aquello: eran simples fajos de folletos con cupones e impresos de propaganda que había recogido en la calle. Aparte, había algunas gacetillas con información del barrio que me metían en el buzón y poca cosa más. Lo tenía apilado allí, todo junto, para sacarlo el próximo día de la recogida de basura.

Los fui mirando uno tras otro, tumbada boca arriba, tal como estaba. Diferentes servicios ofrecidos por diferentes comercios, explicaciones sobre productos. Algunos incluían fotografías del personal sonriente. Precios y descuentos. Salones de belleza. Pequeños recuadros atiborrados de letras. Eficacia de tratamientos estéticos. Curas y terapias de nuevos consultorios dentales o clínicas de medicina interna. Publicidad sobre alergias y medicina china. Un montón de direcciones.

En diez minutos escasos, ya había encontrado

siete erratas, que fui marcando con la uña. Debajo de todo había un folleto de factura algo más cuidada, impreso en un papel de mejor calidad. Fui volviendo las páginas con una mejilla apoyada en el suelo. Era el catálogo de un gran centro cultural patrocinado por una empresa y una universidad.

¿De dónde lo había sacado? Me lo estuve preguntando mientras pasaba las finas hojas; quizá me lo habían dado en alguna parte el día de la donación de sangre en Shinjuku. Eché otro vistazo a la portada: «Catálogo de cursos». El centro cultural tenía decenas de filiales por todo el país, y lo que yo tenía en las manos era el folleto del establecimiento de Shinjuku. De una ojeada, podías ver una cantidad sorprendente de clases, una detrás de otra. Sobre el papel, se apiñaban todos los tipos de cultura o de hobbies imaginables, y, en un gesto reflejo, me incorporé, lo agarré con las dos manos y empecé a estudiarlo con detenimiento.

Miré el índice y vi que estaba dividido en grandes categorías, por ejemplo, idiomas, sociedad, arte, cultura general o estilo de vida, y que cada uno de esos apartados se subdividía, a su vez, en varias temáticas, con un promedio de diez cursos cada una.

«Introducción a la ciencia política griega», «Leer a Natsume Sōseki», «Ópera para principiantes»... Todos los cursos estaban enmarcados en recuadros donde se explicaba de manera clara y sucinta qué aspecto de la cultura o del pensamiento, antiguo o moderno, de Oriente u Occidente, qué autor clásico iban a tratar; pero, mientras lo hojeaba, me topé con un montón de títulos como: «El gnosticismo y Kūkai», «El Sutra de Vimalakirti y el Apocalipsis», «Teoría de la relatividad especial y distorsión espaciotemporal», «Conocer los insectos» o, también, «La conexión entre el amor y el alma», «Los últimos descubrimientos sobre moxibustión», «Misterios del clan sacerdotal Wani», «Aprender a disfrutar la caligrafía en cursiva y el zen»..., títulos de cursos cuyo nombre, por sí mismo, hacía difícil imaginar en qué consistían. Los fui siguiendo con la mirada, uno tras otro, con atención.

También había clases de braille y de lengua de signos; cursos de traducción y conversación de todo tipo de idiomas, desde los más comunes hasta otros como el sueco, el eslovaco o el hindi; talleres que iban desde cómo escribir un ensayo a cómo cocer el pan; acuarela y pintura en tinta china, construcción de móviles para decoración, muñecas de porcelana, fotografía, caligrafía, danza tradicional y música de la corte imperial japonesa, el tango y la *chanson* francesa, tejidos, escultura, esto y aquello sobre las plantas, encaje de bolillos, esto y aquello sobre las estatuas budistas, carpintería, la ceremonia del té, taichí, peces tropicales... Y, a continuación, actividades fuera del aula que incluían viajes por Japón o el extranjero: degustación de sushi en el mercado de pescado de

Tsukiji o la visita a castillos antiguos o a iglesias románicas... Había un número infinito de actividades apiñadas sobre el papel y, durante más de dos horas, permanecí absorta leyendo aquella ristra interminable de títulos, nombres de instructores y orientaciones. Imposible decir cuántos había porque no estaban numerados, pero calculo que no debían de bajar del millar. Había algunas irregularidades en el uso diferenciado de caracteres chinos y el silabario hiragana, pero no descubrí ninguna errata.

Al pensar que había tantas personas capaces de impartir un número tan elevado de asignaturas sobre conocimiento, o cultura, o formación —no sabía muy bien cómo llamarlo— y tantas decenas más que querían adquirirlo, me sentí tan abrumada que me quedé tendida en el suelo durante un rato sin poder moverme. Y, al imaginar que toda esa actividad frenética se reproducía diariamente en un edificio de un rincón de Shinjuku, tuve una sensación de desapego que me hizo lanzar un suspiro.

Fui a la cocina, saqué otra botella de sake de la nevera y, tumbada tal como estaba, levantando solo la cabeza, empecé a beber despacio. «Tiene el mismo aspecto que el agua, pero su sabor es completamente distinto.» Se me ocurrió esta obviedad mientras, con los ojos cerrados, saboreaba la sensación de cómo mi cuerpo se iba relajando, poco a poco. Luego, comencé a quitarme los pantalones y los calcetines, como si me los arrancara, y lo encontré tan chocante que empecé a reírme sin motivo. Me dio la impresión de que las letras «¡Ja!, ¡ja!, ¡ja!» aparecían ante mis ojos. Al reírme abiertamente, se veía «¡Ja!, ¡ja!, ¡ja!». Cuando lo hacía con recato, se veía «¡Ji!, ¡ji!, ¡ji!». Aquello era más chocante todavía. El silencio que siguió a la risa me pareció de pronto tan divertido que empecé a reírme todavía más fuerte. Mientras lanzaba una carcajada tras otra, mi cabeza iba rodando por el suelo. Pude percibir claramente las irregularidades del cráneo y me di cuenta de que las partes derecha e izquierda eran bastante distintas. Alcé la cabeza tanto como me lo permitió el cuello y, al dejarla caer de golpe, resonó un ruido sordo y grueso, tan divertido que volví a golpearme la cabeza varias veces más. A medida que repetía lo mismo, me fui sintiendo cada vez peor y aquel mareo, mezclado con la somnolencia, empezó a inundar el fondo de mis ojos y la parte interior de la frente hasta que, en un cierto momento, todavía en el suelo, me sumí en un profundo sueño.

4

Sería porque era domingo, o quizá fuese lo habitual, pero toda la planta estaba abarrotada de gente.

La mayoría eran señoras muy arregladas que bien podían ser amas de casa; aparte, había personas entradas en años; también se veía a algunos estudiantes. Muchos debían de haber ido en grupo, con amigos o conocidos, y estaban charlando o intercambiando saludos sentados en unos sofás de color blanco distribuidos a lo largo de las paredes, o en sillas, alrededor de algunas mesas. El murmullo de sus voces, algo hinchado y confuso, resonaba agradablemente en mis oídos. Me recordaba el vestíbulo de un hospital. No había ni heridos con vendajes ni batas blancas, las risas eran algo más frecuentes y el olor era distinto, pero, por lo demás, el cuadro era muy parecido.

Los cursos que duraban todo el año representaban mucho esfuerzo, así que había decidido mirar entre aquellos más puntuales, pero no era fácil descubrir uno que me convenciera. Había estado sospesando distintas opciones, pero acababa sumiéndome en la confusión más absoluta y, para ahuyentar la sensación, me iba a la cocina y me bebía una cerveza: eso se repitió durante dos semanas. Tras aquel tiempo de dudas, había llegado a la conclusión de que lo mejor sería acercarme allí, a ver qué era eso de un centro cultural.

Con mi bolsa de lona al hombro, con el monedero, un termo lleno hasta los topes de sake frío y el celular, di una vuelta por el vestíbulo como si flotara. Al fondo había una especie de estanterías dispuestas junto a la pared atiborradas de tarjetones color crema con información sobre un número infinito de cursos. El contenido de las clases y el programa estaban explicados con mayor detalle que en el folleto, e incluían el currículum y la fotografía de los profesores.

Mi premisa era apuntarme a un curso que no tuviese relación con lo que había hecho hasta entonces, algo sobre lo que no supiera nada. A partir de ahí, escogí los que más se ajustaban a mis horarios y a mi presupuesto. Los cursos que requerían actividades en grupo, o los creativos, donde se tenía que exponer en público, me exigían demasiado, y señalé con una cruz algunos más convencionales, con un profesor que explicaba y unos alumnos que escuchaban la lección.

Estuve yendo y viniendo, una vez tras otra, desde delante de las estanterías repletas de un número increíble de folletos al sofá antes de lanzarme y escoger cinco: «Invitación al arte bizantino», «Introducción a la tragedia universal», «Misterios de los mamíferos marinos», «Los funerales y el zen» y «Estado y dependencia». Luego, volví al sofá. Y me dije a mí misma que ya era suficiente, que tenía que decidirme de una vez. Me repetí que había mucha gente, de acuerdo, pero que el ambiente era bueno y alegre, y que no me producía ansiedad, y que, tratándose de cursos así, podía escoger cualquiera. ¿Por qué darle tantas vueltas? Solo tenía que elegir uno como quien se toma una cerveza. Sin pensarlo, con desenfado, sin sentimiento de responsabilidad. Porque, total, podía dejarlo en cualquier momento, aunque eso representase tirar el dinero.

Me dirigí a los baños, saqué el termo de la bolsa de lona, tomé un gran trago de sake y, sentada en la taza del escusado, sentí cómo me invadía una ligera somnolencia, así que me fui directa a la máquina expendedora del pasillo, compré una lata de café solo y me la bebí de un tirón, allí mismo, de pie. Decidido. «Haré Introducción a la tragedia universal», pensé entusiasmada, y tiré con ímpetu la lata vacía a la papelera. Al caer, produjo un absurdo sonido metálico.

Cuando fui a inscribirme a la ventanilla más cercana, la empleada, con gafas de fina montura plateada, me hizo una señal con los ojos y, al darme la vuelta, descubrí una máquina de números de turno: incliné la cabeza en señal de disculpa y retrocedí. Una mujer de mediana edad que estaba sentada cerca, esperando la tanda, me lanzó una mirada de reprobación y desvió enseguida la vista. Yo tenía el número 357, el panel electrónico de recepción marcaba el 340. Tomé asiento en el mismo sitio del sofá de antes y me dispuse a esperar mi turno.

Pero no llegaba. Después del bajón de la hora del almuerzo, el vestíbulo se había llenado aún más. Sentada en el sofá, mientras esperaba con los ojos cerrados y la bolsa de lona sobre las rodillas, mi cabeza confusa estuvo dándole vueltas a la idea de que, claro, estábamos en domingo, era normal que hubiera tanta gente.

En un punto indeterminado, no sabía bien si en el estómago, en la cabeza o en la espalda, empecé a sentir unos desagradables retortijones parecidos a cuando había probado el alcohol por primera vez... Recordé perfectamente la sensación de catorce años atrás. Pero no podía irme a casa. Apoyada en la pared, agarrando con fuerza la bolsa enrollada sobre las rodillas, me dije que tenía que aguantar hasta el momento de la inscripción y, mal que bien, lo conseguí. Cuando llegó mi turno y me puse en pie, noté una ligera náusea. Me detuve, tragué saliva repetidas veces y continué hasta el mostrador. De pronto, sentí unas inconfundibles ganas de vomitar. Miré a la empleada y, con la mano, le indiqué con una seña que esperase. Al darme la vuelta, descubrí unas puertas con la placa de los aseos. Se los señalé a la mujer y, tapándome la boca con la mano, me precipité hacia ellos. De súbito, noté cómo el estómago subía y bajaba, y la boca de la garganta se abrió con un extraño gorjeo, dejando ascender su contenido. Los baños estaban en el lado opuesto, es decir, en el punto más alejado de recepción. Corrí hacia allí mientras presionaba la lengua contra el paladar y cerraba la boca de la garganta a la vez que apretaba los dientes con fuerza para impedir el paso del vómito, pero no llegué a tiempo.

Acabé vomitándome en las manos justo ante la puerta de los baños y, como el líquido marrón no me cabía en las palmas, terminó deslizándoseme entre los dedos y goteando al suelo. Al respirar hondo, noté de inmediato cómo subía una segunda oleada y volví a vomitarme en las manos. En ese momento, choqué con un hombre que salía con prisas del baño de hombres. Al parecer, no me había visto, ni a mí ni mis vómitos, y se tambaleó sorprendido mientras intentaba esquivarme. Una chica que salía del baño de mujeres me preguntó si me encontraba mal y me condujo hacia dentro. Asentí una y otra vez con la cabeza mientras me lavaba las manos y, tras enjuagarme la boca, le dije que lo sentía, que estaba bien, que lo sentía mucho, y me incliné en señal de disculpa. La chica me pasó un montón de toallas de papel juntas para que me secara las manos y se me quedó mirando con aire inquieto a través del espejo, pero acabó yéndose tras decirme con una cierta incomodidad: «Bueno, adiós».

Dentro del mismo cubículo de antes, sentada en la taza del escusado con la cabeza colgando hacia delante, intenté serenarme. Tras vomitar, me sentía mucho mejor, y respiré hondo mientras me pasaba la mano por la zona del estómago.

Permanecí un rato en la misma posición y, una vez estuve convencida de que las náuseas habían remitido por completo, abrí la puerta y fui a inspeccionar el lugar donde había vomitado, allá en la entrada. Sentí un gran alivio al descubrir que el líquido había caído solo sobre el suelo de piedra y que no había alcanzado, por los pelos, la moqueta. Me dirigí al armario de los enseres de limpieza, tomé prestado un bote y, tras dudarlo mucho, un trapo, sucio y raído, diciéndome que podía restituirlo más adelante, y me dispuse a limpiarlo todo. Una vez acabé de enjuagar el trapo, me quería ir a casa sin más, pero me di cuenta de que había olvidado la bolsa en la recepción.

El vestíbulo seguía exactamente igual que antes, lleno de gente que charlaba, de personas que hojeaban folletos y tarjetas, o que aguardaban su turno para inscribirse. Desde una cierta distancia, miré, y remiré, los alrededores de la ventanilla de antes, pero no logré descubrir mi bolsa de lona por ninguna parte. Esperé a que la persona que estaba allá acabara de hacer los trámites y aproveché el intervalo hasta el siguiente turno para ir a preguntar, pero la empleada me interrumpió diciendo que hiciera el favor de sacar un número, así que tuve que repetir el proceso y, tras tomar un ticket, me senté en un sofá a esperar. Tenía seis personas delante.

Estaba mirando el vestíbulo sin verlo cuando me di cuenta de que el hombre que estaba en el sofá frente a mí, en diagonal, no dejaba de lanzar ojeadas furtivas en mi dirección. Yo no tenía a nadie sentado ni a un lado ni al otro, así que debía de estar mirándome a mí. Me saqué un pañuelo del bolsillo y me enjugué alrededor de la boca con discreción. No quedó nada pegado en el pañuelo.

Poco después, ya era notorio que el hombre sentía algún tipo de curiosidad hacia mí. Me asaltó la inquietud. No sabía dónde fijar la vista y me sentía cada vez más insegura: en estas, se me ocurrió que podía tratarse del hombre con el que había chocado en la puerta de los lavabos mientras yo vomitaba.

Lancé una mirada discreta hacia sus pies. Desde donde yo estaba, solo le veía una pierna, pero ni el zapato ni el bajo del pantalón estaban sucios. No creía haberle salpicado ni en la cara ni en las manos, pero tal vez le hubiese manchado alguna parte que no podía ver. En una situación así, ¿no tendría que ir a pedirle disculpas? ¿No sería lo más natural? Pero ¿y si se trataba de otra persona?

Notaba una sensación oscura y opresiva en el pecho, como si me lo hubiesen llenado de plomo: respiré hondo y me repetí que era mi responsabilidad, que debía tomármelo como si fuese un trabajo. Al final, logré armarme de valor, me levanté del sofá y me dirigí hacia el lugar donde estaba sentado el hombre.

Era la primera vez en mi vida que dirigía la palabra a un extraño en un lugar extraño.

—Disculpe —le dije mirándole la zona del mentón—. Antes, en el baño, usted... se ha ensuciado.

Había empezado la frase de una manera tan rara que se me hacía difícil proseguir. No se trataba de decirle: «Se ha ensuciado»; lo que debería haber hecho era preguntarle: «¿Se ha ensuciado?». Aunque no, tampoco. Tal vez tendría que ser, más bien: «¿Lo he ensuciado a usted?». Estaba tan nerviosa que se me confundían las ideas. En mi cabeza iba buscando la oración correcta, pero lo único que logré fue quedarme allí balbuceando, azorada. Entonces:

—Ah, es usted la de antes, ¿verdad? Ya me lo parecía —dijo el hombre—. ¿Se encuentra mejor?

—Sí, mejor —respondí tras tragar saliva.

Al oírlo, el hombre repuso: «Ah, bien», y esbozó una sonrisa. Luego se hizo el silencio.

Tenía el pelo entrecano, suave, con la línea de nacimiento bastante retirada y algunas partes que se le rizaban. Sus cejas, ni gruesas ni delgadas, con forma de acento circunflejo, también tenían algunos pelos blancos. Era difícil determinar su edad, pero debía de rondar los cincuenta y cinco. Llevaba una camiseta azul marino, vieja y desteñida, con varios bolígrafos metidos en el bolsillo del pecho. Unos pantalones de algodón color beige claro muy usados y unos tenis hechos de un material que, a simple vista, no se distinguía si era plástico o cuero.

—Es que...

Fui yo la que rompió el silencio.

—Es que, hace un rato, estaba muy apurada y no le he pedido disculpas. Es que... es que he pensado que, antes, quizá le haya manchado los zapatos, o algo, con mis...

Aunque de forma entrecortada, esa vez, al menos, había logrado decir todo lo que tenía que decir.

—¡Ah! —El hombre lanzó una ojeada rápida a sus pies y sonrió—. Creo que no. Caminaba sin prestar atención. Soy yo quien debe pedirle disculpas por haber chocado con usted.

—No, no. Ha sido culpa mía —repuse.

Como ya no quedaba nada por decir, hice una inclinación de cabeza e inicié la retirada. El hombre también se inclinó. Antes de que pudiera llegar al sofá, me tocó el turno en recepción y fui directamente a la ventanilla.

—Disculpe... Creo que hace un rato he dejado aquí una bolsa de lona —dije poniéndole delante el pequeño ticket con el número impreso.

La misma mujer de las gafas con fina montura plateada de antes me dirigió una mirada rápida y, sin levantarse, hizo bascular la silla hacia atrás, agarró mi bolsa azul marino y la dejó caer sobre el mostrador.

—Muchas gracias. —Asentí con la cabeza y me incliné.

La mujer no repuso nada; llamó el siguiente número mientras se colocaba el pelo detrás de la oreja con aire de fastidio.

Cuando salía del vestíbulo con la bolsa colgada al hombro, me volví sin pensar hacia el hombre de antes. Estaba escribiendo algo, inclinado sobre un cuaderno que tenía apoyado en las rodillas. Caminé despacio por el pasillo hasta los elevadores, pulsé el botón, monté en el primero que llegó, bajé y salí del edificio.

La luz de la tarde lo inundaba todo, y entrecerré los ojos en un acto reflejo. La plaza se extendía a los pies del edificio como un mar sin agua, y las agujas del reloj que estaba allí clavado, apuntando al cielo, señalaban las tres en punto.

El domingo siguiente, volví al centro cultural de Shinjuku con un trapo nuevo.

En la bolsa que llevaba colgada del hombro

había metido el trapo, el monedero y, además, un termo lleno de sake. Cerré la puerta, bajé la escalera y, al salir, me di cuenta de que había olvidado el celular, pero no volví a buscarlo. Solo me llamaban por asuntos de trabajo y, además, era domingo. Avancé por la calle hasta la parada de autobús como si me abriera paso a través del aire húmedo y pesado.

Había empezado a beber cerveza hacia las ocho de la mañana, y ya había vaciado cuatro latas. Después del día de la vomitona, había hecho diversas pruebas y había descubierto que no pasaba nada mientras no mezclara cafeína con alcohol, así que había decidido beber solo cerveza por las mañanas.

La planta no mostraba ningún cambio respecto a la semana anterior, hasta el punto de que daba la impresión de que todos aquellos días se habían comprimido en un instante y de que yo había vuelto apenas unos minutos más tarde.

Gracias a la cerveza que había bebido por la mañana y a los tragos de sake que había tomado, mientras esperaba el tren, sentada en el banco de la estación, me sentía bastante relajada. De hecho, más que relajada, lo que estaba era tambaleante, y me dije que quizá había bebido demasiado, pero ya empezaba a parecerme que todo, absolutamente todo, carecía de importancia. Tomé un número para recepción, me senté en el sofá y clavé los ojos en el número impreso en el ticket. Al compararlo con el del panel electrónico, descubrí que tenía trece personas por delante.

Sentada en el borde del sofá, me recliné hacia atrás hasta quedar prácticamente tumbada y, desde esa posición, empecé a mirar a las personas que iban de aquí para allá y a las que charlaban animadamente. En una esquina, cerca del sofá, habían instalado una especie de cafetería y, por encima de la mampara, veía asomar la parte superior de la cabeza de los que se encontraban allí dentro, descansando o tomándose un té. Diversos tipos de cabezas, diversos colores. También había muchos clientes, sentados en sillas junto a la máquina registradora, esperando a que hubiera un sitio libre. Un tenue olor a café se extendía por el aire mezclado con el sonido del entrechocar de platos y vasos, las voces y las risas.

Sentía los dedos torpes, los codos pesados. Saqué el termo plateado de la bolsa que mantenía sobre las rodillas, desenrosqué la tapa, lo llené de sake y lo vacié de un trago. Sentí cómo el líquido cálido descendía lentamente por mi esófago y, poco después, su olor peculiar emprendió el camino inverso a través de mi garganta hasta llegar al cráneo. Al girar la cabeza hacia el expositor de la tarta de queso, mis ojos se encontraron con los de un hombre que salía de la cafetería de la esquina. Era el mismo de la semana pasada.

Al reconocerme, sonrió ligeramente e hizo una reverencia en mi dirección. No comprendí por qué sonreía, pero decidí imitarlo e incliné la cabeza.

—¿Toma algún curso? —me preguntó con expresión risueña.

Asentí varias veces con la cabeza. Y añadí:

—Estoy esperando.

Había transcurrido una semana desde que le había pedido disculpas, pero me daba la impresión de que había sucedido pocos minutos antes.

—¿Y qué está esperando? —me preguntó. Llevaba la misma camiseta azul marino desteñida de la semana anterior, y yo dirigí una mirada vaga a los bolígrafos y demás objetos que abultaban de un modo extraño su bolsillo.

No entendía por qué seguía allí, inmóvil, mirándome. De pronto, recordé que me había hecho una pregunta y, dentro de mi cabeza, fui rebobinando la conversación despacio. Finalmente, respondí:

—A que me toque.

Sentía cómo el sake se iba extendiendo por el fondo de mi estómago.

—A que me toque —repetí. Tragué saliva varias veces para sofocar el reflujo de alcohol.

—Ah —dijo el hombre, y se volvió hacia el mostrador de recepción.

—Eso —le dije señalándole el pecho—, ¿no puede ser peligroso... si se cae?

—¿Qué? —preguntó él abriendo un poco los ojos.

—Ese bolsillo —dije sin dejar de señalarlo.

—¿Peligroso? ¿El bolsillo?

—El bolígrafo, parece peligroso. Si se cae..., la garganta...

El hombre hundió la barbilla, se miró el pecho y, luego, levantó la cabeza.

—Los que tienen filo están metidos con la punta hacia abajo. No pasa nada. Solo están hacia arriba los que tienen la punta redondeada.

—Ah... —dije soltando una gran vaharada—. Entonces... ¿si la punta es redonda... es seguro?

—Sí. Creo que sí.

—*Entando*.

—¿Cómo?

—Que en-entiendo.

Tenía la sensación de haberme convertido en la pieza de una máquina que escupía gases de escape, o algo parecido, y no paraba de espirar grandes bocanadas de aire, de inspirar hondo y, acto seguido, de espirar con la misma profundidad. Con cada inspiración y espiración, los brazos y las piernas se me iban volviendo más pesados y, aunque no tenía sueño, no podía evitar que los párpados se me cayeran sin remedio. Estaba casi tumbada, frotándome los ojos. Por más fuerza que concentrara en la frente, no podía impedir que se me cerraran los párpados y, al final, tuve que presionarme con las yemas de los dedos en la zona de las cejas y levantar la piel para poder mantener los ojos abiertos y mirar al hombre.

—Disculpe —dijo—. Pero me parece que está un poco bebida.

—Sí —le respondí lentamente.

—¿Y va a asistir a clase borracha?

—No voy a ir —dije—. Hoy solo he venido a devolver el trapo.

—¿El trapo?

—En el lavabo..., solo he venido a devolverlo.

—¿Lo estropeó?

—En el lavabo —dije señalando hacia allí.

Vi cómo el hombre hacía un gesto de asentimiento y, un instante después, ya había desaparecido de mi campo de visión. Dejé a un lado la bolsa que mantenía sobre las rodillas, me crucé de brazos, incapaz de evitar que mis párpados se cerraran. Y me quedé dormida.

Un zumbido se acercaba, trazando círculos, desde un punto lejano hasta detenerse delante de mí. Abrí los ojos sobresaltada. No sabía ni qué hora era ni dónde estaba. Noté algo frío bajo el labio, cerca de la barbilla, y me lo limpié con el dorso de la mano: eran babas.

Al lanzar una mirada en derredor a la planta, descubrí que seguía igual que antes, llena de gente que charlaba mientras esperaba su turno o leía algo sentada en una silla. Miré el reloj de la pared: eran las tres y media. Eso quería decir que había estado unas tres horas durmiendo allí. Me froté los ojos con el dorso de las manos y sacudí la cabeza varias veces. Me daba la impresión de que una neblina moteada flotaba dentro de mi cabeza.

¿Qué podía hacer a continuación? No tenía la menor idea. Sin saber adónde ir, o qué hacer, una vez me pusiera en pie, permanecí unos veinte minutos en la misma posición de cuando me había despertado. Entonces, de repente, sonó un timbre. Al oírlo, me dio un vuelco el corazón, pero me encogí de hombros y me quedé oyendo cómo resonaba por el vestíbulo. Era una melodía monótona que iba repitiéndose una vez tras otra, cada vez a mayor volumen: cuando empezaba a preguntarme hasta dónde llegaría, se detuvo de repente. En ese instante, se abrió una de las puertas de las aulas que se veían al otro lado de recepción y una riada de gente empezó a salir entre un rumor de voces. Entre la multitud de caras y cabezas, divisé el rostro del hombre de antes, el de la camiseta azul marino. Al verme, se inclinó un poco en mi dirección y se me acercó.

Se quedó de pie delante de donde yo estaba sentada y levanté los ojos para mirarlo. Sacó una botella de plástico de agua de la cartera y me la tendió.

—Iba a ofrecérsela antes, pero, al volver, he visto que estaba dormida —dijo.

—¿Antes? —repetí. Me salió una voz extrañamente ronca—. ¿Hace unas tres horas?

—Sí. He tenido clase y, ahora, al terminar, he visto que todavía estaba aquí.

Al sonreír, se le dibujaban muchas arrugas en las mejillas y en las comisuras de los párpados. Mientras las miraba, me sentí de pronto avergonzada. Con los ojos bajos, le dije: «Lo siento», e incliné la cabeza.

—Solo estaba durmiendo. No tiene que disculparse por eso —dijo él. Y sonrió—. Como el otro día se sintió indispuesta, estaba un poco preocupado, por si volvía a encontrarse mal. Si pregunta en la recepción, le indicarán un lugar donde podrá tenderse un rato.

—No, no. Ya estoy bien —dije inclinando una vez tras otra la cabeza—. Lo siento.

—Tome —dijo el hombre volviendo a ofrecerme la botella de agua.

Me puse una mano en la frente y, vacilante, agarré la botella con la otra. Tenía mucha sed, pero, por la razón que fuera, no me sentía capaz de desenroscar la tapa, llevarme la botella a la boca y beber delante del hombre. Sosteniendo la botella, le di las gracias y volví a inclinarme. Y, cuando dirigí la mirada hacia el dorso de mi mano sobre el sofá, me di cuenta de que había desaparecido mi bolsa.

—... Una vez formalizada la denuncia, si encontramos su bolsa, se lo notificaremos enseguida.

El oficial de policía, que parecía aún muy joven, tras mirar el papel, me lanzó una ojeada rápida a la cara. Su manera de hablar era extraña, totalmente desprovista de emoción. Incliné la cabeza en señal de agradecimiento y salí de comisaría. Los del centro cultural me habían ayudado a buscar y habíamos registrado todos los rincones, pero la bolsa, tal como era de suponer, no había aparecido.

—Lo siento mucho. —Me incliné ante el hombre, que me había acompañado hasta allí y que estaba esperando fuera—. Ha sido culpa mía, por haber sido tan descuidada.

—No, qué va —repuso—. Espero que la encuentren.

—Le agradezco mucho que me haya ayudado a buscarla... Y que me haya acompañado hasta aquí...

—Con todo, es una suerte que no llevara encima ninguna tarjeta de crédito. O el teléfono. Así no tendrá que anularlos... Por cierto, ¿y la tarjeta de débito?

—Ah, la tengo en casa.

—Menos mal. ¿Sabe? El monedero, a veces, aparece. Vacío, claro —dijo.

—¿De verdad?

—Sí. Yo pierdo cosas a menudo, pero la cartera la he recuperado dos veces. Solo la cartera.

—¿Ah, sí? —dije.

—Con un poco de suerte debía llevar algo dentro con su dirección —añadió el hombre.

Después, fuimos andando hasta la estación de metro de Shinjuku.

Permanecimos en silencio, sin pronunciar una sola palabra. Mientras veía la punta de mis tenis sobre el asfalto y los adoquines sucios de la calle, pensaba en lo antinatural que era, y en la ansiedad que me producía, estar andando, así, con las manos vacías por las calles de un barrio grande que no me era familiar.

—Le agradezco de todo corazón su amabilidad.

Volví a darle las gracias al llegar a la estación de Shinjuku, ante las máquinas de validación de billetes por las que pasaban riadas de gente. Como no tenía dinero, el hombre me prestó mil yenes.

—¿Tendrá suficiente?

—Sí —le respondí inclinando la cabeza—. Se lo devolveré lo antes posible.

—Cuando le vaya bien. La semana que viene volveré a estar allí. Si me ve, llámeme.

En cuanto dijo «la semana que viene, allí», me vinieron a la cabeza las imágenes del sofá, de la recepción y del lavabo y, de pronto, me sentí deprimida. Tras dudar bastante, decidí pedirle su contacto, por si acaso. El hombre me dijo: «Claro», y me dejó algo para escribir. Los dos apuntamos nuestras señas y nos las intercambiamos.

—¿Santaba-san? —pregunté al mirar los caracteres de su nombre sobre el papel.

—Mitsutsuka. —El hombre corrigió la lectura con una sonrisa.

—Mitsutsuka-san —dije.

—Exacto.

—Mitsutsuka-san —repetí.

—A veces, también me llaman Sanzoku. —Sonrió mientras se recolocaba la cartera que llevaba colgada al hombro—. Fuyuko Irie-san, ¿verdad?

—Sí —respondí. Y quizá porque Mitsutsuka-san había pronunciado mi nombre delante de mí, bajé los ojos y los fijé en la punta de sus zapatos, incapaz de sostenerle la mirada.

—Adiós... —dijo levantando un poco la mano.

Pasó por la máquina de validación de billetes y enseguida se confundió entre la multitud.

—Vaya. Perder el monedero es un verdadero fastidio. ¿Ya has anulado las tarjetas? —Hijiri suspiró al otro lado del teléfono.

Sin pensar, le respondí que sí, aunque yo no tenía ninguna tarjeta de crédito. Habían pasado cuatro días desde que había desaparecido la bolsa, pero la policía seguía sin ponerse en contacto conmigo.

—Aunque eso de que no llevaras el celular es una suerte dentro de lo que cabe.

—Ya.

—¿Y no te diste cuenta de nada? —preguntó.

Le oculté el hecho de que me había dormido,

borracha. A cambio, le conté que estaba sentada en un sofá distraída, pensando en mis cosas, cuando de pronto me había dado cuenta de que la bolsa había desaparecido.

—Por lo visto, ese tipo de robos es muy habitual.

—Ya.

—A la que te das cuenta, ya te han robado.

—Ya.

—Parece que es cuestión de suerte. Si te toca, te toca.

—Ya.

—Pero bueno... Hay rateros, vale. Pero, por otra parte, se ve que aún queda gente amable, ¿no? —dijo Hijiri con voz casi de asombro—. En cierto modo, parece que una cosa compense la otra, ¿verdad?

—Quizá sí —dije.

—Ah, por cierto, ¿y qué hacías tú en un centro cultural? —preguntó Hijiri como si se le ocurriera de pronto—. ¿Estás tomando algo?

—Había ido porque me habían pedido un favor... —Sin prestar atención a mi mentira, Hijiri, riendo, dijo que menuda concepción tenían en ese sitio de la cultura.

—¿Y esa persona tan maja era alguien del centro?

Di una respuesta vaga. Hijiri repuso: «En fin...», lo dejó correr y, tras hablar de temas de trabajo, como era habitual, colgó.

El día después del robo, había llamado a Mitsutsuka-san (con dos cervezas encima) para devolverle el dinero.

Había pensado en enviárselo por correo certificado, pero, cuando hablamos por teléfono, descubrí que trabajaba no lejos de mi casa y quedamos la tarde siguiente en una cafetería cerca de una estación a la que no había ido nunca, pero que estaba, más o menos, a medio camino entre los dos lugares. Después de concertar la cita y colgar, pasé un rato angustiada, diciéndome que había tomado una mala decisión, pero, en cuanto me bebí un par de cervezas seguidas, dentro de mi cabeza todo recuperó su equilibrio y la ansiedad fue pasando gradualmente a un segundo plano hasta esfumarse por completo.

El día de mi cita con Mitsutsuka-san, estuve toda la mañana revisando cuidadosamente el trabajo del día anterior; luego me preparé un almuerzo sencillo, comí, descansé un poco, me acerqué a la biblioteca del barrio a devolver unos libros y, desde entonces hasta las seis, estuve cotejando el manuscrito original con las galeras.

A medida que se acercaba la hora de la cita, me sentía cada vez más inquieta; por más que mirara el reloj, siempre señalaba la misma hora, pero yo no apartaba la vista de la posición de las manecillas mientras lanzaba un suspiro tras otro.

Cuando las agujas marcaron las seis y diez, ordené los manuscritos y las galeras apilados encima de la mesa, afilé todos los lápices, los metí en el estuche y, después, me lavé la cara, me puse tónico y me peiné. Estuve dudando entre si recogerme el pelo en una coleta o no, pero, al final, decidí dejármelo suelto. Luego fui a la cocina, saqué una lata de cerveza del refrigerador y, tras bebérmela a sorbitos, volví a mi habitación.

Eché un vistazo al cajón de la cómoda dándole vueltas a qué ponerme para salir, pero tampoco había mucho donde escoger, así que finalmente opté por una camiseta recién lavada que estaba doblada encima de todo y por unos pantalones de algodón. Luego me planté delante del espejo de cuerpo entero que estaba junto a la entrada y, por primera vez en mucho tiempo, me miré detenidamente de pies a cabeza. Al verme de perfil, me dio la impresión de que mi cuerpo había perdido grosor: era mucho más plano de lo que recordaba, y me quedé mirándolo fijamente un rato. Luego me volví de frente y clavé los ojos en el rostro del espejo que me devolvía la mirada. Se le dibujaban unas sombras, aquí y allá, y me observaba fijamente con una expresión incierta. Pensé que, si aquellos labios entrecerrados pronunciaran alguna palabra, yo la escucharía con gusto, pero, por más que esperé y esperé, no logré oír ninguna. Ya no sabía qué debía hacer para alejarme del espejo, cómo podía dejar mi yo reflejado en su superficie, tal como estaba. Apoyé las manos en la parte superior de la cabeza. Las palmas fueron moviéndose despacio hacia abajo siguiendo la forma del cráneo. Pasaron de las sienes hasta las mejillas, volvieron a la parte superior de la cabeza, se deslizaron otra vez de arriba abajo. Mi yo del espejo iba imitando mis movimientos. Repetí lo mismo varias veces hasta que llegó la hora de salir de casa.

Mitsutsuka-san ya había llegado y, a través del cristal de la ventana, vi cómo leía un libro. Cuando empujé la puerta y entré en la cafetería, empezaba a notar ya en las mejillas el calor producido por la cerveza que había bebido antes de salir de casa. Me senté diciendo: «Con permiso», saqué del bolso el sobre con los mil yenes, lo puse encima de la mesa y lo deslicé hacia Mitsutsuka-san con una inclinación de cabeza. Lo había introducido entre las páginas de un cuaderno, pero vi que una de las esquinas estaba ligeramente doblada.

—Muchísimas gracias.

—De nada —lo oí decir, mientras veía cómo su mano se posaba encima del sobre.

Luego cayó un breve silencio. Como no me atrevía a mirarlo de frente, empecé a darme toquecitos en la frente con el pañuelo y a manosear el bolso para disimular mi turbación.

—Al contrario, soy yo quien debe agradecérselo —dijo Mitsutsuka-san unos instantes después. Yo negué con la cabeza una y otra vez—. No tenía por qué ser esta semana. Podría habérmelo devuelto la próxima vez que fuese al centro cultural.

—No, es que... —dije y, como notaba la boca seca y pastosa, agarré automáticamente el vaso que estaba sobre la mesa y bebí un sorbo de agua—, es que no creo que vuelva más al centro cultural.

—Ah, vaya.

—Sí. —Hice varios movimientos de cabeza, con las manos posadas en el bolso, sobre las rodillas.

—¿Ya ha terminado el curso?

—No —respondí—. Pensaba apuntarme, pero no he podido hacerlo por cuestiones de tiempo.

—Ah, vaya —dijo Mitsutsuka, asintiendo con aire convencido.

Cayó otro silencio parecido al anterior y yo empecé a rascarme alrededor de las cejas con la punta del dedo. Luego, bajé la cabeza y me puse el pelo que me cubría la cara detrás de las orejas. Como ya no sabía qué hacer a continuación, clavé la vista en la superficie de la mesa. La habían fregado bien, sin dejar una gota de agua ni suciedad alguna, pero se adivinaba una especie de pátina imposible de borrar por más cuidado que pusieran en pasar el trapo. Pensé que me bebería con gusto una cerveza, o unos sorbos de sake. Me acordé del termo plateado que había perdido. La ligera ebriedad que sentía al llegar a la estación, o incluso al entrar en la cafetería, se iba desvaneciendo a pasos agigantados y, al darme cuenta, me sentí muy insegura. ¿No sería lo más lógico irme ahora, cuando ya había cumplido el objetivo de la cita, que no era otro que devolver el dinero? En cuanto se me pasó la idea por la cabeza, me resultó cada vez más difícil quedarme sentada, tal cual, en la silla. Al echar una ojeada rápida al rostro de Mitsutsuka-san, me pareció leer signos de incomodidad. ¿No sería porque estaba esperando a que me marchara de una vez? Incapaz de quedarme un minuto más, respiré hondo y, justo cuando iba a ponerme en pie, Mitsutsuka-san dijo:

—¿Qué va a tomar?

Me di cuenta de que todavía no habíamos pedido nada. Miré la carta y, señalando las primeras letras que vi, dije: «Un café». Me sentí enrojecer.

Mitsutsuka-san dijo que tomaría lo mismo. Una mujer de mediana edad se acercó despacio desde el fondo del local, se plantó junto a la mesa, me puso un vaso de agua delante y, a continuación, nos tomó nota. Llevaba un delantal negro, estaba muy gruesa y tenía una presencia majestuosa. Tomó nuestros pedidos haciendo un pequeño gesto con la barbilla, sin pronunciar palabra. Luego se dirigió de nuevo al fondo del local, tan lentamente como cuando había venido. Sus brazos y sus piernas se veían demasiado delgados en comparación con el volumen de su cuerpo. Entonces, me di cuenta de que el agua que me había bebido al llegar era la de Mitsutsuka-san y, sonrojada, intercambié los dos vasos en silencio.

Esperamos a que nos sirvieran el café sin pronunciar palabra.

—... ¿Trabaja usted cerca de aquí? —Incapaz de soportar aquel silencio, hice acopio del valor que me conferían los restos del alcohol que aún debían de quedarme en el cuerpo y, agarrándolos con fuerza, inicié tímidamente la conversación.

—Sí —respondió—. En una escuela de esta línea de tren.

—Oh, ¿es profesor? —dije.

—Sí.

—Así que es profesor —repetí, enjugándome las comisuras de los labios con el pañuelo—. ¿De qué?

—Enseño Física.

—¿Física?

—Sí.

—Oh, y la física... —dije y, como no sabía cómo continuar, enmudecí.

La mujer de antes se acercó, por supuesto, al mismo paso lento que la vez anterior y, tras depositar las tazas encima de la mesa, corrigió la orientación de las asas. Nosotros observamos sus movimientos con solemnidad, como si estuviéramos presenciando algún ritual. Pinzó el plato con el azúcar y la leche con la punta de los dedos y lo desplazó al centro de la mesa; luego, dejó la nota en el borde y se volvió despacio al fondo del local.

—¿Está usted empleada en algún lugar, Irie-san? —preguntó después de tomar un sorbo de café.

Al oír pronunciar mi nombre, me puse tensa de golpe. Iba a beber un poco de café, pero lo vi tan negro y tan caliente que opté por tomar un poco de agua.

—No, bueno, yo trabajo en casa —dije.

—¿En casa?

—Sí..., bueno, es que soy correctora, y trabajo en casa. Soy correctora *freelance*.

—¿Correctora? ¿De libros?

—Sí.

—Vaya —dijo Mitsutsuka-san abriendo un poco los ojos—. Así que es correctora.

—Sí.

—¿Y qué tipo de libros corrige?

—Excepto obras muy especializadas, de todos. De todos los tipos que yo pueda entender.

—¿También novelas?

—Sí.

—Oh, vaya.

—Sí.

—¿Es duro? —preguntó Mitsutsuka-san.

—¿El trabajo?

—Sí.

—Pues no sé... Estás sentada todo el tiempo, pero duro no es. No, no. No creo que lo sea.

—Ya.

—... Y usted, pues, ¿qué cursos imparte?

—Doy clases de todos los niveles —dijo Mitsutsuka-san—. Pero es una escuela normal y corriente, así que nadie está realmente interesado en la física.

—Vaya.

—Sí —dijo, se llevó la taza a los labios y, alzando un poco la barbilla, tomó un sorbo de café con un ruidito gutural.

—¿No está muy caliente? —Me sorprendió tanto al verlo que se me escapó.

—Sí, lo está —respondió Mitsutsuka-san—. Pero yo, no sé por qué, puedo beber los líquidos casi hirviendo.

—Oh, vaya.

Luego iniciamos una conversación, intercalada con largos silencios, sobre el centro cultural donde nos habíamos conocido. Al principio, pensé que tal vez estuviese enseñando algo allí, pero luego comprendí que no, que era un alumno.

—Corregir libros implica estar leyendo todos los días, ¿no? De forma natural. Una correctora como usted debe de acabar siendo una persona muy instruida, ¿verdad? —preguntó Mitsutsuka-san un poco después.

Di una respuesta vaga:

—Bueno... ¿cómo se lo diría? Corregir no tiene nada que ver con la lectura normal..., es... es algo totalmente distinto.

—Sí, claro —convino Mitsutsuka-san, tomando un sorbo de café.

—... Cuando empiezas a trabajar como corrector, lo primero que aprendes es, bueno, que no puedes leer lo que está escrito... ¿Cómo se lo diría? No debes leerlo.

—¿No se puede leer?

—No. Es decir..., en ningún caso puedes sumergirte en el texto, dejarte llevar. Esto un corrector lo tiene prohibido.

Mitsutsuka-san asintió.

—... Por eso nosotros nunca leemos lo que relata... Bueno, somos correctores, claro. Y debemos prestar muchísima atención al argumento, al contexto, a la secuencia temporal. Pero hay que evitar que el texto nos emocione... Tenemos que concentrarnos exclusivamente en encontrar los errores que se esconden en él.

—Suena muy complicado —dijo Mitsutsuka-san.

—... Ya. En el caso de las novelas, por ejemplo, a veces cuesta no dejarse llevar. Porque están hechas para conmover, para sacudir los sentimientos de la gente... Y es difícil. Al principio, cuando acababa de empezar, no tenía la menor idea de cómo buscar los errores del texto, no sabía dónde mirar...

—¿Eso se aprende con la práctica?

—Sí, eso dicen. Pero me da la impresión de que hay personas que están hechas para este trabajo y otras que no.

—¿Y qué tipo de personas lo están?

—... Pues, hay que quedarse todo el rato sentado frente a la mesa... Estar todo el día en la misma posición, buscando errores, y eso debe de ser muy duro, por ejemplo, para las personas a las que les gusta mucho moverse.

—Es decir, que es un trabajo para las personas a quienes no les representa ningún problema estarse quietas.

—Además, trabajas solo. Y eso no debe importarte o parecerte triste.

—Entiendo.

—Sí. —Asentí.

—Y, entonces, ¿usted está hecha para ese trabajo?

—... A mí, ya de entrada, no me gustaba leer. Más que no gustarme, la verdad es que apenas leía, y sensibilidad hacia los libros..., bueno, ¿cómo se lo diría? No tenía una gran predisposición hacia la lectura, así que me acostumbré enseguida.

Tomé un sorbo de café, que ya se había enfriado un poco.

—... De modo que sí, es posible que esté hecha para este trabajo. Cuando acabo de revisar un libro, olvido por completo todo lo que decía, los hechos que exponía... Apenas me acuerdo de nada. Del título sí, claro. Pero, al cabo de unos años, también se me va de la memoria. Y, al acabar de leer lo que no se puede decir que haya leído, repito el mismo proceso... Cuando me he quedado en blanco, me envían el siguiente manuscrito y vuelta a hacer lo mismo: empiezo a buscar errores desde el principio. Por eso, por más que trabaje, no adquiero conocimientos. Porque no se me queda nada.

Había hablado de corrido: pensé que, después de todo, quizá aún estuviera algo borracha. Al bajar la vista, vi que los dedos que estrujaban el pañuelo estaban temblando.

Permanecimos un rato en silencio, bebiendo nuestros cafés.

Al otro lado de la ventana, la noche empezaba a erosionar las diferentes capas del crepúsculo y confería un tono blanquecino a los rostros de los estudiantes que andaban por la calle charlando animadamente mientras las bicicletas pasaban por su lado como si los persiguieran. Me dio la impresión de oír los timbres que los ciclistas debían de tocar al cruzarse con ellos. Con la taza de café pegada a los labios, me quedé mirando vagamente cómo las densas tinieblas de la noche, parecidas a la tinta, iban llenando el espacio entre lo que se movía y lo que permanecía inmóvil.

—¿Le gusta leer? —le pregunté.

—Ya casi no leo, pero antes me gustaba. Hubo un tiempo en que leía mucho.

—¿Novelas?

—Pues sí. No tenían nada que ver con mis estudios, pero, cuando estaba en la universidad, leía mucho. O eso creo. Me parece que la mayoría eran novelas antiguas. Pero casi no me acuerdo... Por lo visto, los correctores no son los únicos que olvidan por completo las cosas. —Mitsutsuka-san sonrió. Al sonreír, se le formaban dos grandes arrugas en el rabillo del ojo que desplazaban a las otras, haciendo que sus facciones, ya dulces de por sí, parecieran más distendidas aún. No pude evitar sonreír. Se pasó la palma de la mano por las líneas que se le dibujaban en la frente, como si quisiera borrarlas, y tomó un gran sorbo de café. Desvié los ojos hasta los bolígrafos que llevaba en el bolsillo del pecho y, luego, cerré los labios, bajé la cabeza y tomé un sorbo de agua.

—... ¿Y cómo se convirtió en profesor de Física? —pregunté.

—¿Que cómo...?

—Cómo..., quiero decir... si le gustaba mucho la física.

—Bueno, pues, ahora que lo dice, no sé si me gustaba mucho, pero interesarme, sí. Más que las otras asignaturas.

—Ah.

—¿Y a usted? ¿Qué tal le iba la Física?

—¿Cómo?

—Cuando estudiaba.

—... Ah, bueno, los conocimientos básicos supongo que los aprendí... Pero no me acuerdo de nada. No solo de Física, de todas las ciencias, los experimentos y las fórmulas químicas... Todo eso a mí se me daba muy mal —dije—. Por lo visto, no solo olvido el contenido de los libros.

Al oírme, Mitsutsuka-san volvió a sonreír y yo también esbocé una sonrisa. Entonces me asaltó una sensación no sé si de timidez o de ridículo, y volví a ruborizarme. Asentí varias veces con la cabeza baja.

Después estuvimos un rato en silencio: Mitsutsuka-san también miraba por la ventana. Al dirigir la vista hacia la taza que descansaba junto a su mano, vi que estaba casi vacía. En la mía, no quedaba casi nada. El vaso transparente que tenía al lado aún estaba medio lleno de agua y, atraído por ella, un pequeño insecto negro que había venido volando desde algún lugar se posó en el borde. Luego alzó el vuelo, oscilante, y enseguida se perdió de vista. En la cafetería no había otros clientes aparte de nosotros y, al mirar hacia el fondo, vi que la mujer de antes también había desaparecido. La cuenta la pagó Mitsutsuka-san.

Salimos de la cafetería y caminamos juntos hacia la estación.

Vi un pequeño parque en el que no había reparado a la ida y, bajo la tenue luz amarillenta de una farola, descubrí una gran papelera de malla tirada por el suelo: parecía un cuadro.

La noche estaba, como siempre, cuajada de luces que yo miraba sin ver mientras adelantaba un pie tras otro.

Me acordé de los paseos los días de mi cumpleaños, en las medianoches de invierno.

Me acordé de aquellas noches en las que, con un frío tan punzante que, si aguzaba el oído, casi podría oírse, caminaba contando luces envuelta en un aire seco pero impregnado, a la vez, de una humedad especial. En poco tiempo llegarían los días más calurosos del verano; pasarían, vendría el otoño y, cuando acabara, estaríamos en invierno. Y, entonces, volvería aquella medianoche. Andaba inmersa en esos pensamientos cuando, al mirar hacia el lado, vi cómo la camiseta blanca de Mitsutsuka-san despedía una tenue luz blanca, desde el hombro hasta la cintura.

Su resplandor recordaba a los olores del invierno.

Por la noche veraniega, que lo llenaba todo, flotaban letreros y farolas, faros de coches y otras innumerables luces, solo el resplandor de la camiseta de Mitsutsuka-san era ajeno al verano. Aminoré el paso y empecé a andar un poco por detrás de él para poder verle la espalda. Caminaba algo encorvado, adelantando un poco el hombro donde llevaba colgada una bolsa de nailon marrón que no sé qué contendría, pero que parecía muy pesada. Su imagen me evocó una palabra: *profesor*. Vista desde atrás, efectivamente, la espalda de Mitsutsuka-san irradiaba una tenue luz blanca y, al mirarla, sentí que me enviaban una gran postal desde el invierno.

Llegamos a la estación, compramos cada uno nuestro billete y nos saludamos varias veces. Al cabo de un rato, dejamos de inclinar la cabeza y, sin que ninguno de los dos tomara la iniciativa, cruzamos el paso a los andenes. Íbamos en direcciones opuestas, y cada uno se dirigió a una escalera distinta, a derecha e izquierda. Ya me encontraba a medio camino cuando di bruscamente media vuelta. Mitsutsuka-san estaba a punto de doblar la esquina. Al darme cuenta, exclamé, sin pensarlo, en voz muy alta: «¡Oiga!». El sonido de mi voz creó una vibración en mi interior que me sacudió con fuerza. Y resonó por el pasillo de techo bajo. Mitsutsuka-san me miró. Volvió sobre sus pasos con una expresión de extrañeza pintada en el rostro. Yo también caminé en su dirección. Cuando estuve frente a él, le dije: «Yo, es que...», y, tras respirar hondo dos veces, proseguí: «... es que antes he olvidado decirle una cosa. La física...». Mirándome a los ojos, Mitsutsuka-san repuso: «¿Sí?». Yo también lo miré a los ojos. Y volví a suspirar.

—La luz... No sé si tiene mucho que ver con la física, pero es que... a mí me gusta mirar las luces...

Mientras hablaba no tenía la menor idea de por qué estaba diciéndole aquello a Mitsutsuka-san, ni qué consecuencias tendría, ni siquiera por qué estaba hablando. Pero, a pesar de todo, había logrado hilvanar, de algún modo, las palabras que pugnaban por salir de mi boca.

—¿La luz? —preguntó él.

Asentí muchas veces con la cabeza.

—¿La luz? ¿Se refiere a la luz en general?

Volví a asentir varias veces.

—Bueno, es que..., no sé cómo decirlo, seguro que no es nada importante, pero es que he tenido la sensación, una sensación muy fuerte, de que había olvidado decírselo, he sentido que tenía que decírselo hoy...

—Sí.

—Siento haberlo hecho parar —dije, y bajé la mirada—. Ahora ya se lo he dicho. Perdone por haberlo entretenido. Bueno, ya he terminado, lo siento. —Lo dije inclinando la cabeza mientras empezaba a retroceder.

Mitsutsuka-san dijo en voz muy clara que no, que lo entendía. Levanté la cabeza y lo miré.

—A mí también me gusta la luz, por eso empecé a estudiar Física.

—¿Ah, sí? —Sorprendida, lo miré a los ojos—. ¿Ah, sí?

—Sí —dijo Mitsutsuka-san—. La luz es un misterio, ¿verdad? No sabemos en qué consiste. A veces, creemos que sí, pero, al final, no acabamos de conocerla bien. Desde pequeño he pensado que era algo extraño, misterioso... Y eso me llevó a empezar a estudiar Física.

Le clavé la mirada.

—...Y, todavía ahora, sigo pensando en la luz de vez en cuando.

—¿Ah, sí?

—Sí.

—Y esa... esa luz en la que piensa, bueno, y las luces que yo digo..., ¿son lo mismo?

—Pues claro que sí —dijo Mitsutsuka-san, echándose a reír—. Estamos hablando de la misma luz.

Oímos que, en el andén de arriba, estaban anunciando la llegada de un tren. Mitsutsuka-san se colocó bien la bolsa en el hombro izquierdo y se giró hacia la escalera. Se volvió a mirarme una vez más.

—Entonces, la siguiente ocasión hablaremos de la luz, ¿de acuerdo? —dijo. Hizo una inclinación de cabeza y se fue a paso bastante rápido.

No aparté los ojos de la figura de Mitsutsuka-san mientras se alejaba, con el hombro izquierdo un poco más bajo que el otro. Cuando llegó al final del pasillo, antes de doblar la esquina hacia la escalera, se volvió una vez más hacia mí, me hizo una inclinación de cabeza y, luego, desapareció. Durante un rato, me quedé allí de pie, inmóvil, con los ojos clavados en el lugar donde ya no estaba Mitsutsuka-san. Intenté rememorar, una a una, todas las cosas que había visto, todas las cosas que había oído en la hora escasa que habíamos estado juntos: las tazas de café, el hombro de Mitsutsuka-san, las palabras que habíamos intercambiado. Pero no lo logré. Cada vez que intentaba perseguir un detalle, no sé por qué, mi corazón latía con fuerza y su eco me llegaba hasta las palmas de las manos y el fondo de mi garganta, provocándome un dolor sordo.

5

Voy a las bibliotecas con frecuencia a buscar información, pero las librerías no las piso a menos que sea imprescindible.

Antes, cuando entraba en una a curiosear y veía una pila de las novelas que acababa de corregir, tomaba un ejemplar, contenta al ver el diseño de cubierta o la encuadernación. Pero, a partir del día en que descubrí un error tipográfico en la primera página que miré, me da pánico tocar un libro recién publicado cuyo título aún guardo en la memoria. Tuve una gran conmoción al descubrir una errata tan obvia, que saltaba tanto a la vista, después de haberlo revisado todo varias veces con tantísima atención, pero, por más que me quedase allí plantada, mirándolo, no había nada que hacer: el error seguía allí, en el papel impreso. Recuerdo que volví andando a casa trastornada, con la moral por los suelos. Me había costado tanto fijar mi propia manera de trabajar después de dejar la empresa y establecerme como *freelance* —lo que tampoco quiere decir que hubiese adquirido confianza en mí misma, ni mucho menos—, y, de pronto, con aquel descubrimiento, toda la seguridad que había conseguido atesorar se había disgregado en un instante, dejándome perpleja y desconcertada.

Cuando hay una errata, esta se corrige en la siguiente edición, así que informé a Hijiri, la encargada. Ella me consoló diciendo que sabía muy bien lo duro que era.

—Por más que sepamos que no existe un libro sin erratas, lo peor que puede pasarle a una correctora es encontrar una en un libro publicado. Es un shock. Te sientes fatal.

«Exacto», pensé agarrando el auricular, mientras emergía ante mis ojos la cara de Hijiri asintiendo con vehemencia al otro lado de la línea.

Por primera vez en años, entré en una librería decidida a no acercarme a los expositores de nuevas publicaciones. Aquella era bastante grande y estaba atestada de gente.

Al lado de la entrada, junto a las estanterías de las revistas, había dos hileras de mujeres, apelotonadas unas sobre otras, leyendo de pie. Me desvié a otro pasillo, avancé hacia el fondo y deambulé un rato hasta que localicé el rótulo de ciencias naturales y empecé a mirar los lomos de los libros.

Los estantes se dividían en diferentes materias: matemáticas, física, química, estudios espaciales, astronomía e ingeniería; la mayoría de los libros eran gruesos tomos —a todas luces, obras especializadas—, y se veía que no se tocaban con frecuencia. De vez en cuando, aparecía algún título distinto que llamaba la atención: *¡Te odio, Fermat!*, o *Teoría de cuerdas al alcance de todos*. Yo no tenía la menor idea de cuál escoger.

Bajo mis ojos, sobre un expositor plano, había pilas de libros de divulgación con ilustraciones y personajes de anime en las cubiertas: *Una teoría de la relatividad desde el adiós*, *Física para ser felices*, *Ligar con las matemáticas* o *El amor y el principio de incertidumbre. Una aproximación romántica*. Tomé unos cuantos libros y los estuve hojeando, pero no sabía por dónde empezar ni la forma de hacerlo. Después de devolverlos a su sitio, barrí de nuevo las estanterías con los ojos y, en cuanto descubrí la palabra *luz*, me puse a mirar con mayor atención.

Durante toda la semana había estado dándole vueltas a lo que había dicho Mitsutsuka-san al separarnos. Que la próxima vez hablaríamos de la luz. Quizá fueran unas simples palabras de despedida, pero me daba la impresión de que, si teníamos que hablar de la luz, sería mejor que supiera algo sobre el tema y, por eso, había ido a la librería. Sin embargo, pronto me alejé de aquellas estanterías de obras especializadas, que tan poco éxito parecían tener, sin haber descubierto qué libro comprar. A medida que me aproximaba a la entrada, aumentaba el gentío y, delante de las cajas registradoras, se habían formado largas colas de clientes con libros en las manos. Volví a desviarme a otro pasillo. Al acercarme a unas estanterías que lucían un color rosa uniforme y llamativo, descubrí a varias chicas jóvenes charlando animadamente, libros en mano. Al echar una ojeada a los expositores, vi que allá no había revistas, sino que se trataba de la sección de libros de autoayuda para mujeres y las palabras *matrimonio*, *elección*, *amor*, *sueños* y *suerte*, impresas en fuentes y colores tan brillantes que parecían danzar, se me metieron en los ojos de un salto.

Todas las chicas llevaban el pelo rizado de la misma forma, teñido de un tono castaño muy parecido; hasta su maquillaje era el mismo, como si fueran parte de algún equipo, y vestían ropas tan escotadas que, por un instante, temí que, al agacharse, se les derramaran los pechos por encima de los libros; sin embargo, ellas no mostraban ningún signo de incomodidad, y fui yo la que se sintió avergonzada por haber pensado algo así. Se les veían moratones en las piernas, que salían disparadas por debajo de la minifalda y se apoyaban sobre altos tacones, y todas se reían a carcajadas mientras se mostraban, las unas a las otras, las páginas de los libros que estaban hojeando. Sin dejar de observarlas, me detuve a cierta distancia y agarré el primero que me vino a mano. *Qué hacer antes de los treinta y cinco*: era un libro a todo color y en el índice figuraban, con grandes títulos, los diferentes apartados: trabajo, matrimonio e hijos, y, debajo, acompañados de bonitas ilustraciones, aparecían los subapartados: ahorros, seguros, fiesta de compromiso, ceremonia de boda, matrimonio, embarazo. Introduje un dedo entre las páginas del libro y se abrió por una donde se leía con grandes letras: «Cosas importantes que se aprenden de los encuentros». En el texto, escrito con una tipografía de un tamaño que nada tenía que envidiar a la del título, decía que las mujeres suelen sentirse asustadas al pensar en lo que pueden perder con el matrimonio y los hijos, pero que es mucho lo que estas dos experiencias pueden aportarles, ¿por qué no hablarlo con una pareja en la que confíen y atreverse a disfrutar de una felicidad plenamente femenina? Tras hojearlo rápidamente, lo devolví a su sitio y, a continuación, tomé el tomo contiguo, titulado: *Yo he elegido ser una amazona. ¿Qué hay de malo en ser una mujer fuerte?*, y empecé a pasar las páginas. Este libro alentaba encarecidamente a las mujeres a seguir solteras con argumentos acompañados de tablas estadísticas con diferentes estimaciones de niveles de renta y de ahorro por franjas de edad (las cifras medias eran tan superiores a las mías que pensé que se trataba de una errata) y ofrecía varias simulaciones detalladas sobre distintos aspectos de la vida cotidiana. Después de echar una ojeada a casi todas las páginas, lo cambié por otro. Por un libro titulado *Confesiones de una reina de corazones*, en cuya cubierta figuraba la fotografía de una modelo que recordaba a un maniquí, con los pezones y el pubis apenas cubiertos por una tela de seda. Aquel también estaba impreso en unos caracteres tan grandes que hacían pensar en pruebas oftalmológicas y, de vez en cuando, aparecían primeros planos de húmedos pliegues de labios femeninos, o de rajas entre las nalgas, con textos que decían lo siguiente: «El amor te hace más hermosa. Ten tantas relaciones como puedas. El amor es una joya que no se puede comprar con dinero, y los beneficios que el sexo aporta a la mujer van más allá del placer del momento: tener experiencias sexuales satisfactorias en la juventud te ayudará, más adelante, a afrontar el inevitable periodo de la menopausia». Cuando acabé de leerlo por encima, tomé otro y, al terminarlo, alargué la mano hacia el siguiente. Mientras, noté la mirada de alguien: levanté la cabeza y vi un grupo de mujeres jóvenes, distinto del anterior, pero que se le parecía mucho. Una de ellas me estaba observando, pero, cuando nuestros ojos se encontraron, apartó rápidamente la vista y se reincorporó a la conversación.

Tomé cinco o seis libros y los fui hojeando, uno tras otro. *Cómo atraer la buena suerte en tus primeras inversiones en Bolsa*, *Técnicas de maquillaje que multiplicarán por diecisiete tus ingresos*,

Está bien ser una chica mala y multifacética y, también, *Komachi, Bodhisattva y Madonna. Así me convertí en una leyenda*, las confesiones sexuales de una actriz madura de la que yo nunca había oído hablar, aunque, por lo visto, era muy famosa. No sé cuánto tiempo debía de llevar allí, pero el dedo gordo del pie se me había dormido y había perdido la sensibilidad: quizá fuera también porque los tenis me apretaban un poco. Me abrí paso a través de una multitud creciente hasta la entrada de la calle principal y, luego, cabizbaja, me dirigí a la estación. Las risas y los retazos de animada conversación de las personas con quienes me cruzaba iban resonando en mis oídos.

Las luces verdes y rojas de los semáforos temblaban, húmedas, en el crepúsculo; me daba la sensación de que las calles del atardecer —que me resultaban tan poco familiares— estaban llenas a rebosar de gente que esperaba a alguien, de gente que era esperada por alguien, de gente que comía con alguien, de gente que se dirigía a algún sitio con alguien y, también, de gente que volvía a casa junto a alguien. Traté de imaginar lo que llenaba de alegría sus pechos y sus gargantas, y avancé con los ojos bajos mientras enumeraba todas aquellas cosas que nada tenían que ver conmigo.

Crucé el paso a los andenes, subí al tren, me dejé mecer por su traqueteo y, tras llegar a la estación y subir las escaleras, cuando salí a la superficie, empecé a notar que el dedo gordo recuperaba la sensibilidad y que el entumecimiento era reemplazado por un ligero picor. Mientras andaba hacia casa, aturdida, iba acordándome de los libros que acababa de leer de pie, en la librería. Pensé vagamente que, en sus páginas, alguien había escrito algo que quería comunicar a alguien; algo que alguien quería que le dijeran. ¿Debía elegir el amor? ¿O el trabajo? ¿O ambos? ¿Debía vivir sola? ¿O llevar una vida junto a alguien? ¿Debía tener hijos o no tenerlos? Cada una de las alternativas tenía ventajas e inconvenientes. ¿Qué podía perder al optar por una? ¿Y qué se ganaba?

En aquellos libros se encontraban todas aquellas cosas... Sin ir más lejos, el día a día de las jóvenes que acababa de ver delante de las estanterías estaba lleno de alternativas de ese tipo. Qué escoger para ser felices, qué pulir para ser algo mejores. Ante ellas se abrían muchas disyuntivas, tenían muchas tentaciones, muchas coincidencias y realidades superpuestas, y aquellos libros les mostraban las distintas posibilidades que existían, cómo sus vidas, su futuro, dependían de cuál fuese su elección.

Intenté recordar cada una de las palabras de los libros que acababa de hojear y dejé que reverberaran dentro de mi cabeza: su eco era un código para trasladarme a otra parte. Me detuve, insegura, ante una puerta hecha de las cubiertas multicolores de aquellos libros, pero yo no sabía qué había al otro lado, de qué lugar se trataba, qué encontraría allí y, además, lo cierto era que nadie me había invitado. Solo estaba segura de que aquel lugar no podía tener ninguna relación conmigo.

Fue una semana después, un domingo de finales de julio, cuando recibí un correo electrónico de Mitsutsuka-san.

—Qué calor hace este año, ¿verdad?

Mitsutsuka-san estaba sentado en la misma silla de la misma cafetería y con el mismo aspecto que dos semanas atrás.

El aire acondicionado estaba tan fuerte que me dio la sensación de que el contorno de mi cuerpo se encogía varios milímetros en un segundo. Guardé el pañuelo que me había pasado por la frente en el bolso de tela, esperando a que el sudor desapareciera por sí mismo. Luego, recordando con algo de retraso lo que me había dicho Mitsutsuka-san, repuse: «Sí, todos los días hace mucho calor», y asentí varias veces con la cabeza. La mujer de la vez anterior no apareció y, en su lugar, vino a tomarnos nota un hombre de pelo ralo y canoso, con una barba negra muy espesa: Mitsutsuka-san pidió un café y yo, lo mismo.

—No sé si el año pasado hizo tanto calor.

—El año pasado... —dije, y pensé un poco, pero enmudecí al instante porque era incapaz de recordar ni un solo detalle del año anterior.

Para empezar, ni siquiera estaba segura de que aquel año hubiera tenido un verano. Y no era solo por la gran cantidad de sake que había bebido antes de salir de casa.

—¿Ahora está de vacaciones? —le pregunté.

—Sí, hasta septiembre.

—Entonces, ¿hasta septiembre puede hacer lo que quiera?

—Sí —respondió, y se me quedó mirando con aire extrañado.

Volvíamos a ser los únicos clientes de la cafetería. Durante un silencio, me di cuenta de que sonaba tenuemente una música. Los acordes de piano repetían una melodía que me era familiar, aunque no podría haber dicho de quién era, claro.

Al otro lado de la ventana, todo despedía un reflejo blanco bajo la luz del sol y, al entrecerrar los ojos, me dio la impresión de que un polvo muy especial iba cubriendo sutilmente todas las cosas.

Para no mirar de frente a Mitsutsuka-san, clavaba los ojos en el brillo de la luz de mediodía mientras pestañeaba con fuerza sin parar. A cada parpadeo, aumentaba rápidamente mi receptividad y, a la vez, parecía que mis sentidos se fueran embotando. Al pensar que estaba en la misma escena que había imaginado los últimos días antes de dormir, me invadió una gran sensación de extrañeza y noté un latido bajo las orejas.

—En verano, ¿va a ir a alguna parte?

—No iré a ningún sitio. —Me di cuenta de que

había hablado demasiado alto y, también, de que me ardía la cara. Lo repetí en voz baja—: A ningún sitio en particular.

—Ah —repuso Mitsutsuka-san, y tomó un sorbo de agua.

—¿Y usted?

—Yo tampoco voy de viaje. —Mitsutsuka-san sonrió con aire de apuro.

—¿Nunca?

—¿En verano?

—Sí.

—No, a ninguna parte.

—Y durante las vacaciones, ¿no tiene que ir a la escuela?

—En la época en que me encargaba del club de actividades, sí tenía que ir, pero desde que lo he dejado, hago vacaciones todo el tiempo, como los estudiantes.

—¿Qué actividad era?

Tragué saliva para sofocar el hipo que me subió de repente a la garganta. Noté cómo se me iba extendiendo por la boca el olor agrio del sake.

—El club de clásica.

—¿De música?

—Sí —asintió.

—Durante las vacaciones de verano, ¿escuchan música clásica en la escuela?

—Sí, aunque no todos los días —dijo Mitsutsuka-san—. Además, vamos a conciertos varias veces al año y, en la escuela, hay un equipo de audio bastante bueno, así que podemos reunirnos allí a escuchar música. Además, los alumnos leen textos de críticos musicales y ellos también escriben algo.

—A usted le gusta la música clásica, ¿verdad?

—Pues la verdad es que antes no me gustaba. No tenía ninguna conexión con ella y empecé a escuchar música clásica cuando ya tenía una cierta edad. De joven, la única experiencia que recuerdo es escuchar a Horowitz. Me lo puso un amigo y me impresionó. Lo que no quiere decir que, a raíz de aquello, me metiera de lleno en la música clásica. Pero empecé a escuchar una cosa, y luego otra, me pareció más interesante de lo que imaginaba, y hubo una época en que iba mucho por ahí de conciertos.

—Veo que es un entendido —dije con un carraspeo.

—Oh, no —rio Mitsutsuka-san—. En absoluto. Lo único que hacía era escuchar lo primero que encontraba, con los estudiantes.

—¿Ah, sí?

—Llevé el club unos tres años, hasta que llegó un profesor nuevo que entendía mucho de música clásica y empezó a encargarse enseguida de él.

El hombre de antes trajo los cafés sobre una bandeja plateada traqueteante y los dejó encima de la mesa. Nosotros estuvimos observándolo en silencio y, poco después de que se alejara, nos llevamos las tazas a los labios.

—¿Y qué instrumento prefiere?

«Pero ¿qué estoy diciendo?», pensé. Me arrepentí enseguida de habérselo preguntado, porque no sabía casi nada de instrumentos musicales.

—A mí me gusta el piano.

No conseguí acordarme del nombre de un solo pianista.

—Y a usted, Irie-san, ¿le gusta la música?

—He escuchado muy poca —respondí.

—Ah.

La conversación se interrumpió aquí. Agarré la taza haciendo presión con los dedos sobre el asa. Tomé un pequeño sorbo de café. Bajé los ojos. Luego, volví a tomar otro sorbo. Tras lanzar un suspiro, dirigí la mirada hacia fuera y vi un grupo de alumnos de primaria que, con una gorra amarilla en la cabeza y una mochila a la espalda, cruzaban el semáforo bromeando y riendo.

—Cuando era pequeña, me daba la sensación de que las vacaciones de verano eran eternas —dije poco después, soltando las primeras palabras que me habían venido al pensamiento. Se me escapó un hipo, pero decidí no darle importancia. «Qué raro, no parece mi voz», pensé sin apartar los ojos de aquellos niños que, tras cruzar el semáforo, enfilaban una calle bañada por la luz blanquísima del sol.

—Hay una teoría que dice que eso se debe a que, cuando has vivido pocos años, tienes pocas experiencias temporales —dijo Mitsutsuka-san—. Claro que eso no se puede comprobar.

—¿Eso significa que cuantos más años vives, más deprisa pasa el tiempo? —pregunté.

—Puede que sí.

—¿Y es la física la que toca todas esas cosas?

—Bueno —sonrió Mitsutsuka-san—. Hay un campo de la física que se ocupa de eso, pero todo lo relativo al tiempo pertenece más bien al terreno de las matemáticas. ¿Y usted, Irie-san?

—¿Sí?

—¿Cómo era de niña?

—¿Cómo era? —Miré a Mitsutsuka-san a la cara—. Bueno, pues, normal.

—¿Salía mucho a jugar al aire libre?

Negué con la cabeza.

—... Estaba en casa. Todo el rato. No es que se me dieran bien los estudios, tampoco me gustaba leer. No me acuerdo en absoluto de lo que hacía, pero siempre estaba en casa.

—Vaya.

—Tampoco es que me gustase estar en casa, pero siempre estaba allí —dije, y tomé un sorbo del café, que ya se había enfriado—. Además, dormía todo el rato. La verdad es que dormía y dormía. Podía pasarme tranquilamente la mitad del día durmiendo. Y luego, al despertarme, como me dolía la cabeza por haber dormido demasiado, me volvía a dormir.

Mitsutsuka-san se rio.

—Aunque no tuviera sueño... Me gustaba estar quieta, inmóvil, así, con los ojos cerrados, ¿sabe?

Y, si me pregunta si me pasaba el rato pensando en algo, pues la verdad es que no pensaba en nada.

En cuanto cerraba los ojos y respiraba por la nariz, empezaba a cabecear. Cuando entraba en la habitación después de contemplar el jardín impregnado de un denso olor a hierba y bañado por la blanquísima luz del verano, el mundo se cubría siempre de ligeras sombras y yo, todavía con el cuerpo menudo de una niña, estaba tendida en aquella penumbra azul. El chirrido de las cigarras, que hasta poco antes resonaba por todas partes, en algún momento se había desvanecido a lo lejos, y los nudos de la trama del tatami que había estado siguiendo con los dedos se habían ido deshaciendo, uno tras otro. Pero, en el mismo instante en que el contorno de mi cuerpo empezó a desdibujarse, una imagen cruzó mi mente. Abrí los ojos y miré a Mitsutsuka-san.

—... Me acabo de acordar —dije—. Cuando era pequeña, era un león.

—¿Un león? —Mitsutsuka-san me miró levantando un poco sus cejas caídas. Me reí al ver cómo sus ojos se habían redondeado.

—Ahora, sus ojos se han vuelto redondos.

—¿Ah, sí? —dijo—. Bueno, los glóbulos oculares ya son redondos de por sí. ¿Quiere decir que los párpados han adoptado esa forma?

—Sí —dije sonriendo alegre—. Se le han puesto redondos de golpe.

Mitsutsuka-san dijo: «¿Ah, sí?», con aire avergonzado, tomó un sorbo de agua y, luego, mientras se enjugaba cuidadosamente las manos con el *oshibori*, añadió:

—Eso del león, ¿quiere decir que se ponía a rugir?

—No rugía... —reí—. Era al dormir. Cuando dormía, lo hacía de un modo normal, pero no normal del todo. Porque siempre se me representaba la imagen de un león.

—Un león —asintió Mitsutsuka-san.

—Sí. Bueno, una leona. Porque no tenía melena. Era una leona —proseguí—. Estaba en la sabana. Y la sabana se extendía hasta donde alcanzaba la vista. De vez en cuando, el viento levantaba olas verdes. Había paz. La leona acababa de cazar, tenía la barriga llena y ya no tenía nada más que hacer. No tenía ansiedad, ni deberes. No tenía ninguna obligación. Nada, ni una sola de las cosas que piensan los humanos podía afectarle... Porque los leones tienen un cuerpo y una mente muy fuertes y, por eso, no hay nada ni nadie que pueda molestarlos... Corren y, cuando se han llenado la barriga, van a la sombra de los árboles a echarse una siesta y allí duermen hasta que dicen basta. Todo el rato sopla un vientecillo agradable que trae el familiar olor a hierba; bajo sus patas acumulan un montón de potencia en las almohadillas de las garras y, aunque estén quietos, rebosan energía y no piensan en nada, solo duermen... En esos momentos, para ellos, dormir es todo lo que existe en el mundo. Duermen, simplemente... Se abandonan al sueño... Ni un pensamiento, nada: solo dormir. En esos momentos, el mundo y el sueño son lo mismo. —Giré la cabeza una y otra vez, pestañeé despacio—. Así dormía yo cuando era pequeña.

Mitsutsuka-san ponía cara de estar pensando en algo. Poco después, como si se acordara de repente, me preguntó si todavía dormía así.

Le respondí que no, que qué va, y me eché a reír. Era una risa floja, extraña, que se me escapaba por la nariz. Por un momento, pensé que me goteaban los mocos y me llevé apresuradamente el dorso de un dedo a la nariz, pero solo eran imaginaciones mías. El sake había empezado a circular por mi cuerpo de forma más activa que cuando acababa de llegar y, cuanto más hablaba, más claros eran sus efectos. Notaba la cabeza y los párpados pesados, pero, a la vez, me dominaba una sensación ligera y confortable muy agradable. Y, lo más importante: liberarme de la tensión habitual y distanciarme de mí misma me hacía sentir muy feliz.

—Ahora no soy un león. Solo acabo de acordarme de que dormía de esa forma. Y mire que lo había olvidado por completo, ¿eh? Si no hubiera estado hablando con usted, quizá no lo habría recordado nunca —dije despacio asintiendo con la cabeza.

—Comprendo —dijo Mitsutsuka-san asintiendo a su vez. Me preguntó si no prefería beber un poco de agua en vez de café.

—No, no. Está bien así —respondí y, luego, volví a sonreír alegremente—. Yo ahora me he acordado de eso por casualidad, pero, en la memoria, hay muchísimas más cosas que no podemos recordar que las que sí podemos recordar, ¿verdad?

—Supongo.

—Entonces, ¿qué es eso de los recuerdos? —Hice un gesto dubitativo con la cabeza y me crucé de brazos—. Porque son tantísimas las cosas que no puedo recordar... Pero también hay algunas que sí y que me vienen a la cabeza de repente..., aunque las que no recuerdo son la mayoría. Pero ¿y si, entre estas, entre las que no recuerdo, resulta que hay cosas de las que es importantísimo que me acuerde? —De pronto, me pareció tan chocante lo que estaba diciendo que me eché a reír a carcajadas—. ¿Qué se supone que debo hacer entonces?

Una vez empecé a reírme, ya no pude parar y seguí riendo.

—Es extraño, ¿verdad? —dijo Mitsutsuka-san con una sonrisa, después de que yo dejara de reír.

—Es extraño, ¿verdad? —repetí, riendo de nuevo.

Salimos de la cafetería y nos dirigimos a la estación andando juntos como la vez anterior.

El asfalto despedía una luz blanca, y esa extensa blancura me hizo perder el sentido de la perspectiva: solo con mirarla, sentí que se me enredaban las piernas. Llevaba un termo nuevo con sake en el bolso por si se desvanecían los efectos del alcohol, pero ese día, por lo visto, no necesitaba reforzar la dosis. Al contrario, tenía la impresión de que mi pecho se expandía hasta el infinito y de que todo lo que veían mis ojos entraba y salía de él acompañado de una sensación de frescura y libertad.

Al alargar la mano, me daba la impresión de que las puntas de los dedos podían extenderse hasta donde fuera. Aunque me tambaleaba, me parecía que mis pies podían avanzar pisando con firmeza el asfalto, que despedía un brillo blanquecino. Andaba junto a Mitsutsuka-san inmersa en esa sensación. El cielo era azul y, entre los edificios lejanos y los postes eléctricos que tenía delante, vi un esponjoso cumulonimbo que parecía recién hecho. Me detuve y lo señalé.

—El efecto volumétrico es... asombroso, ¿verdad?

Mitsutsuka-san, al oír mis palabras, levantó la cabeza, se puso la mano como visera y se quedó unos instantes mirando la nube con la barbilla algo adelantada. Y dijo: «Pues sí».

—Es deslumbrante, ¿verdad?

—¿Relumbrante?

—Des-lum-bran-te —pronuncié claramente, sílaba a sílaba, en voz alta—. Es deslumbrante.

—Ah, deslumbrante. Sí, mucho —se apresuró a decir Mitsutsuka-san y asintió con un movimiento de la cabeza.

Después, todavía parados allí, contemplamos el cielo donde se apelotonaban las nubes. Si el efecto volumétrico de las nubes parecía artificial, el azul del cielo tenía una perfección casi inquietante. Sin profundidad y sin matices: una única capa de azul impecable que se extendía en silencio.

—¿Por qué el cielo es azul? —le pregunté un poco después—. ¿Cómo es que lo vemos de ese tono?

—Es una cuestión de la longitud de onda —respondió Mitsutsuka-san sin apartar los ojos de la nube y protegiéndoselos con la mano, como antes—. Cuanto más corta es la longitud de onda, más se difunde. El color azul tiene la onda muy corta, por lo que se dispersa con facilidad y, por eso, el cielo parece tan grande.

—Eh... —Miré el perfil de Mitsutsuka-san—. No lo entiendo.

—¿No lo entiende? —Al mirarme, se rio—. Eso es lo que la gente suele decir. —Y se rascó la aleta de la nariz—. En realidad, la luz del sol no es de un solo color, sino que está compuesta por un número infinito de colores.

—Una infinidad de colores...

—Exacto. Para ser preciso, por la mezcla de varios colores distintos. En un lugar donde no hay nada, como, por ejemplo, el espacio, al no haber nada que reciba la luz, no podemos verla. Aunque un rayo de luz pasara por delante de nuestros ojos, no lo percibiríamos. Porque la luz solo se hace visible cuando se refleja en algo.

—¿Así que la luz no puede verse por sí misma?

—No. Es invisible —prosiguió Mitsutsuka-san—. Podemos ver los objetos cuando les da la luz y, si podemos ver algo incluso en lugares aparentemente vacíos, como, por ejemplo, la atmósfera, es porque en realidad hay moléculas del aire. Y, dicho de forma sencilla, lo que vemos es la luz reflejada en ellas.

—Ah... —musité.

—Por otra parte, está el color, y este depende de la longitud de onda de la luz. A medida que se acorta la longitud de onda, más azul la percibimos y, a la inversa, cuanto más se alarga, más roja. Sin embargo, de todos los componentes de los rayos de luz que nos llegan del sol, solo el color azul se dispersa fácilmente. Por eso se difunde más y más, y hace que el cielo parezca tan grande. Así, tal como lo vemos.

Alcé la mirada en silencio mientras me sostenía con la mano la cabeza, que me daba vueltas. Mitsutsuka-san también se quedó unos instantes mirando el cielo.

—Y, al atardecer, la luz azul se dispersa aún más, de modo que los rayos rojos, que son los menos propensos a dispersarse, se vuelven más prominentes, y de ahí vienen los colores rojizos de la puesta de sol.

—¿Eso de *dispersarse* quiere decir difuminarse, como la pintura que se esparce?

—Bueno, es un poco distinto, pero viene a ser algo así.

—Ah...

Di una respuesta vaga mientras miraba su perfil a hurtadillas. Tenía una cicatriz pequeña, pero claramente visible, en la comisura de uno de sus ojos de párpados sencillos, sin pliegue. El pelo se le alborotaba un poco por encima de las orejas y tenía las sienes cubiertas de una fina capa de sudor.

—Por lo que se refiere al color y al reflejo... —prosiguió Mitsutsuka-san, señalando la copa de uno de los árboles que crecían junto a la acera y cuyo nombre yo desconocía. Miré rápidamente en aquella dirección—. Por ejemplo, esas hojas verdes podemos verlas porque les da la luz. Y, si las vemos verdes, dicho de manera sencilla, es porque, entre la infinidad de colores de los rayos del sol que reciben, las hojas absorben todos los colores excepto el verde, que es el que reflejan. Bueno, para ser exactos, no reflejan un único color, pero el ojo humano los ve todos como verde.

—¿Las hojas de los árboles absorben la luz? —dije—. ¿Se la tragan?

—Sí. Pero no solo las hojas... Los objetos que emiten luz, como las lámparas, las pantallas de televisión o de computadora, son un caso aparte, pero las cosas que tienen color las percibimos por el color que no absorben.

—Ah... —dije, y asentí con un movimiento de la cabeza. Mitsutsuka-san me clavó la mirada—. Entonces, dicho de manera sencilla, el color que se ve es el color que queda, ¿verdad?

—Sí, exacto.

—... Como en los libros. —Dije lo primero que se me pasó por la cabeza.

—¿Los libros? —repitió Mitsutsuka-san.

—En los libros..., eso. Es que no hay libros sin errores —dije—. Siempre hay algún error oculto. Siempre.

—¿Siempre?

—Sí... —reí—. En todos. Hasta el punto de que a veces me pregunto si los libros no existirán para transmitir el gen del error.

—¿Ah, sí? —dijo Mitsutsuka-san.

—Yo no dejo el libro hasta que estoy convencida de que no puedo buscar más, de que ya no puedo hacerlo mejor, por supuesto. Pero, a pesar de ello, seguro que quedará algún error.

—¿Y cuándo lo descubre?

—Cuando llega el momento.

—Es decir, que los errores no existen mientras no los encuentra; existen a partir del instante en que los descubre.

—Sí —asentí con un lento movimiento de la cabeza.

—Pero... ir buscando errores de esa forma es, ¿cómo decirlo? —dijo Mitsutsuka-san tras reflexionar un poco—. ¿No es un poco... duro? Buscar errores que ignoras si están ahí o no, pero que sabes que, por definición, existen.

—¿Duro? —Ladeé la cabeza sonriendo—. No sé... Puede que lo sea. No sé qué decirle. ¿A usted le parece duro?

—No —dijo Mitsutsuka-san—. Perseguir algo que no sabes si existe o no..., por el simple hecho de que te han dicho que existe, es algo muy común. Pero bueno, si se trata de si me parece duro que lo que se busca no sea la verdad, o una solución correcta, sino un error o una equivocación, pues..., no sé..., es una cuestión interesante.

—¿Es como si me faltara esperanza? —reí.

Mitsutsuka-san me corrigió diciendo que no, que no se trataba de eso.

—No sé, la verdad —dije sacudiendo la cabeza—. Como nunca he hecho otra cosa, esa es la única sensación que conozco, ¿sabe?

Oí el sonido de unos timbres que se acercaban y varias bicicletas nos adelantaron a gran velocidad mientras avanzábamos en silencio. Al intentar esquivar una, trastabillé, mi campo visual dio un vuelco y faltó poco para que me empotrara contra los arbustos. Mitsutsuka-san me preguntó si me había hecho daño. Le dije que estaba bien e incliné la cabeza en señal de agradecimiento.

—... Volviendo a lo de la falta de esperanza, a lo que usted me ha preguntado hace un momento —dijo Mitsutsuka-san algo después—. En un cierto sentido, usted aspira al libro perfecto y, por lo tanto, no puede decirse que no tenga esperanza. No, en absoluto.

Lo miré a la cara. Sentía una chispa húmeda de emoción en el fondo de los ojos. En algún lugar, cantó un pájaro. Era un canto que no había oído jamás.

Como si fuera una señal, enmudecimos de repente y, poco después, echamos a andar sin que ninguno de los dos diera el primer paso. Yo caminaba un poco por detrás de él, en diagonal, igual que la vez anterior, y mientras avanzaba un pie tras otro, observaba su espalda. Las suelas desgastadas de sus tenis y su bolsa deshilachada a trozos, con hilos que salían disparados aquí y allá; su modo de andar, la forma de sus hombros, la longitud de su cuello... Estuve mirando todo eso hasta que, antes de que me diera cuenta, me encontré en la estación.

Compramos cada uno nuestro billete en silencio, cruzamos el paso a los andenes y, en la bifurcación, Mitsutsuka-san, como si se acordara de repente, sacó un libro de su bolsa y me lo tendió.

—Casi lo olvido. Y hoy había quedado con usted para dárselo —dijo ofreciéndome el libro con una mano mientras, con la otra, se recolocaba la bolsa en el hombro—. Ya se lo puse en el correo: es un libro muy bueno. Como usted dijo que le gustaba la luz...

Agarré con las dos manos el libro, algo grueso, envuelto en una bolsa de plástico transparente y, tras pasear los ojos por la cubierta, me incliné, dándole las gracias por prestármelo, y lo deposité con cuidado en el fondo de mi bolso.

—No, no. Puede quedárselo. Tenía dos ejemplares.

Tras hacer un gesto como si dijera: «Por favor», levantó un poco la mano y se despidió. Luego dio media vuelta y se dirigió en línea recta hacia la escalera, como la otra vez. Me quedé mirando fijamente su figura de espaldas. Me quedé mirando cómo los pantalones beige de siempre tenían los bajos un poco doblados y dejaban asomar los calcetines blancos; cómo le colgaba un poco el hombro izquierdo y parecía que todo el cuerpo estuviera algo inclinado; cómo la camiseta que llevaba metida en los pantalones le abultaba de manera extraña en la cintura. Mantuve los ojos clavados en aquellos puntos de la espalda de Mitsutsuka-san, que se iba alejando poco a poco. Antes de doblar la esquina para subir la escalera, lanzó una mirada rápida en mi dirección, hizo una pequeña reverencia y desapareció antes de que yo pudiera bajar la cabeza.

Aún después de que se hubiera ido, seguí con los ojos fijos en la sucia pared del fondo del pasillo, igual que la vez anterior. Se oyó cómo en el andén superior anunciaban la llegada de un tren; acto seguido, sonó el timbre de salida y la gente empezó a bajar las escaleras en tropel. Incluso después de que su tren se hubiese ido, me quedé algunos instantes allí de pie, contemplando vagamente una pared en la que, por más que la mirara, no había nada que descubrir.

El lunes después del O-bon, recibí una llamada de Hijiri.

Se rio alegremente al decirme que habían sido sus primeras vacaciones decentes en años. Me preguntó cómo me había ido a mí.

—Ah, bien.

—Yo he tenido mucha suerte al poder descansar tantos días seguidos, pero el O-bon es horrible. Todo está carísimo y lleno de gente... Es aún peor de lo que había oído. El año que viene, no creo que repita.

Me contó que había hecho un viaje de seis días y cinco noches a la isla Ko Samui.

—Está en Tailandia, ¿verdad?

—Sí, exacto. A dos pasos de Bangkok en avión. Bueno, eso era lo que pensaba, pero comprobé que en realidad está bastante lejos.

—Vaya.

—Pero es un lugar ideal para estar ahí, sin hacer nada de nada. —Se oyó un pequeño bostezo.

Quería preguntarle si había ido sola, pero no me atreví y me quedé escuchando cómo había montado en elefante y cómo se había hecho un tratamiento de belleza en Ko Samui.

—Antes de ir, estaba trabajando en un libro

ambientado en Tailandia, ¿sabes? Una novela. El tema era bastante serio y, en su mayor parte, iba de elefantes. A mí ese tipo de cosas no me van, ya me conoces. Y tampoco se trataba de ir hasta Tailandia solo para montar en elefante, ¿no? En fin, la idea no me atraía nada. Pero a quien vino conmigo sí le apetecía, así que lo hicimos. Una salvajada, lo del cuidador. Iba con una especie de bichero puntiagudo y no paraba de hincárselo al elefante en las orejas: venga y venga. Con aquello lo controlaba, ¿sabes? Hacia dónde tenía que ir, a qué velocidad... La piel de los elefantes debe de ser bastante dura y no sé si les duele mucho o poco, pero sangrar, sangran, ¿sabes? Además, los pobres no pueden quejarse, y tampoco es que vayan a beneficiarse del dinero de unos turistas imbéciles como nosotros, ¿no? Vamos, como era de esperar, en cuanto lo vi, se me atravesó la cosa.

—¿Te sentiste muy mal?

—La verdad es que sí. —Hijiri lanzó un suspiro—. Ya sé que no tengo ningún derecho a quejarme. Nadie me obligó a pagar lo que allí debe de ser una fortuna para montar en elefante. Algo que ni me iba ni me venía.

—Entonces... ¿por qué quería montar en uno tu acompañante?

—Vete a saber. Supongo que simplemente tenía ganas. Ya pasa, ¿no? Montar como experiencia, para tener el recuerdo. Así, sin más. Es una de esas personas que lo ven todo de manera optimista. Diciendo eso, parece que quiera decir que yo soy un ser humano muy sensible, siempre preocupada por esto y aquello, y no es verdad. Pero hay gente que sale optimista de fábrica. Gente que nunca se angustia. Gente que nace con una carga positiva tan impresionante que ni siquiera se me ocurre dónde pueden recargarla. El hombre con el que fui allá es de este tipo. En fin, habría sido mucho más deprimente estar dándole vueltas a todo, así que tal vez haya sido mejor así.

—¿Llevan mucho tiempo saliendo? —le pregunté con un suspiro.

—¡¿Qué?! —exclamó Hijiri sorprendida. Luego se rio—. No salimos. No va de eso.

Ah, dije y, acto seguido, enmudecí. Hijiri, tras bostezar de nuevo, me dijo que, últimamente, por más que durmiera y durmiera, siempre tenía sueño, aunque hacía días ya que no tenía *jet-lag*. Luego lanzó un suspiro y empezó a hablarme del increíble tamaño que, en la isla, tenían las gambas, de lo baratas que eran y de cómo las cocinaban.

—¿Y cómo es que no sales con él? —le dije poco después afectando naturalidad, como quien toca un tema que ni le va ni le viene.

—¿Cómo? ¿Con el del viaje? —repuso Hijiri atónita—. Pues porque no me gusta tanto como para eso.

—¿Ah, no?

—No.

—Entonces, ¿hasta qué punto te gusta? —Con

el celular pegado a la oreja, entré en la cocina, abrí el refrigerador, saqué una cerveza y me bebí la mitad de un trago de pie allí mismo.

—¿Que hasta qué punto? Pues no es nada serio. Pero eso de hasta qué punto... —dijo Hijiri—. A esta edad, las relaciones no suelen empezar después de haber analizado al detalle tus sentimientos o de hacer una mutua declaración de amor. Antes que las palabras, surge la relación. Si es que no es lo único que hay. Las promesas ya no tienen el sentido que tenían en la adolescencia, ¿no te parece? Bueno, puede haber casos en que exista alguien muy especial y quieras asegurarte del tipo de relación que tienes con esa persona. Cuando piensas en el matrimonio, por ejemplo. Pero, si no, a veces incluso es mejor que no te guste alguien en serio.

—¿Mejor? ¿En qué sentido?

—Pues en varios —dijo Hijiri—. Por ejemplo, puedes ser más indulgente.

—¿Indulgente?

—No, olvídalo. Eso suena un poco prepotente. Me refiero a que puedes pasar por alto pequeñas tonterías. En relaciones así, no es tan fácil que te sientas herida. Lo importante es compartir buenos momentos y ya está.

—¿Y a eso no lo llamas «salir con alguien»?

—Oye, ¿qué te pasa hoy? —Hijiri parecía muy contenta—. Es la primera vez que hablas de estas cosas. ¿Te ha pasado algo?

Estrujé la lata todavía con cerveza dentro y le

dije que no, que no me pasaba nada. Me senté en el sofá y me cambié el celular a la mano izquierda.

—En fin, la verdad es que ya no tengo muy claro qué significa eso de *salir*. Además, aunque me guste alguien, otro tema distinto es si puedo implicarme, en el verdadero sentido de la palabra, con esa persona.

—¿Implicarte?

Hijiri resopló.

—Aunque me guste alguien, no sabré si ese alguien siente algo especial por mí y, de hecho, tampoco tengo muy claro si es bueno que lo sienta. Quizá sea una solución de compromiso, pero a mí no me parece mal vivir gustándome alguien hasta cierto punto y teniendo, hasta cierto punto, una relación.

Mientras me repetía las palabras de Hijiri en la cabeza, me levanté sin más del sofá y, luego, volví a sentarme.

—No sé si treinta y cuatro años son muchos o pocos —continuó ella—. Pero a lo largo de este tiempo he aprendido algo, y es a no tomarme, en bloque, las cosas en serio.

—¿En bloque?

—Sí, claro. Vivimos. Y es obvio que hay cosas que tenemos que tomarnos muy en serio. Pero creo que es mejor que esas cosas sean solo una parte.

Luego, Hijiri se rio un poco y añadió que no había inventado nada, que eso ya lo había dicho mucha gente antes, pero que esa gente tenía razón.

—A mis ojos, hay un montón de cosas más importantes que hacer que enamorarme de alguien. Además, puedo parecer idiota diciendo esto, pero tampoco es que esté muy claro en qué consiste eso de gustar, ¿no?

Volví a dar una respuesta vaga mientras dejaba la lata vacía en el suelo.

—Bueno, no solo me pasa con el amor... La verdad es que no acabo de entender los sentimientos, así, ya en general —dijo Hijiri.

—¿Los sentimientos?

—Sí. No sé desde cuándo me sucede eso. Uf. No me acuerdo, y tampoco es que quiera acordarme, pero tanto los sentimientos, como las emociones o las sensaciones... Todas esas cosas, a veces dejo de saber hasta qué punto son mías y a partir de qué punto empiezan a pertenecer a otra persona.

Me llevé la lata de cerveza vacía a los labios y me entretuve en mordisquear los bordes mientras escuchaba a Hijiri.

—... ¿Cómo te lo diría? Por ejemplo, a veces estás contenta, o triste, o inquieta, ¿verdad? Ves la tele y algo te parece interesante. O comes gambas y piensas que están muy buenas. Cosas así. Pues, ¿sabes?, a mí me da la impresión de que todo son citas de textos que he leído o he corregido en el trabajo. Aunque sienta algo hacia algo, ni yo misma tengo claro si realmente lo estoy sintiendo yo o no. Y no me ocurre solo con cosas que ha escrito alguien en algún libro. Me pasa lo mismo con los diálogos de las películas o con las expresiones de las caras. Tengo la impresión de que estoy citando a otras personas.

—¿Citando a otras personas?

—Sí. Como si los sentimientos no fueran míos.

—¿Como si no fueran reales?

—No. Es un poco distinto. La sensación es real y, justamente por eso, me parece todo tan estúpido —dijo Hijiri—. Tengo un juego completo de sensaciones reales, y de reacciones. Lo que pasa es que no acabo de creérmelas. No las entiendo. Cada vez que pienso o siento algo, me da por pensar estas idioteces. Cada vez que se me despierta una emoción, o un sentimiento, surge un algo, no sé qué, y se acaba apoderando de la sensación auténtica y de mí misma... La verdad es que he llegado a preguntarme si todo lo que he vivido desde que tengo uso de razón, al fin y al cabo, no habrá sido una cita.

Asentí.

—Y todos esos «al fin y al cabo, ¿no habrá sido una cita?» o «no sé hasta qué punto es mío» que he dicho, incluso eso me pregunto si no serán también citas sacadas de alguna parte. Qué desastre, ¿no? —Hijiri soltó una carcajada—. En fin, si los sentimientos son la única arma que tenemos para afrontar el amor, y los míos están en ese estado..., ya me dirás qué puedo construir sobre unos cimientos tan inestables... Así es imposible establecer una relación profunda con alguien.

—Pero en el trabajo... te lo tomas todo muy en serio, ¿no? —pregunté.

—Bueno, sí —repuso Hijiri—. Pero, allí, las relaciones no son personales, aunque puedan parecerlo. Lo que surge allí son más bien problemas con el sistema. Con las circunstancias. Por eso, aunque me enfade, allí no me siento herida. Puedo ir quejándome de esto y de aquello, pero, en realidad, soy más dura que el granito. Nada me duele. Cero. Y no es porque allí deje de tener la impresión real de que todo lo que siento son citas. Qué va. Decididamente, lo son. Y así me las tomo. Como citas. Pero, justamente por eso, la del trabajo es la única parte de mí que tengo activada para tomarme en serio. No puedo abarcarlo todo, tomarme todas las cosas de la misma manera. Sería absurdo. Así que me limito a esta parte. ¿Recuerdas las sandeces que te conté aquella vez? Pues, mira, puedo enfadarme tanto justamente por eso, porque lo son. Porque, aunque sean un asunto personal, al mismo tiempo siento que no es algo personal... En resumen, en el ámbito del trabajo, no me importa en absoluto que todo sea una cita. Porque, si no lo fuera, me afectaría. Vamos, que sí, que todo es una cita. Puedo seguir enfadándome justamente porque está muy claro que son las emociones de ira o de enojo de alguien que no soy yo, en algún otro momento.

—¿Es algo como... indignación moral?

Abrí el refrigerador y, tras dudar un instante, dejé la cerveza, saqué una botella de sake y, sujetándome el celular con la barbilla, desenrosqué la tapa y bebí un trago.

—No, para nada —rio Hijiri—. En una vida cómoda como la mía, siempre entre algodones, no hay lugar para la indignación moral. En fin, voy diciendo esto y aquello, pero es simplemente porque algo no me gusta. Sean de quien sean las emociones reales.

Luego me contó que ella y su acompañante en el viaje tenían una relación muy libre, pero que cada vez habían ido surgiendo más problemas y que, quizá, ya iba siendo hora de dejarlo correr; que había otras personas con las que mantenía relaciones sexuales o con quienes salía a comer, pero que, todo eso, una vez más, no tenía gran importancia para ella; que al volver al trabajo después de las vacaciones, se había encontrado con un problema bastante grave, el desencuentro entre un autor y un corrector, que había ido complicándose cada vez más.

Mientras escuchaba a Hijiri, me estuve representando la figura de espaldas de Mitsutsuka-san cuando se dirigía hacia las escaleras tras cruzar el paso de acceso a los andenes. Con los ojos cerrados recordé su rostro. Pensé en las arrugas diseminadas por toda su cara y en aquellas, más pronunciadas, en el rabillo del ojo, en la pequeña cicatriz.

Luego me acordé de su voz, ni aguda ni grave, sin nada especial. Por más que rebuscara en mi cabeza, solo podía recordar esas tres cosas.

No sabía ni su edad, ni su nombre de pila, ni dónde vivía. Ni siquiera cuándo volvería a verlo. Estuve pensando en eso mientras escuchaba la historia de Hijiri.

6

Tuve relaciones sexuales por primera vez cuando estaba en el tercer año de la preaparatoria.

Iba a una escuela pública media, con estudiantes normales, ni muy brillantes ni demasiado malos. Desde niña, no me había sentido cómoda entre la gente o hablando con alguien y, aunque no caía especialmente mal a nadie, con mi carácter, el número de compañeros que me dirigían la palabra más de lo necesario se había ido reduciendo de forma natural.

Al llegar a tercero, hubo un cambio de clase y, entonces, me encontré con Noriko Hayakawa.

Antes, cuando la veía en el tren, casi siempre estaba sola, leyendo un libro de bolsillo, con unos calcetines blanquísimos asomando por debajo del dobladillo de una pesada falda. Nunca habíamos intercambiado una sola palabra, pero me había llamado la atención que, en la bolsa reglamentaria de color azul marino que tenía a sus pies, no llevara colgado ninguno de los llaveros tintineantes que tanto gustaban a las otras chicas de la preparatoria. Una vez juntas en la misma clase, empezamos a hablar cuando coincidíamos dentro del vagón, o en el andén, y, de forma natural, adquirimos la costumbre de ir y volver juntas de la escuela. Noriko hablaba con una voz baja, extraña, que temblaba como si la arrastrase el viento, y me dijo que, como desde pequeña se habían burlado de su voz, se sentía muy acomplejada y no le gustaba hablar.

—Es que la voz es muy importante —dijo Noriko sonriendo un poco.

—Pero la tuya no está tan mal como piensas —repuse.

—Bueno... Ahora todavía tiene un pase. Pero cuando era pequeña era más..., no sé, ronca, y, al hablar, me salía una especie de silbido. Era rarísima, de verdad.

—¿Y cantar? ¿No cantas? —le pregunté.

Noriko sonrió con expresión de apuro y me miró.

—Cantar es lo que menos tiene que ver conmigo... Nunca he cantado ni tampoco sabría cómo hacerlo. No he cantado nunca, en toda mi vida.

—¿Nunca? —repuse un poco sorprendida.

—No. Ni siquiera en clase de música —dijo Noriko poniéndose detrás de la oreja el pelo que le caía sobre la mejilla—. Seguro que tengo alguna malformación en las cuerdas vocales.

Mientras el tren nos mecía de un lado a otro, intenté imaginar las pequeñas cuerdas vocales de Noriko, detrás del cuello de la camisa, pero no estaba muy segura de qué forma tenían ni dónde debían de estar.

Noriko era hija única y su familia dirigía una fábrica bastante grande dedicada a la confección de suéteres. Me dijo que ella ayudaba a veces a diseñar mascotas para poner de adorno en los suéteres y me enseñó varias páginas de su cuaderno llenas de pequeños dibujos. Había ilustraciones de animales orejudos hechas con finos trazos de portaminas y la superficie de las páginas se veía ennegrecida, posiblemente por haber pasado por ella, una y otra vez, la goma de borrar.

—Nuestros suéteres los compran sobre todo señoras de mediana edad, ¿sabes? —dijo Noriko—. Mejor dicho, los compran solo ellas. ¿Has visto los enormes montones de ropa que hay en la sección de textiles de las grandes superficies?... Pues nosotros hacemos los suéteres que venden allí.

—¿Ah, sí?

—Mira. Estos se venden muy bien. Se venden mejor los que llevan dibujos. Mucho más que los lisos, ¿sabes? Si ven que tienen algo, a las señoras les parecen más especiales y les entran más ganas de comprarlos.

—Pero esos diseños son increíbles. Yo jamás podría dibujar algo así —dije con sinceridad.

Entonces, aún con los ojos fijos en el cuaderno abierto, Noriko lanzó un suspiro y sonrió.

—Qué va. Cualquier cosa sirve. En serio. Un ratón, un gato, un tigre, cualquier cosa. Basta con que lleve un dibujo ahí pegado... Total, nadie va a mirar qué es. Tanto da.

—Vaya.

—Por eso voy dibujándolos tal como me vienen, mezclados. Un conejo, un gato, un ratón, un tigre, un caballo, una oveja... Pensándolo bien, todos son similares.

—Pues a mí eso me parece muy difícil... —dije clavando los ojos en los dibujos. Permanecimos unos instantes mirando la cara de los animales. Todos llevaban un fino lazo anudado al cuello.

—¿Sabes? Los suéteres se venden como rosquillas. ¿Tú cuántos tienes? —me preguntó Noriko.

—No muchos. Dos o tres.

—Ya, claro... Pero ¿sabes? Los suéteres se venden y venden. Es increíble. Día tras día, hay alguien que compra un suéter. Dirías que no queda nadie en este mundo que no tenga uno. Yo, ¿sabes?..., día tras día, veo las grandes montañas de suéteres que van saliendo de la fábrica y pienso: «¿Pero esto qué es?». La cantidad es tan tan inabarcable que me quedo patidifusa. Cada suéter está hecho para la talla de alguien, cada uno tiene un precio... Van a transportarlos a algún sitio, los pondrán a la venta, alguien comprará uno y se lo pondrá, pasarán a formar parte de la vida de alguien que no sé cómo se llama... No puedo ni imaginármelo.

—Ya —asentí.

—Pero yo me he hecho mayor con estos suéteres, ¿sabes? —rio Noriko—. Mi familia ha podido vivir gracias a las personas que, día tras día, han ido comprando esos suéteres baratos con dibujo incluido.

—Puede que mi madre también lleve uno —dije riendo.

—Pues, cuando la veas, mira si tiene una mascota o no. —Y Noriko también se rio.

—Ah, por cierto, las tiendas de suéteres... en invierno trabajan, claro. Pero ¿qué hacen en verano? —Me había venido la duda a la cabeza.

Noriko me miró con cara de sorpresa.

—Pues suéteres de verano, por supuesto. Se venden mucho los suéteres de verano.

Pocos días después, Noriko me regaló un suéter azul marino con una aplicación de adorno con forma de gato.

—Iremos a juego —me dijo haciendo temblar su vocecita al reír.

A cambio, tras pensarlo mucho, yo le regalé un cortaúñas que encontré en un bazar del barrio. Cuando hacía frío, llevaba el suéter encima de la camisa y también me lo ponía a veces para ir a la escuela. Incluso después de acabar el bachillerato y de dejar de ver a Noriko, seguí usándolo durante mucho tiempo. Nosotras nunca quedábamos fuera de la escuela ni íbamos a ninguna parte juntas: nuestra relación se limitaba a hablar de temas banales a la ida y a la vuelta de las clases. Pero, a pesar de ello, Noriko fue la primera chica a la que pude llamar *amiga*.

Un día, al acabar la clase, como Noriko me estaba esperando en la entrada de la escuela, salí corriendo del aula y estuve a punto de darme de bruces con Mizuno-kun. Iba a mi clase y pertenecíamos al mismo club escolar de caligrafía, pero apenas había hablado con él.

Le pedí disculpas y, cuando me disponía a irme, farfulló algo. No entendí lo que me decía, por lo que me quedé callada y, entonces, él repitió: «¿Lo has dejado?». Como nunca habíamos hablado, no sabía a qué se refería ni cómo responderle, así que me quedé allí plantada, en silencio.

—El club —aclaró.

Había dejado de ir al club de caligrafía al que había asistido durante dos años, desde principios de tercero. Lo cierto era que muchos alumnos habían hecho antes lo mismo que yo, y que ni los instructores ni los otros estudiantes parecían haberle concedido una gran importancia. Como ni se me había pasado por la cabeza que alguien se interesara por mi asistencia al club, cuando entendí lo que me estaba preguntando, me quedé muy sorprendida.

—Sí —respondí.

Entonces, él repuso: «¡Ah!», y se metió en el aula.

Mizuno-kun era un alumno muy callado. Hablaba poco, tenía un rostro bastante inexpresivo y apenas lo había visto sonreír. Tampoco se juntaba con los otros compañeros para bromear o hacer bulla y, en las horas del recreo, siempre estaba con otro alumno de aspecto similar, hablando en un rincón del aula. Con todo, no daba una impresión de soledad ni tampoco parecía caer mal a los demás: era el tipo de alumno que podía asistir a clase sin faltar un solo día o dejar de venir un mes sin previo aviso sin que nadie hiciera ningún comentario... Vamos, otro del mismo tipo que Noriko o yo.

Una noche, aproximadamente un mes después de que me hablara en la puerta de la clase, me llamó por teléfono. Fui yo quien contestó. Me sorprendió tanto como la primera vez que me habló, pero agarré el supletorio inalámbrico y me metí en mi habitación. Mizuno-kun me dijo que no tenía nada especial que decirme, pero que había visto mi número en la lista de la clase y había decidido llamarme.

Nunca había prestado atención a su voz y no me acordaba de cómo sonaba, pero la voz que me llegaba a través del teléfono me pareció tan grave, turbia y poco natural que me costaba creer que fuera Mizuno-kun, y no un completo desconocido, quien estaba al otro lado del auricular. Estaba tan nerviosa por aquella llamada repentina que no lograba articular palabra y él, por su parte, apenas hablaba. Tras un silencio tan largo que parecía que fuera a prolongarse hasta la eternidad, me dijo que había ido a una charla informativa en una universidad. En la estación más cercana, se había encontrado con un profesor de Matemáticas que el año anterior se había trasladado a otra escuela. Me senté sobre la alfombra, me apoyé en la pared y fui dando respuestas vagas, mientras la llamada avanzaba a trompicones a lo largo de unos diez minutos y hasta que Mizuno-kun anunció que iba a colgar. Le dije: «Vale», y, mientras esperaba que añadiera algo más, la comunicación se interrumpió de repente.

A partir de entonces, Mizuno-kun comenzó a llamarme una vez por semana.

Sin que lo decidiéramos ninguno de los dos, por una especie de acuerdo tácito, las llamadas empezaron a repetirse todos los miércoles a las ocho de la noche, y yo empecé a estar a esa hora cerca del teléfono para contestar enseguida. Al principio, abundaban los largos silencios, pero a medida que fuimos tomando confianza, poco a poco, las pausas se fueron acortando por ambas partes y, aunque no habláramos de nada en particular, a veces introducíamos alguna broma e, incluso, nos reímos alguna vez. Conforme se iban sucediendo las llamadas, empecé, de alguna forma, a esperarlas con ilusión, y unos tres meses después de la primera ya empezaba a sentir hacia Mizuno-kun un tipo de intimidad distinta de la que sentía hacia Noriko.

Sin embargo, en la escuela, Mizuno-kun jamás dejaba entrever nada.

Por teléfono, me hablaba de la música que le gustaba o de las novelas que leía, y yo lo escuchaba, pero en la escuela no me dirigía la palabra; ni siquiera me miraba a los ojos. Era lo mismo que hacía antes de empezar a telefonearme, así que podría decirse que aquello era lo habitual, pero era innegable que se había producido un cambio en nuestra relación, por pequeño que fuera, y empecé a pensar que tras su actitud se escondía algo. Cada vez que recibía una de las llamadas que seguían sucediéndose sin descanso todos los miércoles por la noche, me sentía terriblemente desconcertada.

A Noriko no le conté que hablaba con Mizuno-kun por teléfono.

Él no me había dicho nunca que lo mantuviera en secreto, pero me daba la impresión de que se enfadaría si se enteraba de que se lo había contado a alguien. Además, Noriko y yo nunca habíamos hablado de chicos hasta entonces, y dejé que siguiera siendo así.

Las llamadas no se interrumpieron durante las vacaciones de verano. Siempre era él quien telefoneaba; yo no lo hice ni una sola vez. A finales de agosto, fui a su casa. Me había dicho que había conseguido un disco que era muy difícil de encontrar y que quería que lo escuchara.

Cambié dos veces de autobús, bajé en una parada de la que nunca había oído hablar y, cuando el vehículo arrancó, me sentí un poco insegura por haberme alejado tanto de casa. Al mirar el reloj colgado de una pared agrietada en la parada, vi que había llegado quince minutos antes de la hora, así que me senté en un banco lleno de desconchones de pintura y esperé a que viniera Mizuno-kun. Por los alrededores no se veía un alma y, cuando los pasajeros que se habían bajado del autobús se desperdigaron por aquí y por allá, me encontré completamente sola.

Los parterres de flores junto a la parada, las bicicletas abandonadas y el asfalto parecían flotar blanquecinos, calcinados por la violenta luz y el aire caliente del verano. El incesante chirrido de las cigarras lo cubría todo.

No se veía una sola nube en el cielo de verano, tan despejado que parecía indefenso.

Inmóvil entre el azul del cielo y el blanco, me fui sintiendo cada vez más deprimida. Se me pasó por la cabeza la idea de irme sin ver a Mizuno-kun, pero me dije que ya habría salido de casa y que estaría de camino. Cambié de posición, hinqué un codo en el respaldo, apoyé la frente en la palma de la mano y cerré los ojos mientras sentía la cabeza más y más pesada.

Noté la presencia de alguien y, al mirar en aquella dirección, vi a Mizuno-kun a una cierta distancia, con playera blanca y pantalones beige. En la zona del pecho tenía un gran círculo de diferente color que, por efectos de la luz, parecía un agujero enorme. Era la primera vez que lo veía fuera de la escuela, sin uniforme, y me dio la impresión de que no era él, de que se trataba de un chico distinto. Pero el rostro era el del Mizuno-kun de la preparatoria. Pómulos pronunciados, ojos de párpados simples, mentón puntiagudo. Tenía el pelo alrededor de la frente tan empapado en sudor que se le rizaba. «Irie-san», al oír su voz, que me llamaba, me puse en pie de un salto. Él me pareció más bajo que de costumbre.

Mientras cruzábamos una corta calle comercial de aspecto decadente, con la mayor parte de los negocios con las persianas bajadas, Mizuno-kun me fue contando esto y aquello sobre las tiendas. Ahí, compraba las maquetas de plástico. Y las fotos las revelaba allí. Allá estaba la librería de la familia de un compañero de clase de secundaria. Yo asentía mientras caminaba bajo la luz del sol, cada vez más abrasador, que brillaba sin obstáculos desde su cénit. Hacía tanto calor que veía negro el fondo de los ojos. Notaba la desagradable sensación de los pies sudorosos resbalando dentro de las sandalias. Tras andar unos diez minutos a través de hileras de casas, el camino pavimentado se interrumpió dando lugar a un sendero de tierra que ascendía en suave pendiente. A mano derecha, apareció un santuario sintoísta. Mientras avanzaba, iba contando las sombras verdosas que proyectaban unos árboles tan enormes que parecían desbordarse sobre el camino. Luego pasamos junto a un semáforo que no estaba claro qué función podría tener en aquel sitio. Después cruzamos un pequeño puente de piedra sobre una acequia y, cuando los campos, los invernaderos y los descampados empezaron a dominar el paisaje, Mizuno-kun señaló hacia delante y dijo que aquella era su casa.

Se trataba de una vivienda unifamiliar de dos plantas, normal y corriente, con un portal decorativo flanqueado por un montón de macetas grandes de distintos tamaños. Algunas con flores y otras, con hierbajos o solo con tierra. Mizuno-kun abrió con llave, entró y yo lo seguí.

En cuanto cerró la puerta a sus espaldas, el interior de la casa se sumió en unas tinieblas absolutas y mis ojos tardaron un poco en acostumbrarse a la oscuridad. Tras decirme que subiera a la primera planta, Mizuno-kun abrió enseguida una puerta que había a un lado y desapareció por ella. La hebilla de las correas, que se abría siempre con facilidad, se me atascó y no conseguía quitarme las sandalias. Mientras estaba agachada, con los cinco sentidos puestos en las yemas de los dedos, el sudor que brotaba a mares por todo mi cuerpo empezó a deslizárseme por la cara y a gotear desde la punta de la nariz al suelo del recibidor, donde dejó unas manchas negras.

En la habitación de Mizuno-kun había una estantería grande, un escritorio y, al lado, una cómoda baja. De la ventana colgaban unas cortinas de color crema. La habitación, de seis tatamis,* estaba muy bien ordenada, y sobre la mesa se veían, perfectamente alineados, varios diccionarios sostenidos por sujetalibros, un portalápices y un gran reloj plateado. Me acomodé en el suelo, sobre el cojín que me había traído de la habitación contigua, él se sentó en la silla de delante del escritorio y bebimos té en vasos transparentes. El hielo tintineaba contra el borde del vaso y aquel era el único sonido que se oía en toda la casa. Reinaba un silencio absoluto: por lo visto, no había nadie más. El olor a hogar junto con el aire caliente y la humedad iban creciendo en el interior de la habitación y el sudor seguía deslizándose por debajo de mi vestido y el tejido de poliéster se me adhería a la espalda y a los muslos. Miré hacia las paredes y no encontré ningún aparato de climatización, así que decidí pedirle una lámina de plástico, o lo que fuera, para abanicarme. Entonces él introdujo las manos entre la separación de las cortinas, abrió la ventana y me pasó un paipái que estaba insertado entre los libros de la estantería.

Algo después, Mizuno-kun arrastró una caja de cartón de debajo del escritorio, sacó un disco de su interior y me lo enseñó. La funda estaba cu-

* 9.7 metros cuadrados. *(N. de la t.)*

bierta de unos dibujos que parecían jeroglíficos y, mientras yo la miraba, él alargó la mano y la acarició suavemente mientras me explicaba que era una pieza rarísima, muy difícil de encontrar. Luego me habló con entusiasmo de aquellos músicos de Argentina y de su producción musical. Ya fuese por los nervios o por el calor, sentía la cabeza embotada y, además, me preocupaba el olor, ligeramente ácido, de mi aliento, de modo que me limité a asentir, sin formular una frase.

Él siguió hablando un rato más, tomó un sorbo de té de cebada tostada para recuperar el aliento; luego sacó con cuidado el disco de la funda, lo colocó sobre el plato e hizo bajar lentamente la aguja. Lo que empezó a oírse yo no tenía ni idea de qué tipo de música se trataba, pero era un sonido inquietante, con acordes de cuerda que hacían pensar en unas opresivas olas nocturnas que retumbasen sobre un fondo de ráfagas de parásitos. De vez en cuando se oía un chirrido punzante, parecido a los frenos oxidados de una bicicleta que se detiene de golpe, y la interpretación continuaba, cada vez más excéntrica, con cada sonido yendo por su lado. No había ni canción ni melodía. Tras permanecer un rato quieta, escuchando aquello, miré a Mizuno-kun de reojo y lo vi sentado en la silla, con los brazos cruzados, embebido en la música. Mientras escuchaba aquella serie de interferencias, yo mantenía los ojos fijos en mis manos y en el pelo de la alfombra donde había dejado el bolso. Me representé un globo terráqueo en el espacio frente a mí, entre la alfombra y yo. Tras hacerlo rotar despacio, localicé Sudamérica y, luego, pincé la pieza del puzle, larga y estrecha, que era Argentina y fui cambiándola de orientación mientras la encajaba entre países de otros continentes o la hundía en mares cuyo nombre desconocía.

De pronto, me di cuenta de que la música ya había cesado. «¿Qué tal?», me preguntó Mizuno-kun, y yo hice varios movimientos afirmativos con la cabeza sin decir nada.

Mientras escuchábamos, una y otra vez, las dos caras del álbum, Mizuno-kun me contó lo que haría al acabar la preapratoria. Me dijo que pensaba hacer las pruebas de acceso a una universidad de Tokio, me enseñó el material y los modelos de examen de una academia preparatoria adonde asistía desde primero y, tras una pausa, me miró a la cara y me preguntó: «Y tú, ¿qué piensas hacer?».

Solté una tosecita, enmudecí y, luego, le respondí que aún no lo sabía.

—... Iré a la universidad, creo. Pero todavía no lo he decidido del todo.

—Pues tienes que decidirte ya, ¿no? —dijo.

—Sí.

—Y si vas, ¿irás a Nagoya?

—... Pues no sé. Pero, a Tokio, lo veo difícil —dije—. Casi todo el mundo va a Nagoya, ¿no? A Tokio, van pocos...

—Yo estoy harto de Nagoya —dijo Mizuno-kun tras una pausa—. En la escuela, todos tenemos notas parecidas... O sea que, vayas a donde vayas, te vas a topar con los de siempre. Y yo, la verdad, no es que quiera ir a algún sitio concreto o hacer algo en particular, ¿sabes? A mí, eso, tanto me da... A mí, mientras no haya ningún conocido, cualquier sitio me va bien. Ya llevo dieciocho años viviendo aquí —dijo mirándose fijamente las manos—. Y ya estoy harto de esta ciudad que parece un pueblo, harto de la gente de aquí.

Como no sabía qué responder a aquello, no abrí la boca. Al dirigir la vista hacia el reloj de encima del escritorio, vi que faltaba poco para las tres.

—Es importante saber cuánto de todo lo que te han dado puedes dejar atrás, ¿sabes? —prosiguió, todavía mirándose las manos.

La brillante luz del sol que se filtraba a través de las cortinas dibujaba un fino halo alrededor de su cuerpo. Sobre su rostro cabizbajo se proyectaban unas ligeras sombras.

—... La familia, la casa y los padres, esta ciudad: yo no he elegido nada de esto. Todo metido en un lugar estrecho. Todo repitiéndose con un aburrimiento escalofriante. Todo flojo y apático. Todos yendo por ahí con expresión atontada. Todos con la misma máscara. Me horroriza, ¿sabes? Todos ellos confunden el tedio y el estancamiento con la paz y la seguridad. En esta ciudad, todos parecen vacas. Se apiñan, van haciendo «¡mu!, ¡mu!» a la vez, se mueven, pastan, duermen, tienen hijos y vuelta a empezar. Van viviendo así, sin pensar nada. A mí eso me da escalofríos... Yo, ¿sabes?, cuando vaya a Tokio, incluso me cambiaré el nombre.

Iba repitiendo en mi cabeza las palabras de Mizuno-kun. La luz que se vertía sobre la alfombra se había trasladado un poco más hacia el centro de la habitación y su color era aún más intenso, más brillante.

—Por eso, tengo que salir de aquí. Voy a construir relaciones basadas solo en cosas que yo elija, voy a tener las experiencias que escoja yo. Iré a un lugar donde nadie me conozca, donde yo tampoco conozca a nadie, y me construiré una vida verdaderamente mía. Porque mi vida, ¿sabes?, aún no ha empezado.

Tras pronunciar esas palabras, se bebió de un trago el té de cebada tostada que tenía en la mano y suspiró hondo. Ambos enmudecimos durante un rato.

—Ojalá puedas ir a Tokio —dije un poco después.

Tras esto, se hizo un silencio interminable. De pronto, Mizuno-kun se levantó de la silla y se plantó a mi lado de un salto. Atónita ante la velocidad con la que había ejecutado lo que parecía un paso de danza, solté una risita mientras me echaba bruscamente hacia atrás.

—¿Te ha parecido gracioso? —dijo Mizuno-kun riéndose un poco también.

—No... —repliqué negando con la cabeza—. No es gracioso. Solo es que... se me ha escapado.

—Vaya —susurró poniéndose serio de nuevo y, algo después, me rodeó los hombros con el brazo.

Me quedé tan rígida como si me hubieran golpeado, me senté con las piernas dobladas echadas a un lado y tiré de los bajos de mi falda para cubrirme las rodillas. Me hice un ovillo, volví la cara en dirección opuesta a la suya, tensé los hombros. Por unos instantes, ni él ni yo nos movimos.

Permanecí tanto rato acurrucada, inmóvil, en esa postura tan antinatural, que perdí la noción del tiempo. Habría querido retorcer el cuerpo, desasirme de su abrazo y escaparme con la excusa de ir al baño o algo parecido. Pero, cuanto más lo pensaba, más rígida estaba, tanto que casi podía oír cómo mi cuerpo se encogía, y dejé de saber cómo podía hacer acopio de fuerza en piernas y brazos, y cómo ponerme en movimiento. Era una sensación extraña, como si atornillasen el eje del interior de mi cuerpo con tanta fuerza que se fuera rompiendo a pedazos, disgregándose por aquí y por allá.

Mizuno-kun resoplaba por la nariz cada vez con más fuerza y, para evitar su aliento húmedo, con los brazos que reposaban sobre las rodillas, me cubrí las orejas y me quedé inmóvil. Entonces, de repente, me vi a mí misma flotando en una esquina de la habitación mirando hacia nosotros y hacia las cuatro paredes que nos rodeaban. Se parecía a la imagen de un sueño que tenía a veces, donde, no sé por qué, acababa encontrándome a mí misma.

Mizuno-kun me quitó el brazo de los hombros, me tomó la barbilla entre las dos manos, como si la envolviera, y, después de hacerme levantar la cara, me miró fijamente a los ojos. Yo también le clavé la mirada. Me dio la sensación de que era la primera vez en mi vida que miraba a alguien de tan cerca. Por alguna razón, una ligera sonrisa flotaba sobre su rostro y yo no sabía en qué parte fijar los ojos. Una pequeña cicatriz debajo de la nariz, sus poros, uno tras otro, de los que brotaban pequeñas gotas de sudor que se veían exageradamente volumétricas, un aliento con cierto olor ácido, que ya no sabía si era suyo o mío.

Me derribó hacia atrás, agarrándome por los brazos y por las muñecas y, una vez estuve tendida de espaldas, se me tumbó encima y apretó sus labios contra mi cuello. Luego aproximó aún más la cara y me besó varias veces en los labios. Mi conciencia empezó a retroceder deprisa y, en su visión desde lo alto, tanto yo, que estaba tumbada boca arriba, como Mizuno-kun, que me cubría pesadamente, como la habitación fueron disminuyendo rápidamente de tamaño. Mi cuerpo, abandonado entre aquellas cuatro paredes, era plano y sin profundidad, como un dibujo hecho sobre una cartulina. Después de manosearme, aquí y allá, por encima del vestido, Mizuno-kun introdujo una mano entre mis muslos y la fue deslizando lentamente hacia arriba hasta tocar mis bragas. En un acto reflejo, dije que no. Pero él respiró todavía más fuerte y empezó a moverse arriba y abajo mientras sacudía la cabeza. La mano que tenía metida entre mi trasero y mis bragas temblaba un poco. Me daba tanto miedo mirarlo a la cara que me quedé con los ojos cerrados. Volví a decirle que no, pero él no parecía oírme. Me bajó las bragas hasta las rodillas, las empujó con un pie hasta los tobillos y consiguió liberar uno de los dos agujeros. Tras quitarse los pantalones entre mis piernas abiertas, me clavó la parte inferior del cuerpo y, poco después, empujó con la punta del pene. Volví a decir que no mientras me retorcía e intenté apartarlo empujándole los hombros con los dos codos, pero él no se detuvo. Alternó varias veces los dedos y el pene para encontrar el lugar por donde penetrarme, subiendo las caderas y moviéndolas hacia los lados, pero fracasó una vez tras otra. Siguió escupiéndose saliva en la punta de los dedos y tocándome y empujando sin parar con la punta tibia de su pene. Mientras iba repitiendo los mismos movimientos, una y otra vez, de pronto sentí como si me quemaran y le agarré los hombros. Comprendí que su pene me estaba penetrando con un crujido. Era un dolor tan intenso que recordaba un hacha gigantesca clavándose, una y otra vez, en un árbol enorme, y unas manos que se introdujeran en la grieta y que lo partieran de un tirón por la mitad. Me dolía tanto que le grité que no se moviera y, un instante después, Mizuno-kun eyaculó.

Cuando volví del lavabo, Mizuno-kun estaba hecho un ovillo, abrazándose una rodilla. No movía ni un músculo y la luz tibia del anochecer caía sobre la pierna que tenía extendida.

Una vez el calor y la intensidad de los rayos de sol se habían suavizado, también el contorno de todas las cosas parecía haber perdido nitidez. Lo único que se distinguía con claridad eran los latidos de mi corazón, pero incluso estos resonaban de una forma extraña, como si no procedieran de mi cuerpo, sino de alguna otra parte.

Escuché aquel sonido allí, de pie, junto a la puerta, mientras miraba la cómoda, el escritorio y la pierna de Mizuno-kun e iba trazando el contorno de cada una de las imágenes en mi cabeza. Un cuervo graznó a lo lejos. Una ráfaga de viento penetró en el cuarto, hizo oscilar violentamente las cortinas y arrastró hasta la puerta la extraña masa de quietud que se había adueñado de la habitación. Mizuno-kun permaneció en la misma postura, sin moverse, durante mucho tiempo. Yo, de pie, tampoco me moví.

—... Me voy antes de que oscurezca —dije poco después. Mi voz sonó extrañamente ronca y, de manera inesperada, me recordó a la de mi madre.

Tras inspirar hondo, me detuve y expulsé despacio todo el aire que se me arremolinaba en la garganta. Sin que me diera cuenta, la luz del sol se había hecho más baja, y más pesada, y el viento que soplaba de vez en cuando traía ya el olor de la noche.

—Te acompaño —dijo Mizuno-kun, todavía con la cara hundida en el brazo, hablando con dificultad.

—No hace falta —respondí algo después.

Él levantó un poco la cabeza mientras respiraba fuertemente por la nariz y, luego, volvió a bajarla.

Recogí mi bolso, en el suelo, a su lado. Entonces, él me dijo en voz baja: «Perdona».

—... Eso que me has dicho antes, lo de que por qué querías ir a Tokio... Lo de que tú querías elegir por ti mismo... —Hablé despacio, pronunciando cada sílaba con cuidado.

Mizuno-kun asintió varias veces, aún con la frente apoyada en el brazo que le rodeaba la rodilla.

—Entonces, lo de ahora... y lo que decías, ¿con cuál de las dos te quedas?

—¿Con cuál de las dos? —Mizuno-kun levantó la cabeza y me miró.

—... Lo de ahora, ¿significa que has elegido algo?

—No entiendo lo que me estás diciendo —dijo clavándome los ojos.

Yo también lo miré fijamente. En mi cabeza estaba muy claro lo que quería preguntarle, pero no sabía cómo traducirlo en palabras. Sin embargo, no había podido permanecer callada. Y esas habían sido las palabras que habían salido de mis labios.

—¿Elegido? ¿El qué? —me dijo Mizuno-kun con el entrecejo fruncido, endureciendo un poco el tono.

—Por eso... —Y las palabras que había dicho con todas mis fuerzas se interrumpieron aquí.

—No entiendo qué relación ves tú entre mis planes para ir a la universidad y lo que acaba de pasar —me dijo él con un tono ligeramente irritado.

—Por eso quería preguntártelo.

—¿Por eso? ¿Qué significa ese «por eso»? ¿Y qué es lo que quieres preguntar? ¿Qué quieres decir?

Mizuno-kun hablaba frunciendo las cejas.

—Retiro las disculpas —añadió algo después—. Tú has venido a mi casa por tu propia voluntad y, además, una cosa así es asunto de dos, ¿no?

Allí, de pie, muda, me fui repitiendo en mi cabeza el significado de sus palabras. Ciertamente, había llegado hasta allí por mi propio pie. Y aquella era la casa de Mizuno-kun y yo me había quitado las sandalias por mí misma y había entrado en su habitación. No cabía la menor duda.

Salí, tal cual, del cuarto y bajé la escalera. Las sombras habían ganado un grado de intensidad y pensé que aquello parecía el interior de la Tierra. Mizuno-kun descendió tras de mí.

—Cuando te miro, me pongo nervioso, ¿sabes?

Habló en tono tranquilo, dirigiéndose a mi espalda mientras me ponía las sandalias.

—Vives aturdida, no tienes ni ideas ni palabras propias. No sé nunca qué es lo que estás pensando, ni en la escuela, ni por teléfono. Bueno, es que no debes de pensar nada. Solo vas atontada por ahí. Cuando te miro, me pongo nervioso, ¿sabes?

Al empezar a andar, noté unas fuertes molestias y un dolor sordo en la entrepierna. El quieto frescor del atardecer se me acercaba por la espalda, como si me acosara, y yo fui acelerando el paso, más y más, hasta que me encontré corriendo. Mi pecho, que subía y bajaba, el sonido de mi respiración, los brazos y las piernas que se movían alternativamente hacia delante y hacia atrás: todo dejó de parecer real, y me dio la sensación de que, de un momento a otro, mi cuerpo iba a empezar a flotar e iba a desaparecer arrastrado por el viento. Por más que pisara el camino, no percibía el tacto en la planta de los pies, aunque, al mismo tiempo, estos seguían pateando el suelo y el asfalto y mis dos brazos, que se perfilaban en blanco sobre las tinieblas de la noche, seguían batiendo el aire, sin rumbo alguno.

No sabía qué dirección quería tomar ni qué estaba haciendo, no tenía la sensación de que, en algún momento, fuera a llegar a ninguna parte. Corría con todas mis fuerzas, tanto, que parecía que mi cuerpo fuera a romperse en pedazos y, al oír el aliento ronco que exhalaba, me acordé de Noriko.

A partir de entonces, cesaron por completo las llamadas de Mizuno-kun y, por más que nos viésemos en la escuela, en lo sucesivo no volvimos a intercambiar una sola palabra.

Y, como si nada hubiera sucedido, siguió transcurriendo el resto de mis días en la preparatoria. Hice el examen de ingreso a una universidad de Tokio en la que podía entrar sin estudiar demasiado y lo aprobé. Oí que alguien comentaba en el aula que Mizuno-kun había suspendido el examen de ingreso de la universidad a la que aspiraba a ir, pero no me enteré de lo que hizo al salir de la preparatoria.

Después de aquello, no volví a tener relaciones sexuales nunca más.

7

En agosto, apenas llovió.

Empecé a dejar de trabajar a las seis de la tarde y a beber a diario, sin excepción. Ya no me alcanzaba con las copas de sake y las latas de cerveza y, por un tiempo, estuve bebiendo de los botellones de sake, hasta que encontré por internet unos tetrabriks, más baratos y con mayor cantidad, que se vendían por cajas, y empecé a adquirirlos al por mayor.

Varias veces al día buscaba el nombre de Mitsutsuka-san.

Mientras bebía, accedía a la página de búsqueda e introducía la palabra «Mitsutsuka». Pero lo único que aparecía era un lugar con ese nombre y la reseña biográfica de un joven investigador. No importaba cuántas veces lo intentase: el resultado siempre era el mismo. Como no era un apellido corriente y el campo de estudio coincidía, me pregunté si no tendría alguna relación con Mitsutsuka-san, pero no había forma de comprobarlo y, además, aun suponiendo que la tuviera, aquello no era asunto mío. Tras pasarme al menos media hora abriendo una página tras otra, me daba cuenta de que no encontraría nada del Mitsutsuka-san que me interesaba; pensaba, una vez más, que ni siquiera sabía su nombre de pila y, tras lanzar un suspiro, iba cerrando las pestañas.

Sin otra salida, escribía su nombre en el papel. A medida que repetía las palabras, «Mitsutsuka», «Mitsutsuka», dentro de mis ojos, las letras se convertían en líneas, se dispersaban y yo dejaba de saber qué estaba escribiendo. Sacudía la cabeza de un lado a otro y, luego, volvía a tomar otro trago de sake.

Por más veces que mirara, solo encontraba el mismo artículo, pero, gracias a aquella búsqueda, que ya se había convertido en una especie de labor cotidiana, descubrí el proverbio *Mikabo no sanzoku ame** («lluvia de tres gavillas de Mikabo»). Por lo visto, se refería a que, en cuanto aparecían cumulonimbos en el monte Mikabo, de la prefectura de Gunma, caía un aguacero tan repentino que ni siquiera daba tiempo a atar tres gavillas de trigo. «*Sanzoku ame*», repetí en voz alta. En mi cabeza

* *Sanzoku* se escribe con los mismos caracteres que *Mitsutsuka*. En el capítulo 4, el propio Mitsutsuka-san dice que, a veces, leen su apellido como «Sanzoku». *(N. de la t.)*

embotada, imaginé el cielo de detrás de la montaña cubriéndose a ojos vistas de oscuros y pesados nubarrones, el retumbar de los truenos y cómo una violenta lluvia golpeaba la tierra con un fragor que hacía pensar en todos los papeles del mundo rasgándose a la vez. Me representé una lluvia tan intensa que se lo llevaba todo consigo, tanto lo visible como lo invisible. Y vi a Mitsutsuka-san allí de pie, inmóvil, sin paraguas. La lluvia me impedía distinguir la expresión de su rostro. Sacudí la cabeza y apagué la pantalla de la computadora. En un extremo de la mesa se amontonaban las galeras en las que tenía que trabajar al día siguiente. Tomé la página de arriba y la hojeé. Era una recopilación de charlas con un novelista, famoso por su extensa producción literaria. En todas sus novelas no paraba de repetir que quería escribir sobre la esperanza, no sobre la desesperación.

Me levantaba por las mañanas y, al acabar el trabajo, a las seis en punto, empezaba a beber: así transcurrían mis días. Nunca había tenido mucho apetito, pero ya había dejado de comer casi por completo, quizá por el calor. Con el lápiz en la mano, iba poniendo signos de interrogación para señalar incoherencias y, en caso de que el libro mencionase una obra clásica, buscaba el nombre de su traductor y datos sobre su contenido, y añadía la información. El día fijado, reunía la montaña de latas y envases que había vaciado durante la semana y los llevaba al punto de recogida de basura. Solo con mis latas y mis botellas se llenaba un contenedor en un pispás. Un día, Hijiri vino al barrio y me trajo un recuerdo de su viaje a la isla Ko Samui. «Un poco tarde, perdona —dijo—. Es algo que compré en una tienda libre de impuestos, ¿eh? No tiene nada que ver con la isla.» Y, riéndose, me entregó un frasco de perfume amarillo pálido de una marca llamada Chloé. Tras volver a ponerlo en su caja, lo guardé en el fondo de un cajón.

Al meterme en la cama, por más borracha o cansada que estuviera, siempre abría el libro que me había regalado Mitsutsuka-san. La letra era pequeña y, aunque la fecha del colofón no era muy antigua, al pasar las páginas, estas desprendían olor a papel viejo. Yo acercaba la nariz e inspiraba profundamente. Me costaba mucho avanzar y leía entre suspiros. Incluso cuando aún tenía la conciencia clara e intentaba concentrarme al máximo en la lectura, mi forma habitual de leer se iba imponiendo deprisa y mis ojos empezaban a deslizarse sobre las palabras, con lo cual era dudoso que los puntos importantes se me quedasen en la cabeza.

Aun así, abría el libro e iba siguiendo con los ojos, una tras otra, las letras que se alineaban sobre el papel. ¿Cuáles son los límites del universo? ¿De qué estamos hechos nosotros? El libro exponía hipótesis que conectaban las dos leyes que gobernaban las cosas grandes y las cosas pequeñas, explicaciones sobre esto y aquello, sobre aquí y allá; e, incluso, temas como la teoría especial de la relatividad o la teoría de la gran unificación, que ya había visto y oído muchas veces y cuyas frases tendían a olvidárseme en cuanto las había leído, ahora me esforzaba en encontrarles un sentido y en ir metiéndomelas en la cabeza.

Sin embargo, cuando se trataba de ondas electromagnéticas, de la teoría corpuscular de la luz de Newton, del espectro de la luz del prisma, de la dispersión de la luz, de las crestas de ondas, de la generación de fotones y demás, mis ojos se deslizaban con facilidad sobre las palabras, pero ninguna de ellas se me quedaba grabada en la cabeza. Así que, más de una vez, volvía a leer fragmentos que ya había leído en días anteriores sin darme cuenta hasta al cabo de un rato, por lo cual, acababa releyendo varias veces las mismas líneas. En cuanto me descuidaba, mi conciencia se alejaba, como si se despegase del texto, y me encontraba a mí misma reviviendo, desde el primer instante, cada pequeño detalle de los días en que había visto a Mitsutsuka-san, deseando llenar todo lo que me rodeaba de cosas que tenían que ver con él y quedarme, así, dormida.

Si volvía a ver a Mitsutsuka-san, ¿cuándo sería?

Quizá cuando terminara de leer el libro, para

darle las gracias. Pero, para eso, bastaría con una llamada. ¿Y si le regalara yo algo a cambio? Pero eso, ¿no sería como avasallarlo? Mejor dicho, ¿no estaría fuera de lugar planteárselo siquiera? Porque entre él y yo no existía ninguna relación. Y, por lo que se refería al libro, no me lo había prestado, me lo había dado. ¿Y por qué? ¿Qué significado tendría? Ante las páginas abiertas del libro, iban cruzando mi mente pensamientos que nada tenían que ver con su contenido y desaparecían.

Terminaba la noche, daba paso a la mañana y, al contemplar el azul del cielo que se extendía hasta el último rincón, pensaba en la infinidad de luces que se encontraban allí, aunque no se reflejaran en mis ojos, tal como me había enseñado Mitsutsuka-san; luego trabajaba, oscurecía y, todos los días, uno tras otro, caía la noche.

Mezcladas con el sonido de la ducha que golpeaba la bañera o con el salpicar del agua mientras aclaraba los platos, algunas veces brotaban las palabras que había intercambiado con Mitsutsuka-san y, muchas otras, me llegaban, flotando en el aire, las palabras que todavía teníamos que pronunciar. ¿Por qué me sentía así por alguien a quien había visto tan poco? Alguien de quien no sabía nada. Ni yo misma comprendía qué era lo que ocurría con mis sentimientos. Infinidad de veces me preguntaba si no estaría cometiendo un error. Mientras bebía sake en un vaso, me preguntaba con extrañeza por qué pensaba tanto en un desconocido, pero, en cuanto me daba cuenta, ya estaba pensando en Mitsutsuka-san.

«Me da la impresión de que todo son citas.» A veces me parecía oír las palabras de Hijiri. Ni la tristeza ni la alegría son nuestras, solo son algo que ha sentido alguien alguna vez y nosotros nos limitamos a copiarlas. Me acordé de los tipos de bolígrafos que Mitsutsuka-san llevaba metidos en el bolsillo del pecho y de la forma de sus caperuzas; luego me acordé de la frente ancha y de los pequeños mechones de pelo que se arremolinaban a los lados; me acordé del ángulo de su mano mientras sostenía la taza de café; incluso pude acordarme claramente de la forma de sus uñas tal como las había visto en aquel momento. La cicatriz en el rabillo del ojo, una pequeña escama blanca de piel que había visto temblar en sus labios al compás de su respiración. Cosas en las que no había reparado en aquel momento, cosas que parecía que no hubieran existido, cosas que ni siquiera era consciente de haber grabado en mi memoria, empezaban a crecer de manera evidente, deprisa, sin un sonido, como la flor que nace de la semilla y, todas estas cosas, por las noches, llenaban mis ojos, mis oídos y mi pecho.

Fue Kyōko quien me dijo que había fallecido el jefe de la empresa donde yo había trabajado antes.

Era la última semana del mes de agosto. «Yo

solo iré al velatorio. ¿Y tú? ¿Qué vas a hacer?», me dijo con un suspiro. Nunca había mantenido una relación particularmente estrecha con él, pero había sido una de las contadas personas que me habían tratado con amabilidad en aquella empresa. Así que le respondí que yo también asistiría, le pregunté el lugar y la hora y colgué.

Delante de la sala de la ceremonia, Kyōko me vio, me hizo señas y, cuando entramos las dos juntas, ya estaban recitando los sutras. Nos condujeron hasta la última fila, nos sentamos y, cuando llegó nuestro turno, le hicimos la ofrenda de incienso: con las manos unidas, cerré los ojos y me incliné mientras recordaba el rostro sonriente del jefe. Al terminar, vi a varias antiguas compañeras de trabajo, pero apenas hablamos. Kyōko-san se acercó a algunas personas y, tapándose la boca con el pañuelo, cuchichearon algo mientras inclinaban la cabeza.

En un rincón del vestíbulo, esperé a que Kyōko-san se quedara sola para darle las gracias y despedirme de ella, pero no tardó en aparecer. Me preguntó si tenía tiempo. Al responderle que me iba a casa, me propuso ir a tomar un té. Salimos del recinto y caminamos un rato buscando el lugar apropiado hasta que, algo más allá, descubrimos una cafetería de una cadena y entramos.

—Dicen que ha sido un infarto de miocardio —suspiró Kyōko—. Pero puede que se trate de un suicidio, ¿sabes?

—¿Ah, sí?

—Bueno, no estoy segura, claro —prosiguió rascándose el entrecejo con fuerza—. Solo es una impresión. Me lo ha parecido al hablar con su mujer. Yo solo conozco el caso de mi tío. Pero, por lo visto, cuando alguien se suicida, dicen que ha sido un infarto.

Pedimos un té con hielo y cayó el silencio mientras ambas nos sumíamos en nuestros pensamientos.

—Bueno, era una persona poco habladora, ¿verdad? —dijo Kyōko un poco después.

—Sí —convine yo, cabizbaja.

—Y, ahora que lo pienso, quizá tuviera un aire, no sé..., algo melancólico, ¿no? Pero, claro, eso, por sí mismo, no quiere decir nada, ¿no? En fin, qué le vamos a hacer ahora. Los muertos muertos están.

Tras unos años sin vernos, encontré a Kyōko más gruesa que la última vez, más grande en general. La zona de las axilas de su vestido negro se veía oscura, húmeda de transpiración. Tenía la frente cubierta de gotas de sudor. Se abanicaba con la mano, miraba a su alrededor con expresión insegura buscando la salida del aire acondicionado y, con todo, se enjugaba el sudor de la frente con el *oshibori* mientras decía: «¡Qué calor!».

—¿Cuándo fue la última vez que nos vimos? —me preguntó.

Le respondí que ya hacía mucho.

—¿Tres años? ¿Cuatro? Ya ni me acuerdo. —Kyōko se rio—. Entonces te dije que me pondría en contacto contigo enseguida y, ya ves, he estado tan ocupada con esto y aquello que ni te he llamado. ¡Con el favor que me hiciste! No es una excusa, pero lo tenía muy presente, ¿sabes?

—No tiene importancia —dije sacudiendo la cabeza—. Y, además, con un trabajo tan tensionante como el tuyo.

—Vaya, tendré que corregirte, ¿eh? —dijo Kyōko sonriendo con aire travieso—. La gente lo dice, ya lo sé. Pero el término *tensionante* no está aceptado. Sería *estresante* o algo similar.

—Sí —asentí.

—¡Bah! Qué más da. Aunque no, para nosotras, como correctoras, sí importa. Pero bueno, aquí, ahora... En fin, dejémoslo. Vamos, que he querido aprovechar la ocasión para darte esto.

Kyōko sacó de su bolsa un paquetito con forma de cajita envuelto en un bonito papel azul y lo depositó en el centro de la mesa.

—En señal de agradecimiento. Podría habértelo enviado por correo, pero, como hoy tenía que verte, pues lo he traído de paso.

—Pero si... —dije—, si gracias a ti conseguí el trabajo... Soy yo quien tendría que darte las gracias. No hacía falta que me regalaras nada...

—Ya sé, ya sé —dijo Kyōko, sonriendo de oreja a oreja—. No pude decirte nada personalmente, pero ya me enteré. De que te habías hecho *freelance*.

—Sí —asentí.

—... Mira, esto —dijo Kyōko señalando la caja azul de encima de la mesa— me daba miedo que fuese un poco demasiado lindo, pero, al final, me he dicho que, aunque lo sea, tampoco hace ningún daño, ¿no? Toma.

—Sí —asentí de nuevo.

Me pregunté si era educado abrirlo en aquella situación y, como no sabía qué era lo correcto, me limité a darle las gracias en voz baja mientras acariciaba el envoltorio con los dedos.

—No es algo que valga tanto la pena como para abrirlo aquí. Ya lo abrirás en casa.

—Sí. —Asentí y, tras darle de nuevo las gracias, como Kyōko me dijo que me lo guardara, me lo metí en el bolso con cuidado mientras inclinaba la cabeza.

Echamos el edulcorante líquido en el té, lo mezclamos con el popote y, durante un rato, bebimos en silencio.

—Ah, por cierto... ¿Está bien aquella chica? Tu encargada, aquella tal...

—¿Ishikawa-san?

—Sí, eso. Ishikawa-san. —Kyōko abrió los ojos de par en par y chasqueó los dedos. Me dio la sensación de que era la primera vez que veía a alguien chascarlos de aquella manera.

—Hace tiempo que no la veo. ¿Está bien?...

Bueno, no hace falta que lo pregunte: supongo que está como una rosa. Cuando le pasé tu contacto, me mandó un correo, creo. ¿Sigue encargándose ella? ¿De tu trabajo?

—Sí, desde entonces.

—Ah, vaya. Las dos tenéis una edad parecida, ¿no?

—Sí. La misma.

—Ah, ya. Bueno, pero, más que la edad... Las dos sois completamente distintas, y quizá sea por eso por lo que seguís después de tanto tiempo juntas, ¿no? —Kyōko tomó el primer sorbo de té con hielo y se secó cuidadosamente los dedos con el *oshibori* que tenía plegado junto al vaso—. Porque Ishikawa-san tiene muchas disputas con la gente, ¿no?

Kyōko lanzó un suspiro como queriendo decir que no era de su agrado hablar de aquella forma y prosiguió:

—Ya sé que suele tener razón y que es buenísima trabajando; es muy clara con todo el mundo, sea quien sea; no hace concesiones a nadie y, además, ¿quién podría negarlo?, es guapísima. Vamos, que tiene mucho poder de persuasión... y nadie puede llevarle la contraria, ¿no? Pero, a pesar de eso, o quizá sea justamente por eso, tiene muchas peleas con la gente.

—¿Peleas?

—Yo tengo mucha relación con el personal externo que está a su cargo, ¿sabes? Así que me entero de muchas cosas. Y, bueno, más que peleas, lo que pasa es que hay mucha gente que no puede trabajar con ella, que ya no la aguanta más, ¿sabes?

—¿Ah, sí?

—Pues sí —dijo Kyōko en tono jocoso—. Bueno, es que es muy dura, ¿sabes? Parece creer que, si ella puede hacer algo, lo normal es que los demás también puedan hacerlo. Eso por principio. Y, cuando ve que hay personas a su alrededor que no son capaces de lograrlo, pues va y piensa, sencillamente, que son unos vagos. A sus compañeros les pide que sean tan buenos como ella, o más... Pero las cosas no funcionan así. Cada persona es distinta, cada cual tiene sus propias motivaciones respecto al trabajo, así que no es extraño que surjan estas..., bueno, estas quejas, o roces, que yo he oído, y que digan que es terriblemente agotador, que es muy duro estar siempre con esa tensión, ¿sabes?

—¿Ah, sí?

—¿Y tú? ¿Qué tal? —me preguntó Kyōko clavándome una mirada inquisitiva—. ¿Has sentido algo así alguna vez?

—¿Algo así? —Repetí sus palabras y, como nunca me lo había planteado, enmudecí. Luego, le hablé con sinceridad—: Nunca he pensado eso.

Por un instante, Kyōko me miró fijamente con aire suspicaz, apartó la vista enarcando un poco las cejas y, luego, sorbió té con el popote.

—Puede que —dijo enjugándose los dedos con el *oshibori*— el problema sea tu personalidad.

—¿El problema? —pregunté.

—Bueno, problema, no. El, digamos, punto clave.

—¿El punto clave?

—Sí —dijo Kyōko clavándome de nuevo la mirada—. La gente como tú, poco asertiva..., y no me malinterpretes, ¿eh?, lo digo en el mejor de los sentidos. Pensaba en el deseo de exhibirse, en el orgullo, en todo eso. Me entiendes, ¿no? Eso, a la hora de relacionarnos con los demás, solo complica las cosas. Y hay personas como tú que lo tienen en un grado bajo, ¿vale? E Ishikawa-san es del tipo que tiene tendencia a engatusar..., bueno, a engatusar o a utilizar, llámalo como quieras, a personas como tú.

—Ah —dije sin entender lo que me estaba diciendo.

—En una palabra, que las personas como tú, en manos de gente como Ishikawa-san, acaban siendo simples instrumentos para fortalecerse a sí misma. Ella no tiene bastante con que los demás acepten su manera de vivir o de pensar: ella necesita ir afirmándolos día tras día. Porque, sin ir más lejos, hay ocasiones en las que todos, por la razón que sea, tenemos ganas de expresar nuestras ideas, ¿no es cierto? Lo de pedir consejo, por ejemplo. Pasa, ¿no? Todos lo hacemos a veces. Muchas veces. Pero no lo hacemos porque queramos escuchar lo que nos va a decir alguien, o porque vayamos a tomarlo como guía. No. Lo único que queremos es formular en palabras lo que pensamos, la situación en la que estamos, ¿no es cierto? Por eso no resolvemos nada al hacerlo. ¿Has visto alguna vez a alguien que haya solucionado un problema vital pidiéndoles consejo a los demás? Mira, incluso diría que, al hacerlo, creas otro problema en tu interior, aún complicas más las cosas. Por eso Ishikawa-san lo que hace es utilizar a personas que son como esponjas, que no dicen nada y lo absorben todo, las necesita para ir afirmando una parte de sí misma. Es del tipo de personas que se valen de que los demás escuchen sus fantásticos ideales o pensamientos para ir haciéndolos más fuertes, día tras día, e ir disfrutando con ello. Pero no todo el mundo está dispuesto a seguirle la corriente. La gente está demasiado ocupada, es demasiado madura. No tiene nada que ver con sus ambiciones o sus conveniencias. Por eso todo el mundo se aparta de ella... Pero, ¿sabes?, el hecho de que todo el mundo acabe dejándola de lado no se debe solo a su personalidad. No solo es eso. Es culpa de que ella misma no se da cuenta de lo afortunada que es. Está convencida de que todo el mundo juega con las mismas cartas que ella. Está convencida de que, si le van bien las cosas, es únicamente por su esfuerzo y por sus ganas de superación. Pero, ¿sabes?, a mí todo esto no me parece una broma. De acuerdo con que haya chicas que sean capaces de decir las cosas a las claras, pero hay otras que no. Ya sé que es algo de cajón. Y tengo muy claro que Ishikawa-san no es la única. En cierto sentido, las mujeres tan ambiciosas como ella están poniendo presión a las demás.

—¿Presión? ¿Ishikawa-san? —repetí.

—Exacto. Hace creer, tanto a los hombres como a sus compañeras de empresa, que todas deben trabajar tanto como ella y, a la vez, cuidar su aspecto y ser superfemeninas; como si eso fuera parte de su trabajo, vamos. Las mujeres como ella están convencidas de que no hacen lambisconerías a los de su alrededor, pero, en realidad, sí lo hacen, ¡y tanto!, solo que no se dan cuenta.

Kyōko había ido hablando cada vez más rápido y yo asentí varias veces con la cabeza, en silencio, con la mirada fija en la zona alrededor de su barbilla.

—Por eso, y vuelvo a lo de antes, si tú piensas que ella es amable contigo, pues que sepas que lo es porque tú eres la única persona que tiene a su lado, porque, si tú no estuvieras, lo pasaría mal. Porque ella necesita a alguien que la deje hablar y que la escuche haciendo: «¡Oh! ¡Oh!». Para su propio provecho, ¿sabes?... Por supuesto, me refiero a cosas aparte del trabajo.

Bebí agua sin decir nada.

—Qué horror, no creas que tengo algo en contra de ella, qué va. Solo te estoy contando de forma objetiva su reputación, ¿sabes? Porque eso también te afecta a ti, ¿o no?

Le di una respuesta vaga y asentí.

—Y otra cosa —dijo Kyōko removiendo el hielo despacio con el popote—. Bueno, esto no viene al caso, pero, ¿sabes?, es una devorahombres. Encima eso.

—¿Una devorahombres?

—Sí, exacto. —Kyōko soltó una pequeña risita por la nariz y aproximó un poco la cara—. Vamos, que tanto le da con uno como con otro. En fin, se acuesta con cualquiera. Con compañeros de trabajo, con hombres que conoce desde hace solo cuatro días... Tanto da, se va a la cama con cualquiera. Y no son chismes, para nada. No son chismes, son la pura verdad. Un conocido mío, sin ir más lejos... —Kyōko apartó un poco la silla e, inclinándose hacia delante, aproximó aún más el rostro—, también él se cuenta entre sus víctimas.

—¿Ah, sí?

—Sí. Y, por lo visto, no parece que encuentre nada mal en ello, ¿sabes? Es eso lo que da miedo. Parece que no entienda lo que son los sentimientos o los lazos entre las personas. Ya, claro. Es que ella es guapísima y ya se sabe. Porque guapa lo es desde la coronilla hasta la punta del pie. Y, encima, se las sabe todas, vamos. Ese carácter tan fuerte que tiene siempre, ¿sabes?, pues se cuida mucho de esconderlo, para no intimidar a los hombres y para que no se echen para atrás y, en esas situaciones, hace comedia. Pero si yo fuera un hombre, no me acostaría con ella, ¿sabes? ¡Jamás!... —Al decirlo, Kyōko entrecerró los ojos y negó con la cabeza—. Este no está mal, me acuesto y punto final. Solo eso. Y cuando hay otra mujer que no le gusta o que ella cree que amenaza su posición, o hiere su orgullo, pues va y se acuesta con el hombre que le gusta a la otra, así, por las buenas. Pero ¿qué se creerá? ¿Piensa que es un juego? No tiene consideración hacia nadie. Y así se comporta, una vez tras otra, siempre. Pues claro que no tiene amigos.

—¿Ah, no?

—No. Siempre está sola. Bueno, cuando no está con un hombre, claro. Puede parecer que se lo esté pasando en grande, pero la verdad es que no parece nada feliz. —Kyōko sacudió la cabeza riendo—. En fin, ten cuidado tú también.

Hice un movimiento de cabeza ambiguo y, sin decir nada, bajé la mirada hasta la punta de los dedos de Kyōko.

—¿Vamos? —dijo ella después de tomar el último sorbo de su té con hielo y de echar una ojeada a su reloj.

Hice un gesto de asentimiento.

—Hoy..., bueno, las circunstancias eran las que eran, pero me he alegrado de verte. Y también me has animado un poco. Además, he podido darte el regalito, porque me preocupaba, la verdad.

Tomamos nuestros respectivos bolsos, nos pusimos en pie, fuimos juntas hasta la caja y, mientras sacaba el monedero del bolso, le dije que la vez anterior me había invitado ella, que esa me tocaba a mí.

—... Ah, vale. Entonces, gracias.

Al salir de la cafetería, Kyōko me dijo enseguida que ella se iba en aquella dirección, a trabajar otra vez, qué estrés, que se iba a morir y, luego, se despidió agitando la mano. Después de haberle dado las gracias, se volvió hacia mí como si se acordara de repente y me dijo:

—Ah, oye, a Ishikawa-san no le cuentes lo que te he dicho hoy, ¿vale? Es algo que solo nos atañe a nosotras y, además, ¿cómo te lo diría? Ya sé que soy yo la que os presentó, pero no quiero tener nada que ver con ella. Cuídate.

Dejando estas palabras a sus espaldas, cruzó un largo paso de cebra y desapareció.

Al llegar a casa, saqué el regalo de Kyōko del bolso y lo abrí: era exactamente el mismo perfume que me había regalado Hijiri.

8

—Adelante. —Mitsutsuka-san me sonrió con naturalidad, como si hubiésemos quedado a una hora concreta y yo llegara puntual a la cita.

Mientras le daba las buenas tardes, tiré de una silla e incliné la cabeza.

Ante mis ojos, la escena oscilaba lentamente y sentía cómo se me aflojaban los músculos de la cara. «No hay problema, he bebido —me repetí varias veces en mi cabeza—. Hoy también voy cargada de alcohol, no hay problema.» Cuando me senté y nuestros ojos quedaron a la misma altura, empecé a ser consciente de que él se encontraba allí. Lo llamé para mis adentros: «¡Mitsutsuka-san!», pero enseguida me sentí inquieta temiendo haberlo dicho en voz alta.

—Por lo visto, ayer estábamos a treinta y siete grados, pero hoy solo a treinta —dijo Mitsutsuka-san. Cerró el libro que tenía entre las manos y miró por la ventana—. Pero parece que mañana volverá a hacer calor.

—Y septiembre es tiempo de tormentas —dije. Estaba tan borracha que ni yo misma sabía bien lo que estaba diciendo, pero Mitsutsuka-san asintió como si estuviera de acuerdo—. Es que a mí me gustan mucho las tormentas —añadí.

—Ah... —repuso—. ¿Y qué va a tomar, Irie-san?

—Un té.

Poco después, el hombre de la barba poblada que ya conocía se acercó y se plantó junto a la mesa. Mitsutsuka-san pidió un té para mí y aceptó, con una ligera inclinación de cabeza, tomar otra taza de café.

—La he interrumpido, lo siento —dijo—. Hablaba de las tormentas.

—Es tiempo de tormentas —repetí.

—Sí —dijo, y se bebió el resto de su café.

—Muchas gracias por el libro —dije—. Era difícil. Pero he entendido algunas cosas, lo he estado leyendo antes de dormir.

—Me alegro mucho.

Mitsutsuka-san me había llamado diez días después de que yo le enviara un correo electrónico.

Había tardado un mes en leer el libro que me había regalado. El grosor de las páginas que sostenía con la mano izquierda fue disminuyendo gradualmente y, cuando volví la última hoja y cerré el libro, me dio la sensación de que sonaba un «¡pum!», un ruido que, objetivamente, debería haber producido un objeto mayor. A partir de aquel día, cuando me metía en la cama después del trabajo y de pasar el tiempo aturdida bebiendo, me daba cuenta de que no tenía nada que hacer y me asaltaba una soledad indescriptible. ¿Por qué me sentía tan triste? Ni yo misma lograba entenderlo.

No podía ponerme en contacto con Mitsutsuka-san sin más, pero se me pasó por la cabeza que tal vez no le molestara recibir un mensaje con mis impresiones sobre el libro. Así que empleé tres días en escribir, puliéndolas y retocándolas una y otra vez, unas líneas sobre mis impresiones y, tras estar corrigiéndolas un par de días más, bebí e hice clic en «enviar» con la sensación de que pasara lo que tenía que pasar. Pero la respuesta no llegaba. Me deprimí mucho mientras pensaba vagamente que debía de ser falso aquello que dice la gente de que te arrepientes más de lo que no has hecho que de lo que te has atrevido a hacer.

En estas, la llamada de Mitsutsuka-san me produjo una conmoción tan grande que no fui capaz de contestar enseguida. Mientras el teléfono sonaba y sonaba, di un traspié y empecé a dar vueltas en círculo. En cuanto me di cuenta, ya se había cortado, así que me lancé sobre el teléfono para devolver la llamada. «Habría querido enviarle un mensaje de respuesta —dijo Mitsutsuka-san—, pero no me ha sido posible. Lo siento.»

Le pregunté si tenía la computadora descompuesta y me dijo que no, que acababa de cambiar de compañía proveedora de internet y que tenía problemas con la configuración. Y que, como no sabía cuándo se solucionarían, había decidido llamarme por teléfono en vez de mandarme un correo. «Muchas gracias», le dije yo con una inclinación de cabeza y, de repente, me di cuenta de que tenía la boca completamente seca.

«Además —prosiguió Mitsutsuka-san—, quiero hacerle un pequeño obsequio para agradecerle sus comentarios, tan detallados. Un CD.» «¿De música clásica?» «Sí. Melodías de piano, de Chopin.» «¿Otro regalo? Pero si usted ya me regaló el libro. Tendría que ser yo quien le diese algo», repuse. «Ah, entonces, invíteme a un café», rio Mitsutsuka-san. «Por supuesto», respondí. «Los jueves por la tarde, casi siempre estoy en aquella cafetería.» «De acuerdo», dije yo y corté.

Todavía con el celular, que ya no emitía ningún sonido, apretado con todas mis fuerzas contra la oreja, tensé el cuerpo y exhalé una gran bocanada de aire.

—¿Ya han empezado las clases?

—Sí.

—¿Y hoy no tiene que estar en la escuela?

—Como no tengo ningún curso a mi cargo, cuando no hay clases, no hace falta que esté.

—Ah.

Poco después, trajeron el café de Mitsutsuka-san y mi té: saqué el popote de la funda, lo clavé en una rendija del hielo que llenaba el vaso hasta arriba y lo removí. Se veía cómo la luz en el vaso y en el hielo oscilaba con un destello blanco y, mientras la miraba, conversé con Mitsutsuka-san. Hablamos sobre la luz.

—Entonces, cuando leo...

—Sí...

—Como es de noche, enciendo la luz y la habitación se ilumina...

—Sí...

—Gracias a eso, puedo leer el libro, las letras...

—Sí...

—Y, al apagar la luz, todo se queda oscuro.

—Sí...

—Enseguida.

—Sí...

—Entonces, ¿adónde va a parar la luz que hay cuando la lámpara está encendida? —le pregunté—. ¿Adónde se va toda aquella luz?

—Se absorbe —dijo Mitsutsuka-san—. La mayor parte de la luz es absorbida por los objetos y desaparece.

Lo miré.

—¿Desaparece? ¿Y ya está?

—Bueno, hay una parte que queda sin ser absorbida... También está la luz que se transmite o la que se refleja. Pero, al final, siempre choca con algún objeto, es absorbida por él y desaparece.

—¿Ah, sí?

—Sí. Pero también existe la posibilidad de que una parte de la luz que no se absorbe pueda escapar. Por ejemplo, por la ventana.

—¿A través de la ventana abierta?

—No. —Mitsutsuka-san se rio sacudiendo los hombros—. Lo siento. No me refería a que saliera por la ventana, sino a que la atravesaba.

—¿La atraviesa?

—Sí. Y una parte de ella se escapa hacia el espacio.

—¿Al espacio? —Hablé pausadamente, articulando bien cada palabra—. ¿Tan lejos?

—Pues sí.

—¿La luz del cabecero de mi cama se va al espacio?

—Sí.

—... O sea, que la luz que estaba en mi habitación permanece todavía en algún lugar del espacio.

—Podría ser —dijo Mitsutsuka-san—. Como usted sabe, la velocidad de la luz es... Vamos, es tan tan rápida que puede dar siete vueltas y media alrededor de la Tierra en un segundo. Por eso, suponiendo que siguiera activa de modo provisional a base de repetir los procesos de reflexión y transmisión, incluso en este caso, el ojo humano no podría percibirla. Además...

—¿Sí?

—Al final, acabaría siendo absorbida.

—¿No existe ninguna luz que permanezca para siempre?

—Parece que no.

—¿Desaparece toda?

En ese punto, los dos enmudecimos sin más. Dirigimos los ojos hacia la ventana y nos quedamos mirando distraídamente la gente que pasaba por la calle. Al levantar los ojos, vi una bombilla con una pequeña pantalla negra que brillaba un poco por encima de la cabeza de Mitsutsuka-san.

Miré el reloj: eran poco más de las cinco.

—Antes de que se me olvide... —Mitsutsuka-san sacó de su bolsa un paquete delgado metido en una bolsa de plástico amarilla, muy arrugada, y lo depositó en la mesa, delante de mí—. Es un buen álbum, se lo recomiendo —dijo con una sonrisa.

—No sé si podré entenderlo... —repuse—. Nunca me he parado a escuchar música clásica.

—No se trata de entender ni nada por el estilo. Es música, y la música solo hay que escucharla —dijo, y volvió a sonreír.

—Ah. —Le di las gracias e incliné la cabeza.

—La primera pieza del álbum es una imagen de la luz —dijo Mitsutsuka-san. Por alguna razón, mostraba un aire avergonzado.

—¿Una imagen de la luz?

—Sí —asintió—. En fin, es muy bonita. No hay

mucha gente que hable de ella, pero es mi melodía preferida de Chopin.

—¿Ah, sí? —dije pasando las yemas de los dedos por encima de las arrugas de la bolsa de plástico.

—También en la luz hay tipos distintos. ¿Cuál prefiere usted, Irie-san? —preguntó Mitsutsuka-san algo después.

—¿Por qué ha puesto antes cara de vergüenza?

—Estaba aturdida y solté, sin pensar, lo que tenía en la cabeza.

—Eh, no vale hacer preguntas que abran otra dimensión.

—¿Otra dimensión? —Ladeé la cabeza.

—No se permite responder a una pregunta con otra que amplíe el campo de la conversación. Tiene que ser una pregunta que esté contenida dentro de la primera.

—Vale —dije riendo.

—En fin, que se lo recomiendo. Escúchelo... —Mitsutsuka-san tosió una vez y bebió agua—. Por cierto, Irie-san, ¿a usted le gusta algún pianista en particular?

—No, ninguno —respondí—. Bueno, más que no gustarme, la verdad es que no conozco a ninguno. Nunca me he parado a escuchar música. Ni de piano ni de nada.

—¿Ni siquiera a pianistas muy famosos?

—No. Ni siquiera a pianistas muy famosos.

—Vaya —dijo Mitsutsuka-san—. ¿No conoce

a Martha Argerich? Me da la impresión de que gusta a las mujeres y que la escuchan mucho.

—No. No la conozco.

—¿Y a Glenn Gould?

—Ah, a ese sí lo he oído nombrar —dije—. ¿Este CD es de Glenn Gould?

—No. Es de un pianista japonés.

—Ah.

—Gould no soportaba a Chopin —dijo Mitsutsuka-san—. Además, sus interpretaciones no reflejaban la imagen de la luz. De hecho, solo reflejaban, exclusivamente, al ser humano. A mí me gusta Gould, pero, a medida que pasan los años, cada vez me apetece menos escucharlo.

—¿Porque tanta humanidad se te hace pesada?

—Podría ser —rio Mitsutsuka-san—. No es la única razón. Pero sí, hay mucha gente que lo es, ¿verdad?... En fin, que a mí me cansa un poco.

Luego me contó que Gould adoraba los perros, que uno de ellos tenía una cara más impresionante que la del propio Gould y que, en una ocasión, el pianista llevaba un pelo de perro pegado a su ropa y le molestaba tanto que, en plena ejecución de la orquesta, se dedicó a quitárselo con una tira de cinta adhesiva o algo similar.

Éramos los únicos clientes de la cafetería y tampoco parecía que fuese a venir nadie más. Estuvimos hablando de las maravillas de la luz... Bueno, para ser exactos, yo me limitaba a escuchar lo que me contaba, por supuesto. Él, por su parte, en cuanto veía que yo ladeaba la cabeza, volvía a explicármelo todo al detalle. Incluso sacó un cuaderno de la bolsa, lo abrió por una página vacía y trazó una especie de gráfico. Mientras escuchaba su voz, miré el color de la piel y la longitud de los dedos que agarraban el bolígrafo; luego miré los otros bolígrafos que llevaba en el bolsillo del pecho de la camisa; a continuación miré fijamente los ojos que se inclinaban sobre el cuaderno y las manchas de color marrón que los circundaban. Su frente prominente estaba cubierta de una ligera capa de sudor, y descubrí que tenía un pequeño lunar encima de una de las cejas. Mitsutsuka-san siguió enlazando una palabra con otra mientras daba pequeños golpecitos con la punta del bolígrafo y señalaba el gráfico de la libreta, y yo, envuelta en el sentimiento que colmaba su voz, iba asintiendo con movimientos de cabeza.

—Irie-san, escriba algo.

Estaba distraída cuando oí que, como si se le hubiera ocurrido de repente, Mitsutsuka-san me pedía aquello. Me tendió el bolígrafo que tenía en la mano y abrió una página en blanco de la libreta.

—¿Yo? —Sorprendida de haberme convertido en el centro de atención, tomé el bolígrafo mientras repetía como si hablara para mí misma—: ¿Y qué escribo? ¿Qué escribo?

—Cualquier cosa —rio Mitsutsuka-san.

—Un dibujo, imposible. Un gráfico tampoco sé.

—De acuerdo.

Mitsutsuka-san tenía los ojos clavados en la mano con la que yo sostenía el bolígrafo. Solo con pensar que me estaba mirando, sentí cómo me ardía la espalda, cómo el calor se me enrollaba en espiral alrededor del cuello y cómo, en un instante, se concentraba en mis mejillas y me cubría todo el rostro.

—¿Qué escribo?

—Lo que quiera.

—... ¿Un carácter?

—Cualquier cosa.

—¿Cualquiera?

—Una palabra que no haya escrito nunca, por ejemplo.

—Ah —asentí confusa.

Pero, por más que me esforzase, no se me ocurría ninguna. Me vino a la cabeza la palabra *cáncer*, pero no estaba segura de poder escribir los caracteres sin equivocarme, así que la dejé correr.

—¿Puede ser una palabra usual?

—Claro que sí.

—Entonces... —dije, y escribí mi nombre y mi dirección.

—Irie-san, ¡pero qué letra tan bonita tiene usted! —dijo Mitsutsuka-san impresionado, sosteniendo el cuaderno a cierta distancia.

—Qué va. No tiene nada especial —repuse en voz baja—. Una letra nerviosa...

—¿Usted cree? Pero si es muy bonita —dijo Mitsutsuka-san, y yo, sin saber qué contestarle, sacudí varias veces la cabeza.

Empecé a escuchar la canción de cuna de Chopin que me había regalado Mitsutsuka-san durante casi todo el día. La descargué en la computadora y, mientras trabajaba, la iba oyendo una vez tras otra; cuando me separaba de la mesa, la escuchaba con los audífonos en un viejo reproductor de CD que encontré en un rincón del armario. Mientras me duchaba, evidentemente, no podía hacerlo, la mayor parte del tiempo que estaba en casa, lo pasaba escuchando la canción de cuna de Chopin, incluso cuando preparaba la comida y me la comía.

El álbum que me había regalado Mitsutsuka-san comprendía piezas de piano de diferentes músicos, pero yo marqué la señal de repetición solo en la canción de cuna de Chopin y esa era la única que iba escuchando una vez tras otra. En la carátula del CD aparecía, sobre un fondo azul marino, la fotografía de un hombre, aún con aspecto juvenil, tocando el piano. Tal como había dicho Mitsutsuka-san, la melodía estaba realmente llena de luz y, si la escuchaba con los ojos cerrados, parecía que cada una de las notas fuera un parpadeo en las pálidas sombras que me señalase algo con dulzura, que me guiara en secreto. Yo cerraba los ojos y, sentada en la silla, me abandonaba al mundo de sonidos que parecían destellos. Mi cabeza se balanceaba, mi respiración se hacía más profunda y mis pies iban subiendo los peldaños fugaces de aquella escalera de luz. En el instante en que la planta del pie se apoyaba en uno, este brillaba ligeramente, cuando la levantaba, el peldaño se deshacía en polvo de luz y aparecía un nuevo escalón que me conducía dulcemente hacia arriba. No sabía adónde me llevaría aquella escalera luminosa que trazaba una suave espiral en medio de las tinieblas, tampoco sabía qué esperaba yo encontrar al final, pero mientras sonaba la música, era capaz de seguir avanzando eternamente sin ningún temor. Mientras subía, mientras andaba, iba deslizando la yema de los dedos sobre el brillo de cada uno de los sonidos, los engarzaba en un collar que me colgaba del pecho y, luego, asía aquel aro de luz con ambas manos, introducía las piernas dentro, entraba y salía, una y otra vez. Cada vez que respiraba hondo, mi pecho se volvía transparente y brillaba como si hubiera tragado una nebulosa que estuviese a decenas de miles de años luz. El aliento que exhalaba quedaba flotando, ante mis ojos, perfilado de partículas de luz, y yo lo recogía de nuevo con ambas manos, lo volvía a inspirar profundamente y mi pecho, mi garganta, incluso las palmas de mis manos empezaban a despedir luz desde el interior. Yo me quedaba observándolo con calma hasta que, de pronto, me encontraba flotando en el espacio. Cerraba los ojos, extendía los brazos, me balanceaba a mi antojo, soltaba la cabeza y bailaba, agitando la luz y dando vueltas sin fin, por el interior de mi habitación.

Empecé a ir todos los jueves a la cafetería a la que iba Mitsutsuka-san.

Muy de vez en cuando había algún otro cliente, pero normalmente estábamos los dos solos. Pedíamos siempre una taza de té y un café, y Mitsutsuka-san se bebía su café despacio. Yo también tomaba mi té a sorbos, lentamente, para que no me sentara mal al mezclarlo con el alcohol que llevaba trasegando desde la mañana. Mitsutsuka-san había hablado de pagar él la cuenta, pero, a propuesta mía, decidimos invitar por turnos. Tal como me había dicho al principio, los jueves al atardecer se encontraba siempre en la cafetería, y empezamos, a partir de ese día, a vernos y a hablar de diversas cosas.

Pasábamos juntos unas tres horas a la semana, durante las cuales Mitsutsuka-san solía contarme cosas de física que yo apenas entendía.

En una ocasión, le pregunté sin más qué era la cosa más pequeña del mundo, y él invirtió una hora entera en explicarme esto y aquello al detalle, como si estuviera hablando con una estudiante. Me habló de las partículas elementales, que ya no podían descomponerse más, como las llamadas cuarks o leptones, y me dijo que aquellas, a su vez, se clasificaban en tipos aún más precisos. Mitsutsuka-san me explicó también que el tres era un número muy misterioso en física y que los cuarks y los leptones se subdividían en conjuntos de tres elementos, aunque nadie sabía por qué. Me lo dijo riendo. Al comentarle que la palabra *cuark* me parecía mona, Mitsutsuka-san dijo que debía de ser por cómo sonaba, y me explicó que el nombre venía de un pájaro que gritaba tres veces: «cuark, cuark, cuark», en una extraña novela titulada *Finnegans Wake*, escrita en inglés, aunque incluía muchas palabras en muchos otros idiomas. También me habló de una teoría según la cual las sustancias más pequeñas del universo podían no tener forma de partícula, sino de cuerda. Y que, dentro de las cuerdas, quizá había un número infinito de dimensiones, demasiado pequeñas para que nosotros pudiéramos reconocerlas, y que tal vez nosotros estuviéramos compuestos de esas pequeñas cuerdas infinitas. Yo escuchaba embelesada las historias, me dejaba llevar por las sensaciones que me producían y no hacía más que asentir.

Mitsutsuka-san siempre se sentaba en la misma silla, llevaba la camiseta deformada y la misma bolsa colgada al hombro, con las esquinas desgastadas y deshilachadas. Siempre escuchaba con atención cualquier comentario insignificante que yo le hiciera. Y no solo eso, sino que a veces incluso se reía, divertido de veras.

De vez en cuando, me hablaba de la preparatoria donde trabajaba. Por lo visto, era una escuela muy sensibilizada con los temas de acoso sexual y abuso de poder, y se distinguía por haber tomado medidas muy avanzadas al respecto, hasta el punto de que había sido considerada escuela modelo y se había hablado de ella en los medios de comunicación. No era extraño que Mitsutsuka-san hubiera acabado siendo una persona muy versada en el tema. Todos los lugares accesibles a los alumnos debían permanecer siempre con las puertas abiertas, estaba prohibido que un profesor se quedara a solas con un estudiante dentro del recinto de la escuela y, más aún, en el exterior, y también estaba prohibido dirigirse a los estudiantes por su nombre de pila.

—¿Ah, sí? —La voz me surgía a ratos desde el fondo de mi conciencia embotada—. En mi época, eso habría sido impensable.

—Sí, claro.

—Pero usted siempre...

—¿Sí?

—Usted siempre me enseña muchas cosas —proseguí después de sofocar un hipo—. Aunque yo, claro, no tengo edad para ser estudiante de bachillerato.

—No, por supuesto —rio Mitsutsuka-san.

—Pero, como usted siempre me enseña muchas cosas, no soy muy distinta de una de sus alumnas, ¿verdad? —dije, y lo rematé con una risita.

—Si lo fuera, no podríamos vernos tal como lo hacemos, ¿no es cierto? —dijo él tras una pausa.

Tras clavar los ojos al otro lado de la ventana, volví a dirigir la mirada a la mesa. Tomé un poco de aire por la nariz y un ligero olor a sake se extendió por mis fosas nasales.

—Pero... creo que soy algo parecido —dije—. Aunque sea mayor... y no tenga un futuro por delante y, además, no estemos en una escuela...

—No, claro —dijo Mitsutsuka-san y, luego, enmudecimos los dos.

Unos instantes después, preguntó:

—¿Eso la hace sentir incómoda?

—¿Incómoda? —Sorprendida, le devolví la pregunta.

—Eso, lo que acaba de decir, que parece una alumna.

—No me hace sentir incómoda —dije y, después, enmudecí de nuevo.

—Pues, en ese caso, no hay problema —dijo Mitsutsuka-san, y tomó un sorbo de café.

Clavé los ojos en la funda arrugada del popote de encima de la mesa. La puerta se abrió con un clin-clan y entró un repartidor acarreando una caja de cartón tan grande que le llegaba hasta la barbilla. Mientras el barbudo dueño de la cafetería le firmaba el recibo, el repartidor le dijo algo en broma y los dos se echaron a reír sacudiendo los hombros. El repartidor agarró el recibo, le echó una ojeada con gesto familiar y, tras darle alegremente las gracias, salió del café con ímpetu.

—Mitsutsuka-san.

—¿Sí?

—Quizá sí esté un poco incómoda.

Lo dije en voz baja mientras seguía con la mirada la puerta que vibraba. Una vez lo hube dicho, noté que un ruido sordo ascendía por mi garganta y, sin pensar, estuve a punto de sujetármela con ambas manos para que no saliera de mi cuerpo.

—Vaya —dijo Mitsutsuka-san un poco después—. Entonces, tenemos que tomar alguna medida para solucionarlo.

Incapaz de mirarlo a la cara, dirigí la vista al otro lado de la ventana y, cuando ya no sabía qué más mirar fuera, clavé los ojos en el vaso de té, ya casi incoloro después de haberse derretido todo el hielo.

—A ver qué le parece esto —dijo tras una pausa—: ¿Y si la llamo «Fuyuko-san» en vez de «Irie-san»?

Levanté la cabeza y lo miré a los ojos.

—Como está prohibido que un profesor se dirija a una alumna por su nombre de pila, eso marcará la diferencia.

—Sí.

—Claro que solo con vernos aquí, tal como lo estamos haciendo, usted ya no podría ser una alumna, ¿verdad?

—Sí.

—¿Le parece bien mi propuesta?

—Sí.

—A mí, puede seguir llamándome por el apellido. Como nunca me ha llamado «profesor», pues ya estará bien.

—Sí.

—Y si se nos ocurre una idea mejor, la seguiremos.

—Sí.

—¿Qué tal mi propuesta? ¿Bien?

—... Sí. —Volvía a sentirme incapaz de mirarlo de frente y lo dije en voz baja, mirando hacia el suelo. Le dije que sí otra vez y, luego, hice varios gestos afirmativos con la cabeza.

Después de que Mitsutsuka-san empezara a llamarme «Fuyuko-san», seguimos viéndonos muchas veces más. Nunca nos habíamos citado ni habíamos decidido que yo fuera a aquella cafetería solo los jueves, de modo que, a partir de un cierto momento, añadimos las tardes de los domingos, con lo cual pasamos a vernos dos veces por semana.

Me enteré de que tenía cincuenta y ocho años y de que había nacido un 10 de diciembre; me enteré de que, cuando era joven, había batido un récord en un videojuego muy popular en aquella época que se llamaba *Space Invaders*; me enteré de que no tenía preferencias con respecto a la comida, de que no solía tomar nada entre horas, de que, cuando era estudiante, había jugado un tiempo al baloncesto, de que no le gustaba la música folk, de que había nacido en Tokio, de que medía un metro y setenta y tres centímetros, de que no se había roto nunca ningún hueso, de que no le habían dado ningún punto de sutura y, también, de que su grupo sanguíneo era el A. Mitsutsuka-san se enteró de que yo había nacido en Nagano, de que cumplía años en Nochebuena, de que aquel verano no había ido a ninguna parte, de que comer *anko** me producía un ligero dolor de cabeza, de que, cuando era pequeña, me había atropellado un coche mientras iba en bicicleta, de que una vez me había perdido la excursión del colegio por culpa de la apendicitis y de que, detrás de mi departamento, había un parque pequeño. Él se enteró de que nunca me había hecho la permanente y de que nunca había ido al extranjero. Yo me enteré de que la línea del pelo le había empezado a retroceder a finales de la treintena. En una ocasión, me hizo un truco con cartas, pero yo lo descubrí al primer intento. «¡Qué fallo!», me dijo, ruborizándose, cosa infrecuente en él, y la siguiente vez me trajo un libro con muchos trucos de prestidigitación. Cuando nuestros pies chocaban bajo la mesa, los dos corríamos a disculpar-

* Pasta de frijoles cocidos y dulces. *(N. de la t.)*

nos, como si compitiésemos a ver cuál de los dos lo hacía primero, y luego enmudecíamos durante un rato. Todas aquellas pequeñas cosas podían ser triviales, pero, a medida que íbamos intercambiándonos aspectos fundamentales de cada uno de nosotros, yo sentía cómo iba deslizando suavemente la punta del pie en los recuerdos de Mitsutsuka-san. Sin embargo, aún no sabía nada sobre él, sobre la persona que estaba empezando a querer conocer más. Las palabras siempre fallaban. No era que Mitsutsuka-san me impidiera hacer preguntas, tampoco era que no se produjera el ambiente propicio para hacerlo, era simplemente que no me salían las palabras.

Regresamos a la estación totalmente en silencio.

Mientras atravesábamos un crepúsculo azul que, a los ojos de cualquiera, no era más que una linde entre la tarde y la noche, este nos teñía a los dos del mismo color. Mitsutsuka-san hacía siempre el mismo gesto de despedida con la mano, siempre doblaba la esquina de las escaleras de la misma forma y desaparecía. Yo habría querido decirle algo, habría querido comunicarle algo más, pero, antes de que mi deseo se plasmara en palabras, antes de que se convirtiera en sonidos que hiciesen vibrar el aire, Mitsutsuka-san doblaba la esquina y desaparecía.

El primer lunes de octubre, Hijiri me llamó para interesarse por mí. Porque, desde después del O-bon y hasta finales de septiembre, me había enviado menos manuscritos de lo acostumbrado. Apagué la canción de cuna, me llevé el teléfono al oído y, mientras asentía ante la voz vibrante de Hijiri, fui consciente de que llevaba mucho tiempo sin hablar con ella.

—Parece que todo se ha retrasado. Tenía previsto que llegaran montones de manuscritos durante el verano, pero, como sabes, los escritores a veces te ponen los planes patas arriba. Así que, durante este mes y, también, en noviembre, parece que va a haber mucho trabajo y quizá tenga que pedirte un esfuerzo extra —dijo Hijiri—. ¿Habría algún problema?

Escuché el programa del mes próximo y el del otro, y fui apuntándolo todo en el calendario entre gestos de asentimiento. Una vez acabamos de hablar de trabajo, cuando Hijiri empezaba a ponerme al día sobre cómo le iban las cosas últimamente, resurgió de pronto en mi cabeza el recuerdo de la voz y de la cara de Kyōko, con quien había hablado hacía no mucho, aunque me daba la impresión de que era ya algo muy lejano.

—Dijiste que en verano no ibas a ninguna parte, ¿no? Pero ¿y en septiembre? ¿Has hecho algo? —me preguntó Hijiri después de una pausa.

—He estado en casa —dije.

—¿De verdad no has ido a ningún sitio? —dijo Hijiri con una voz aguda, mostrando una sorpresa exagerada.

—No.

—Ah, sí. Dijiste que ni siquiera ibas a ir al pueblo, ¿verdad?

—¿Y tú? —le pregunté.

—Bueno, pues yo he ido tirando.

—¿Tirando?

—Trabajando, viendo a gente, comiendo... Vamos, como de costumbre.

—¿Y cómo ha ido con el del elefante? —le pregunté.

—¿El del elefante? —Hijiri se quedó unos instantes en silencio y, luego, dijo con voz alegre—: ¡Ah, sí! A pesar de todo, aún lo veo de vez en cuando.

—Ah, vaya.

—En cuanto me planteé dejar de verlo, entonces, de golpe, no sé, empezó a parecerme menos pesado. Qué raro, ¿verdad?

—Ah, vaya.

—Él debe de pensar algo parecido. Como nos llevamos bien en algunos aspectos, pues, vamos, no está mal... Pero creo que la cosa se ha ido alargando un poco demasiado, ¿sabes? —dijo Hijiri con desapego.

—Qué problema —dije mirando el calendario donde había señalado los días en que iba a la cafetería a ver a Mitsutsuka-san.

—¿El qué? —preguntó Hijiri con extrañeza—. ¿Lo que te he dicho?

—... Sí, con lo ocupada que estás... Y, encima, dijiste que también te veías con otras personas... —dije intentando no hablar demasiado rápido.

—Ah, ya. —Por su tono se veía que no lo consideraba tan grave—. Pero tampoco es que haya ningún problema en particular. —Hijiri se rio—. No voy a encontrármelo en el trabajo. Y, si me harto, basta con dejar de verlo y listos.

—Pero antes lo habías dicho, ¿verdad? Que no te gustaba tanto. Y por eso, no sé, me parecía que era un problema bastante gordo.

—Pues no lo es. En absoluto.

—¿Ah, no?

—No. Solo lo veo cuando me apetece y en paz.

—¿Ah, sí?

—Eso ya te lo había dicho antes, ¿no? Pero, más que eso, lo que me deprime ahora es el montón de dinero que he gastado a tontas y a locas. Me fui de viaje, me compré una línea completa de productos para el cuidado de la piel y, además, dos pares de zapatos en colores distintos. Y, por más que me diga que es una tontería, ahora, cuando ha salido la colección de la temporada de invierno, me he comprado un abrigo. La verdad es que cuesta resistirse. Todos los años me pregunto hasta cuándo voy a poder seguir haciendo eso, pero, bueno, la verdad es que me gusta. Qué le vamos a hacer, ¿no? —Hijiri se rio contenta. Y añadió—: Ah, oye, acabo de acordarme, ¿recuerdas la chaqueta que llevaba cuando salimos a tomar una copa, hace poco?

—Sí, la recuerdo.

—Una gris.

—Sí, ya sé.

—¿La quieres?

—¿Si la quiero?

—Me dijiste que te gustaba, ¿no? Aquella, la que lleva el bordado de cuentas en el pecho. Es que me he comprado una parecida y no creo que me la vuelva a poner.

—Yo... —dije, y me quedé sin palabras. No tenía la menor idea de cómo llevar, o con qué combinar, una pieza de ropa tan llamativa—. Te lo agradezco, pero no creo que me vaya mucho.

—¿Por qué? —exclamó Hijiri sorprendida—. Las chaquetas ni van ni dejan de ir. Se ponen encima y ya está.

—Pero...

Mientras intentaba encontrar una respuesta sin conseguirlo, Hijiri me dijo que tenía un montón más de ropa, que me la enviaría toda junta. Que yo escogiera lo que me gustara y que tirase lo que no quisiera. Y se cortó la llamada.

9

—¡Quince años! ¡Parece mentira!

Noriko Hayakawa rio con una cierta expresión de timidez en el rostro. Había transcurrido mucho tiempo desde la última vez que nos habíamos visto después de salir de la preparatoria. «Es verdad. Parece mentira», le dije yo riendo y, luego, Noriko volvió a reírse. Su voz me traía tantos recuerdos...

—Te he dicho de quedar, así, muy de repente, ¿no? Gracias por venir. Debes de estar muy ocupada.

—Qué dices. Me he alegrado mucho de que me llamaras —dije.

—Pues la verdad es que, antes, lo pensé bastante... Porque, ¿cuándo fue?, hará unos seis o siete años, tú no viniste al encuentro de antiguos alumnos. Esperaba verte allí... ¡Me hacía tanta ilusión!

—Ay, lo siento.

Noriko negó con la cabeza y echó una ojeada circular al interior del local.

—Tampoco venía a Tokio desde hace siglos. Desde hace unos diez años, creo. Iba a decir que ha cambiado mucho, pero la verdad es que no recuerdo nada de la última vez.

—Ya. Mira, yo vivo aquí y no conozco nada.

—¿Vienes mucho por esta zona? —preguntó Noriko.

Acababa de responderle que no, que iba poco, vamos, que no iba allí casi nunca, cuando nos trajeron los espaguetis que habíamos pedido.

—Qué rápidos son sirviendo la comida, ¿verdad? —dijo Noriko abriendo mucho los ojos.

—Sí, muy rápidos.

—Además, es increíble lo lleno de gente que está Harajuku. Esta calle, vista desde aquí arriba, parece la cabeza del Gran Buda. Con tantos bultitos...

Sabía que Noriko se había casado, que tenía dos hijas y que vivía en Nagano por las fotografías que a veces acompañaban a las postales de felicitación de Año Nuevo que, como si se acordase de repente, me enviaba una vez cada cierto número de años. Yo también le había respondido en varias ocasiones. Gracias a eso, ambas conocíamos nuestras señas, aunque nunca nos hubiésemos llamado para charlar un rato. Esa fue la causa de que, la semana anterior, cuando, de pronto, Noriko me había telefoneado, y a pesar de estar viendo su nombre en la pantalla, hubiese tardado un poco en comprender que era ella quien me estaba llamando.

—¿Hasta cuándo estarás aquí?

—Hasta mañana por la mañana.

Enrolló una pequeña cantidad de espaguetis en el tenedor y, al llevárselos a la boca, puso cara de sorpresa y exclamó: «¡Qué ricos!».

—Están buenísimos. Allí no tenemos esta cadena de restaurantes.

—¿Qué tal Disneylandia? —Tras probar los espaguetis, asentí con un movimiento de la cabeza.

—Llenísimo de gente. Como era la primera vez que íbamos, no sabíamos muy bien qué hacer, pero estuvimos viendo eso..., ¿cómo se llaman?, ¿los desfiles?, y, mira, muy bien.

Me producía una cierta extrañeza estar con Noriko en un lugar que no tenía nada que ver con ninguna de las dos.

—Irie-kun, estás muy delgada. —Noriko me miró con expresión preocupada—. ¿Comes?

—Como —dije sonriendo.

—¿Sí? Bueno, entonces, vale. Pero es que te veo muy cambiada.

La Noriko que tenía delante había engordado tanto que parecía otra persona. Las mangas de encaje de su chaqueta de punto le apretaban en la parte superior de los brazos.

—Esta aún la hemos hecho en casa, ¿sabes? —dijo pellizcando la zona del pecho de la chaqueta. En la parte inferior había una aplicación de adorno con forma de gato—. ¿Te acuerdas?

—Y tanto —reí.

—La que llevas tú está muy bien. Superelegante. Tiene toda la pinta de ser carísima...

—Qué va. —Solté una risita mientras pasaba la yema de los dedos por encima de las cuentas de la zona del pecho—. ¿Y tu familia? ¿Va todo bien?

—Bueno, más o menos —rio Noriko con un suspiro—. Ahora se fabrica mucho más barato en China, por ejemplo, así que nosotros no producimos tanto como antes. Solo vamos tirando, ¿sabes? Mis padres ya están medio retirados. En fin, así son las cosas.

Desde nuestro asiento del primer piso, junto a la ventana, se veían las calles de Harajuku atiborradas de gente. Los transeúntes, los carteles de las tiendas, la infinidad de coches que pasaban y demás componían una amalgama de todos los colores. Pensé que aquellos colores que estaba viendo eran los que habían quedado atrás. ¿Dónde estarían los reales? Me sentí decepcionada de mí misma al ver que no lograba recordarlo pese a las detalladas explicaciones que me había dado Mitsutsuka-san en una ocasión. Justo debajo había aparcadas unas bicicletas, prácticamente apiñadas unas sobre otras. Vi cómo una joven que pasaba por la calle arrojaba una botella de plástico vacía dentro de la cesta de una de ellas.

Mientras comíamos los espaguetis, Noriko

me contó cómo le iban las cosas y yo le hablé de mi trabajo de correctora. «A ti, Irie-kun, siempre te gustó leer», me dijo Noriko. Cuando le dije que no, que no mucho, ella se extrañó y me dijo que esa era la impresión que tenía. Luego volvió a enrollar espaguetis en el tenedor y se los llevó a la boca.

Después de comer, cuando nos trajeron un café para cada una, Noriko volvió a lanzar un suspiro y dijo:

—... Pues así va, ¿sabes? Y yo cada día me pregunto qué debo hacer...

—Pero también hay cosas que van bien, ¿no? —pregunté. Noriko se encogió de hombros.

—¿Que si van bien?... No sé qué decirte. Cuando llevas diez años de matrimonio, ya no está tan claro, ¿sabes? En fin, quejarse no sirve de nada. —Noriko se rio—. Me pregunto si seguiré así, haciendo lo mismo, día tras día, durante diez, veinte años, hasta que ya sea demasiado tarde, y que todo acabe así, sin más.

—¿Hay algo que quieras hacer? —pregunté.

—No, no es eso.

—Ah.

—Pero ¿sabes? Yo dejé de trabajar. Después de casarme, cuando nació mi primera hija. Y, ahora, no estoy muy segura de no estar arrepentida de haberlo hecho. Era un trabajo que no valía mucho la pena, la verdad. Un trabajo que no me importaba dejar. Alguien tenía que hacerse cargo de la casa y, pensándolo con lógica, yo misma me convencí de que lo mejor era que dejara el trabajo para encargarme de la casa... Y, ahora, ya ves. A estas alturas, no tiene mucho sentido quejarse... pero la verdad es que me resulta muy duro no tener mi propio dinero para gastarlo como quiera... Claro que pensarlo ahora... Oye, lo siento. Por soltarte el rollo de esta manera.

Noriko se rio con expresión de apuro. Yo negué con la cabeza y le dije que no se preocupara en absoluto.

—Quizá sea lo normal, pero yo soy exclusivamente la madre de las niñas, mi marido es el padre y parece que, con eso, baste..., que nosotros ya no somos más que eso. Me horroriza pensar qué pasará cuando las niñas crezcan y se vayan de casa. Cuando, alguna vez, por lo que sea, nos quedamos solos, ¿sabes?, alguna vez... pues, entonces, no tenemos nada que decirnos. Nada de nada. Aparte de las niñas. O de la tele. O de nuestros padres. Solo eso.

—Ya —asentí.

Noriko prosiguió como si le costara hablar de ello.

—... El sexo, por ejemplo. Desde que me quedé embarazada de la pequeña, no lo hemos hecho ni una sola vez. Me da vergüenza hablar de esto. En primer lugar, nunca se da la situación. Es como si el sexo no existiera, ¿sabes? Entre los dos.

Hice un vago gesto de asentimiento.

—... Parejas sin sexo, las hay de diferente tipo. Las hay en las que uno de los dos sí quiere, en las que a uno le apetecería hacerlo, pero al otro no. Esas todavía tienen alguna esperanza. Que tu pareja no tenga ganas de hacerlo contigo debe de ser doloroso, pero se puede hablar de ello, se puede intentar superar la situación.

Asentí.

—Pero, en nuestro caso, el problema es que somos los dos los que hemos dejado de querer hacerlo con el otro. En nuestro hogar no existe el sexo. Hablé con amigos sobre esto... sin decir que me refería a mí, claro..., y les pregunté qué pensaban sobre el problema de la falta de sexo en el matrimonio, porque, al parecer, no es nada infrecuente. Algunos me respondieron que era algo natural. Incluso hubo quien me dijo que en una familia lo raro era que hubiera sexo, que eso sería asqueroso. Así que yo también acabé pensando: «Ah, vaya. Así que eso es lo normal», y así pasaron los días, seguí con mi vida sin darle más vueltas. Pero, en un determinado momento, me lo planteé en serio, y lo cierto es que no volver a tener relaciones sexuales con nadie hasta que me muriera, no sé, me dio la impresión de que no tenía nada de normal.

—Ya —dije tomando un sorbo de café.

—¿Qué te parece a ti? Si estuvieras en mi lugar, ¿qué elegirías?

—¿Elegir? —dije sorprendida—. ¿Entre qué?

—Pues... —Noriko se inclinó hacia mí, acercando su rostro al mío—, entre vivir, hasta que te mueras, como madre de familia, llevando una existencia tranquila pero sin estímulos, sin sexo, sin emoción, sin nada de nada o...

Al llegar a ese punto, Noriko enmudeció. Esperé en silencio a que continuara.

—... En fin, supongo que seguiré así. Esta es mi vida, ya ves. —Se rio exageradamente—. Bueno, en definitiva, esto es lo que he elegido. Qué remedio. Tal vez podría haberme esforzado más para evitar que mi matrimonio acabara así. Pero no lo hice.

Asentí varias veces a las palabras de Noriko.

—Si yo tuviera una profesión y algún dinero en el banco, es posible que me divorciara, incluso con las niñas. Pero con un trabajo por horas y lo poco de la manutención no podría criarlas de ninguna de las maneras. No podría sacarlas adelante. Y las niñas no tienen la culpa de nada...

—Pero están las madres solteras que trabajan y crían solas a sus hijos... ¿Cómo deben de arreglárselas?

Dije lo primero que se me ocurrió, sin ninguna intención.

Por un instante, el rostro de Noriko se endureció de forma ostensible. Una pareja con un niño pequeño pasó junto a nuestra mesa; el crío tropezó, cayó de bruces al suelo y empezó a llorar con la cara encendida como el fuego. Noriko le dirigió una mirada rápida, volvió los ojos a la mesa y, tras tomar una bocanada de aire por la nariz, prosiguió sin responder a mi comentario:

—Mi marido me engaña.

—¿Ah, sí? —dije sorprendida.

—Por eso ya no hay nada en casa.

Noriko arrancó el extremo del sobrecito de azúcar, lo vertió con un susurro en la taza de café, ya medio vacía, y lo removió ruidosamente con la cucharilla.

—... ¿Y tu marido sabe que tú lo sabes?

—Bueno, supongo que imagina que lo he descubierto, pero no hemos hablado del asunto abiertamente. Si me pusiera a ello, podría encontrar todas las pruebas que quisiera, pero no me siento con fuerzas. Pero sé quién es ella. Estaba en Twitter... ¿Lo usas? ¿Twitter?... Allí todo el mundo lo suelta todo, sea lo que sea, da igual. Pensé que, a lo mejor, descubriría algo y, cuando lo miré, efectivamente, allí estaba esa mujer, registrada con su nombre real. Todos los días voy siguiendo lo que hace.

—¿Ah, sí?

—En ese sitio todo el mundo se expone por las buenas. Solo con leer, te enteras de un montón de cosas. Desde dónde viven los padres, la cara de los hijos o las amistades que tienen, hasta adónde van a ir el próximo puente, todo eso y mucho más. Y a esa mujer, por ejemplo, ni siquiera se le habrá pasado por la cabeza que voy siguiendo a diario todo lo que hace.

—Claro —asentí.

—Además, ¿serviría de algo que se lo hiciera confesar a mi marido? Pues no. No cambiaría nada.

Asentí.

—Además, yo tampoco puedo hablar muy alto —dijo Noriko con la risa bailándole en los ojos—. Ya sabes que hubo un encuentro de antiguos alumnos, ¿no? Vamos, que él no se trataba de un completo desconocido y, bueno, las cosas fueron como fueron. En fin, que una cosa llevó a la otra... Yo, hasta que fui y nos vimos y charlamos, nunca había pensado en hacer algo así, pero bueno..., pasó lo que pasó.

—¿Con uno de la clase? —pregunté.

—Con Yui-kun. ¿Te acuerdas de él? Nunca habíamos hablado gran cosa, pero, al vernos después de tanto tiempo, no sé, fue muy fácil charlar con él. Un misterio, la verdad. Era casi como si nos acabáramos de conocer, pero él no era una persona desconocida. La atmósfera de esos encuentros entre antiguos alumnos tiene algo extraño, ¿sabes?

—¿Y tu marido lo sabe?

—Pues no lo sé. Seguro que piensa como yo. Que no vale la pena decir la verdad y que se trata de seguir viviendo los días en calma, sin más... Pero, ¿sabes?, en eso, yo noto que hay algo que no va bien. Hay algo, en alguna parte, que me hace sentir que no es de verdad. Veo a Yui-kun, ¿vale? Es divertido. Él también tiene hijos. Parece que las cosas en su casa van bien. Bueno, hay otro problema, y nosotros también hablamos mucho de eso, pero... No, no es eso. Es que... Mira, cuando estoy con él, me la paso bien. No es que esté enamorada ni que espere algo más de la relación, pero, cuanto más lo veo, más duro se me hace. Cada vez que nos vemos, ¡uf!, me cuesta. Mientras estamos juntos, todo va bien. Es después, ¿sabes? ¿Cómo te lo diría? No es que se haya acabado, pero sí noto algo sin brillo, algo pesado, algo que se va como paralizando, ¿sabes? Algo. Cuando estoy sola es duro. Es algo que estoy haciendo yo y que, sin embargo, me pone triste. Y pienso, de una forma inconcreta, que las cosas no tenían que ir así.

Noriko permaneció unos instantes en silencio, con la vista clavada en la mesa.

—Y, con el tiempo, he empezado a sentir, no sé, que esta no es mi vida. Porque amas de casa que hacen lo mismo que yo las hay por todas partes, ¿no? Así que, en el fondo, ¿qué importancia tiene lo que les vaya a pasar, o lo que piensen, este tipo de personas? Y, cuando me digo eso, yo también empiezo a verlo de la misma forma, me veo a mí misma así. Es una tontería, y tanto da, así que vuelvo a verlo. Y, luego, me siento mal otra vez.

Noriko enmudeció, con los ojos fijos en la mesa.

—... Pero, al final, acabo olvidándome de esto. Así que vuelvo a llamarlo, nos vemos y vuelta a sufrir. Regreso a casa, ¿sabes?, y, cuando miro a mi marido, que está allí, como atontado frente al televisor, me pregunto si él, en el fondo, no debe de sentir lo mismo que yo. Y, ¿sabes?, se me saltan las lágrimas. Y pienso que ojalá él no sufra, que tanto da, que se lo tome a la ligera. Que no le pese, que no sufra.

Nos quedamos un rato en silencio, mirando por la ventana.

—Vaya, te he acabado contando un montón de cosas que me dan mucha vergüenza. Y eso que no nos veíamos desde hace tiempo. Habría estado bien poder hablar más de recuerdos del pasado —dijo Noriko un rato después, se estiró y sacudió ligeramente la cabeza—. Lo siento, ¿eh?

—Qué dices. Para ti es importante, ¿no?

—Me alegro mucho de que digas eso. Hoy, no sé por qué, me ha dado por hablar de historias complicadas. Pero, ¿sabes?, los hijos son algo bueno de verdad. Algo fantástico. La verdad es que, si puedo seguir viviendo, es porque tengo hijos. Eso es una realidad.

—Ya —asentí.

—No sé, pero lo propio, esto y aquello, desaparece, y te da la sensación de que lo tuyo no importa, ¿sabes? Porque, en realidad, los hijos son lo más importante. Y de los niños aprendes muchísimo —sonrió Noriko—. ¿Y tú, Irie-kun? ¿No piensas tener hijos?

—¿Hijos?

—Es mucho mejor tenerlos, créeme. Mucho

mejor —dijo Noriko con énfasis—. ¿Tienes intención de tenerlos?

—No.

—Vaya, qué pena. Tú estás hecha para ser madre —añadió como si hablara consigo misma mientras se llevaba a la boca el último sorbo de café que quedaba.

Yo seguía mirando por la ventana, en silencio.

—... Yo, ¿sabes?, no le había contado a nadie que las cosas no iban bien en mi matrimonio —dijo Noriko un poco después—. Ni siquiera a Yui-kun. Ni a las otras mamás, ni a las amigas de por allí, a nadie. Tú has sido la primera.

—Ah.

—Me pregunto por qué me ha resultado tan fácil hablarte de estas cosas —dijo. Y añadió—: Supongo que es porque ya no formas parte de mi vida.

Noriko me miró de frente y sonrió alegre.

—Si no hubiera sido así, no podría habértelo contado.

Ninguna de las dos dijo nada durante un rato. Sentadas en silencio, se hizo evidente lo ruidoso que era el local. Niños llorando aquí y allá en los asientos, alguien riéndose a carcajadas con el celular pegado al oído, un grupo de estudiantes hablando a gritos sin parar. Una camarera leyendo el pedido en voz alta para confirmarlo, el timbre de las mesas sonando sin cesar para llamar al camarero. Al oír la mezcla de todo aquello, que parecía a punto de desbordarse, decidimos, a la vez, que ya era hora de irnos. Nos levantamos con los bolsos en la mano y, en la caja registradora, pagamos cada una nuestra comida. Cuando ya nos disponíamos a bajar la escalera, Noriko me dijo, como si se acordara de repente:

—Por cierto, se ha muerto alguien de la clase, ¿sabes?

Sin pensar, la miré a la cara.

—Lo dijeron en el encuentro de antiguos alumnos. Sí. Era... —Noriko trataba de recordar su nombre mientras se lamía los labios—. ¿Cómo se llamaba? ¿Cómo era? Un chico...

Muda, me quedé mirando fijamente a Noriko, que fruncía las cejas.

Metió el monedero en el bolso y allí, de pie, se presionó los párpados con las yemas de los dedos y fue repitiendo: «Sí..., aquel chico...». Yo podía oír los latidos de mi corazón en los oídos.

—¡Ya lo tengo! —dijo Noriko en voz alta, y me miró con rostro radiante—. ¡Koga-kun! Era Koga-kun. Apenas había hablado con él, pero, cuando me dijeron el nombre, sí me sonaba. Murió. De un cáncer de pulmón. Hace unos seis años.

«Koga-kun», susurré. Y me di cuenta de que no recordaba nada de él: ni su cara ni su nombre. Luego, exhalé la gran bocanada de aire que llenaba mi pecho. «Vaya», dije. «Increíble, ¿no? —repuso Noriko—. No importa la edad. Tienes algo en las células pulmonares y, cuando te enteras, ya es demasiado tarde.» Mientras bajaba la escalera, se volvió una vez tras otra para contarme un montón de chismes sobre cómo había muerto Koga-kun, el antiguo compañero de clase de quien yo no guardaba ningún recuerdo.

Noriko me dijo que había quedado con su marido y sus hijas allí, en Harajuku, levantó la mano para despedirse y yo le dije que se cuidara. Cuando nos dijimos adiós, me pregunté por un instante si no tendría que añadir algo más, pero me limité a agitar un poco la mano que había levantado hasta la altura del pecho. Mientras seguía con los ojos la figura de Noriko, que se iba alejando deprisa, me resultó cada vez más irreal la dueña de aquella espalda y el hecho de haber estado comiendo y hablando con ella hasta un rato antes. Ya no podía recordar el rostro de la Noriko con quien había pasado mis días de preparatoria. Lo único que permanecía, a duras penas, en mi memoria eran retazos de su voz fina y temblorosa, como arrastrada por el viento, que me llegaba siempre desde la derecha, como cuando andábamos juntas, a la ida y a la vuelta de clase, vistiendo el mismo uniforme. Pero, ahora, esta voz débil estaba siendo pesadamente aplastada por la cara de una mujer adulta de labios perfilados en tonos marrones que suspiraba con la barbilla carnosa apoyada en el dorso de la mano. Y, a cada parpadeo, a cada segundo, todo se alejaba más y más.

Tras seguir su silueta con los ojos hasta que desapareció por completo mezclada entre la multitud, eché a andar y, entonces, vi a un hombre joven que se disponía a sacar su bicicleta de la fila. La agarró por el manubrio y, después de arrastrarla hacia fuera haciendo mucho ruido, chasqueó la lengua al ver la botella vacía arrojada en la cesta como si fuera una papelera y la pasó a la cesta de la bicicleta de al lado. Era la bici que había visto antes desde el primer piso. Cuando se dio cuenta de que lo estaba mirando distraída, el hombre me espetó: «¡¿Y tú qué miras?! ¡Vieja, fea!».

Fui andando hasta Shibuya.

El parte meteorológico anunciaba tiempo nublado, pero, a medio camino, empezó a llover. Algunas de las personas con las que me crucé sacaron un paraguas plegable de la bolsa, lo que me hizo pensar que quizá había entendido mal las noticias y que, en realidad, habían pronosticado lluvia. Al principio, esta cayó con fuerza y, luego, se convirtió en una especie de neblina.

Una vez en la estación, como perdí el tren, me planté en una esquina de una gran intersección y me quedé mirando las incesantes oleadas de gente.

«Estoy sola», pensé.

Había estado sola durante tanto tiempo que creía que ya no podía estarlo más, pero, en aquel instante, estaba sola de verdad. Entre aquella multitud de gente, entre todas aquellas tiendas, entre aquella infinidad de ruidos y colores entremezclados, no había nadie a quien pudiera tender una mano. No había ni una sola cosa que me llamase. Ninguna, ni en el pasado ni en el futuro. Y seguro que aquello no cambiaría, cualquiera que fuese la parte del mundo a la que me dirigiera. Rodeada de calles grises que iban siendo cubiertas por la llovizna, no podía moverme.

No sé cuánto tiempo estuve así. Al cabo de un rato, empecé a caminar, tomé el tren y bajé en la estación donde estaba la cafetería de Mitsutsuka-san. No tenía ningún otro lugar adonde ir, ningún hogar al que regresar, ningún otro camino que recorrer. Era lunes. Pensé con alivio que tendría clase y que no estaría allí. No quería encontrarme con él sin haber bebido, no quería que me viera tal como era. Me bastaba con mirar desde el exterior el lugar donde nos sentábamos siempre.

Fui a la salida de siempre y, mientras recorría el camino hacia la cafetería, al pronunciar para mis adentros el nombre: «Mitsutsuka-san», noté un agudo dolor en la garganta. Sentía una presión tan grande en el pecho que tuve que detenerme. En cuanto empecé a llamarlo, ya no pude parar. «Mitsutsuka-san, Mitsutsuka-san», iba repitiendo mientras andaba cabizbaja a través de la llovizna. Cuando llegué delante de la cafetería, levanté la cabeza y allí estaba Mitsutsuka-san.

—Fuyuko-san.

Mitsutsuka-san estaba de pie, con un paraguas en la mano, bajo la lluvia.

Vi cómo el color azul del paraguas proyectaba manchas claras sobre su frente prominente. Era Mitsutsuka-san. Me quedé allí de pie, sin palabras, incapaz de moverme. Él volvió a pronunciar mi nombre: Fuyuko-san. A unos metros de distancia, agarrando el mango de su paraguas, me miraba con una ligera expresión de sorpresa en el rostro. Yo también lo miré de frente. Mitsutsuka-san estaba allí, de pie. Y, entonces, contraje los párpados, fruncí el entrecejo y la nariz con todas mis fuerzas. Apreté los dientes, agarré la correa del bolso con ambas manos y cerré los ojos tanto como pude. El calor me subía a oleadas por la nariz, las ranuras de mis párpados temblorosos se contrajeron violentamente y parecía que el menor gesto fuera a provocar un torrente de lágrimas. No podía inspirar ni espirar el aire.

—Fuyuko-san, está empapada.

La voz de Mitsutsuka-san se oía más cerca que antes y, aún con los ojos cerrados, asentí una vez tras otra. No podía verlo, pero noté cómo me cubría con su paraguas. Me llegó su olor, mezclado con el de la lluvia, mientras yo seguía asintiendo como una estúpida, incapaz de dar un paso. Sosteniendo el paraguas sobre nuestras cabezas, Mitsutsuka-san tampoco se movió.

Permanecimos de pie bajo la llovizna, en silencio, durante mucho tiempo. Ante mis ojos, veía los botones de su camisa. Justo a nuestro lado, los coches pasaban por la calzada y la luz roja del semáforo, emborronada por la lluvia, temblaba por encima del hombro de Mitsutsuka-san. «¿Tomamos algo caliente?», propuso él en voz baja. Asentí en silencio, lo seguí y entramos en la cafetería.

Nos sentamos, cara a cara, a la mesa de siempre y yo saqué una toallita del bolso y se la ofrecí. Su hombro izquierdo estaba teñido de negro, empapado de lluvia por haber compartido el paraguas conmigo. Mientras me decía que no hacía falta, que era yo quien se había mojado más, se enjugó cuidadosamente las palmas de las manos con el *oshibori* y, después, se secó un poco el hombro.

Seguimos tan callados como cuando estábamos de pie ante la puerta. Permanecimos sentados en silencio, sin iniciar una conversación. Cuando nos trajeron los cafés que habíamos pedido, los dos dijimos en voz baja: «*Itadakimasu*»,* nos llevamos la taza a los labios y bebimos en silencio. Entre todas las incontables ocasiones en las que habíamos tomado café o té juntos, esa era la primera vez que pronunciábamos aquella palabra.

—Es la primera vez que decimos «*itadakimasu*», ¿verdad? —comenté yo un poco después.

—¿Ah, sí?

—Sí.

—Ah.

Se oyó cómo mi celular sonaba en el fondo del

* Expresión que dicen los japoneses antes de comer y beber. *(N. de la t.)*

bolso. Metí la mano, lo saqué y miré la pantalla: era Hijiri. Lo plegué por la mitad y lo guardé. El teléfono siguió zumbando durante unos instantes hasta que se apagó de repente.

—Hoy tiene usted un aire distinto del habitual —dijo Mitsutsuka-san.

—¿Ah, sí? —repuse bajando los ojos.

—¿Había salido?

—Sí.

—Ah.

—Sí.

Bajé los ojos y me quedé mirando cómo las cuentas esparcidas por el pecho reflejaban la luz y centelleaban.

—Qué ropa tan bonita.

—¿Ah, sí?

—Sí.

Luego volvió a extenderse otro tiempo de silencio. No había más clientes en la cafetería, pero oí que alguien soltaba un gran estornudo al fondo. Y, casi al mismo tiempo, se empezó a oír un sonido burbujeante, como si algo se derramara de golpe: miré por la ventana y descubrí que la neblina se había convertido de repente en un aguacero y que una infinidad de líneas rectas de color blanco azotaban el asfalto con violencia.

—Cómo llueve —dije mirando las salpicaduras de agua.

—Por lo visto, hoy va a llover hasta el amanecer.

—Vaya —dije.

—Eso dice el parte meteorológico.

—Mitsutsuka-san...

—¿Sí?

—¿Usted se la pasa bien hablando conmigo?

Mientras se removía en el asiento, respondió con voz alegre:

—Siempre me la paso bien hablando con usted, Fuyuko-san.

—¿Por qué? —le pregunté.

—¿Por qué? —Mitsutsuka-san parecía desconcertado—. ¿Por qué me la paso bien? Es una pregunta difícil. —Tomó un sorbo de café y, tras una pausa, añadió—: Lo siento. Pero no puedo responder a eso ahora mismo.

—¿Hay veces en que no se la pase bien?

—No, nunca —dijo—. Siempre me parece divertido.

—Pero... —repuse— yo siempre bebo. Y, además, bebo mucho. Si no estoy borracha, soy incapaz de mantener una conversación normal con nadie. Pero hoy no he bebido... A lo largo de estos meses, todas las veces que nos hemos encontrado aquí y hemos charlado, yo... —En este punto, se me trabaron las palabras y fui incapaz de proseguir.

—Sí —dijo Mitsutsuka-san después de unos instantes—. Lo sé.

En cuanto lo oí, sentí cómo mis mejillas empezaban a arder desde el interior y, en un gesto reflejo, miré a Mitsutsuka-san.

—... Ya imaginaba que se había dado cuenta.

—Sí.

—También debía de oler, ¿no?

—No, no olía.

—... ¿Por qué no me dijo nunca nada? —proseguí—. ¿No le parecía raro estar así con una persona borracha?

—Creo que cada cual tiene sus razones.

Un poco después, se presionó la cicatriz del rabillo del ojo con la yema de los dedos y permaneció mucho rato frotándosela. Yo lo miraba a la cara sin decir nada. El fragor de la lluvia se acentuó. De vez en cuando se oía retumbar algún trueno y los relámpagos iluminaban el cielo. El dueño del establecimiento vino desde el fondo, pasó junto a la mesa mientras murmuraba, como si hablara consigo mismo: «Está lloviendo a cántaros», pegó la cara al cristal de la puerta y se quedó mirando hacia fuera.

—... No me importa cómo esté cuando viene, Fuyuko-san. A mí me gusta mucho verla y hablar con usted.

Empecé a decir: «Yo...», pero fui incapaz de proseguir.

El fragor de la lluvia, cada vez más intenso, me llenaba los pulmones y yo iba tragándome sin remedio el temblor que precede a las palabras. Cuando empezaba a hundirme, escupiendo espuma, alargué la mano hacia el bolso, me lo colgué al hombro, me puse en pie lentamente. Ni yo misma sabía qué me disponía a hacer. No sabía lo que quería hacer. Incliné la cabeza sin mirar a la cara a Mitsutsuka-san, me aparté de la mesa y me dirigí a la salida. La puerta estaba a ocho pasos. De pie bajo una lluvia tan intensa que era difícil imaginar dónde nacía aquel estruendo en el umbral de la noche, en un instante, la silueta de mi cuerpo se difuminó y ni siquiera pude abrir los ojos. La lluvia corría a mares por el fondo del bolso, por la punta de mis cabellos, por los codos, por la barbilla; mis pies chapoteaban dentro de los tenis mientras daba, uno tras otro, largos pasos que ya no podía posponer más. Al llegar a la esquina, cerré los ojos y exhalé una bocanada de aire. Conté hasta cinco, casi como si rezara, y me giré lentamente. Pero allí no había nadie.

10

Empecé a pasar la mayor parte del día en la cama. Cuando trabajaba, podía concentrarme en las frases y los caracteres que tenía delante, pero no por mucho tiempo. Llamé a Hijiri y le dije que no me encontraba bien y que le agradecería que me redujera la cantidad de trabajo. «Puedo arreglarlo, pero no será nada grave, ¿verdad? ¿Dónde te duele?», repuso. «Ah. Nada importante. La migraña, que no se me va. El médico no sabe muy bien de dónde viene. Por eso, hasta que esté mejor... Por lo pronto, este mes y el que viene, me harías un gran favor si me enviaras menos trabajo.» «Claro que sí. Debe de ser el estrés. Cuídate mucho. Y si hay algo, llámame. Preguntaré a gente que tiene migrañas, a ver qué me dicen.» A la semana siguiente, Hijiri me envió tareas bastante sencillas y que requerían poca investigación.

Estaba concentrada ante la mesa unas dos horas diarias y, el resto, sin ganas de hacer nada, me metía en la cama, me enroscaba en el edredón y veía pasar vagamente las horas. El tiempo fluía sin un sonido y el pequeño retazo de cielo que veía por la ventana iba mudando de color sin cesar. A medida que contemplaba, inmóvil, el azul del crepúsculo, que no sabía de dónde venía, cada vez me costaba más distinguirlo del amanecer y, a veces, ni siquiera sabía en qué parte del día me encontraba.

Tumbada en la cama, al abrir los ojos, veía, en el borde de la mesa, la contracubierta del libro que me había regalado Mitsutsuka-san. Alargaba el brazo y acariciaba el título con las yemas de los dedos. Luego, lo agarraba y volvía las páginas, una tras otra. Me dolía el corazón al pensar que, un día, también Mitsutsuka-san había posado la vista en las mismas letras, que él también había pasado las mismas páginas. Dejaba el libro, cerraba los ojos y, entonces, las notas de la canción de cuna empezaban a desgranarse por sí mismas dentro de mi cabeza mientras irradiaban una luz suave detrás de mis párpados. Yo sacudía lentamente la cabeza para ahuyentarlas y lanzaba un suspiro tras otro. Desde que había visto a Mitsutsuka-san el día del aguacero, no había vuelto a escuchar aquella melodía. También había dejado de beber.

Si me entraba sueño, dormía; al abrir los ojos, me levantaba; cuando tenía hambre, comía lo que había en la nevera o en la alacena. Cuando ya no me quedaba absolutamente nada, iba a la tienda, compraba lo primero que encontraba y me lo comía. Comía cualquier cosa: cosas que tanto me daba comer como que no. Y, a medida que yo, que no importaba nada, iba comiendo cosas que tanto daban, menos importancia iba teniendo todo. Cada vez que comía me sentía peor. No tenía ánimos siquiera para cocinar el plato más sencillo, incluso me costaba poner el agua a calentar.

Cuando me cansaba de estar acostada, me sentaba en una silla, sin vestirme, clavaba los ojos en la ventana y me preguntaba de dónde venía todo aquel sufrimiento. ¿Por qué no tenía ganas de trabajar ni de hacer nada? ¿Por qué sentía aquella indiferencia hacia todo? ¿Qué me estaba pasando? ¿Era porque no veía a Mitsutsuka-san? Seguro que también debía de ser por eso. Pero, si lo que quería era estar con él, podía verlo tantas veces como lo deseara. Solo tenía que tomar el tren un jueves o un domingo e ir a la cafetería. Seguro que él me recibiría igual que siempre, que no me tendría en cuenta el comportamiento grosero del otro día y que sería tan amable como de costumbre. No podía ir a encontrarme con él, porque verlo me hacía daño. Porque encontrarme con él, así, me hacía sufrir. Pero ¿por qué me resultaba tan doloroso? Era... En ese punto, las palabras se me embrollaban en la cabeza y soltaba un suspiro.

A mí me gustaba Mitsutsuka-san. Probablemente desde la primera vez que lo vi. Cuando lo formulé claramente con palabras, me resultó tan amargo que no pude permanecer sentada en la silla: me desplomé sobre la mesa, sepulté la cara entre los brazos y cerré los ojos. «Me gusta Mitsutsuka-san.» Lo dije en voz baja. Mi voz, temblorosa, ronca y sin confianza, permaneció solo un instante en mis oídos antes de desaparecer. Me levanté, me arrojé de bruces sobre la cama, hundí la cabeza en la almohada y exhalé todo el aire que tenía en los pulmones. Luego levanté la cabeza, me tumbé boca arriba y volví a decir: «Me gusta Mitsutsuka-san. Me gusta Mitsutsuka-san.» Notaba los latidos del corazón en mis oídos, me dolían las palmas de las manos, sentía que la garganta se me iba a desgarrar. Algo parecido a la náusea ascendía desde el fondo de mi pecho, y cerré los ojos con fuerza esperando, casi rezando, que esa sensación desapareciera.

¿Quería que Mitsutsuka-san conociera mis sentimientos, ya traducidos ahora en palabras? ¿Sufría tanto porque quería que él lo supiese pero no podía decírselo? ¿Era porque no era capaz de revelárselo? Pero, en caso de que pudiera decirle: «Me gusta», ¿qué le comunicaría en realidad? Le diría: «Me gusta», «me gusta, Mitsutsuka-san». ¿Y después? ¿Qué tendría que hacer? ¿Qué pasaría luego? ¿Qué podría haber entre nosotros dos? Si yo le dijera: «Me gusta», él seguro que asentiría como de costumbre y repondría: «¿Ah, sí?». Y seguiríamos encontrándonos en la cafetería como hasta entonces y él seguiría contándome cosas como siempre. ¿Y después? ¿Qué pasaría con mis sentimientos, con aquellos sentimientos amargos?

Preocupada, Hijiri me llamó muchas veces, pero, como no confiaba en poder expresarme bien, nunca le contesté. Al principio, dejaba mensajes en el buzón de voz, pero cuando llegaron a los diez, ya solo había registradas llamadas perdidas y, con el paso de los días, también estas fueron haciéndose menos frecuentes.

Ya casi habían pasado tres semanas desde que había dejado de ver a Mitsutsuka-san.

Octubre estaba llegando a su fin y, en las idas y venidas de mi departamento al supermercado, notaba cómo el aire otoñal era cada día más frío y pesado.

No había tenido ninguna noticia de Mitsutsuka-san. Ni me había llamado por teléfono ni me había enviado ningún correo electrónico. No es que esperara nada, pero el silencio del teléfono y la falta de mensajes me hacían daño. Cuando se agotó la batería del celular lo guardé, tal cual, en el cajón, sin cargarlo.

Hijiri me envió un montón de correos alegres diciendo que estaba preocupada, que me pusiera en contacto con ella. Como no sabía muy bien qué decirle, los dejé sin contestar y, cuando se habían acumulado unos cuantos, le escribí uno a destiempo, disculpándome por no haber contestado al teléfono y por haberle causado preocupación. Le dije que aquella misteriosa migraña aún no había remitido y que lo sentía mucho, pero que le agradecería que me permitiera seguir algún tiempo más con aquel ritmo de trabajo. Que últimamente tenía el teléfono apagado y que, si había algún asunto urgente, se pusiera en contacto conmigo por correo electrónico.

En un rincón de la habitación por donde hacía muchos días que no pasaba la aspiradora, estaba, abierta, la caja de cartón que Hijiri me había enviado hacía algún tiempo. Cuando había llegado, la había abierto enseguida, había sacado la chaqueta gris que estaba encima de todo y la había dejado allí, tal cual, sin tocar nada más.

Salí de la cama, me senté en el suelo apoyando los muslos contra el frío piso, empecé a vaciar la caja de cartón y fui alineando su contenido a mi alrededor. La gran caja estaba llena a rebosar de prendas que Hijiri ya no necesitaba, y la mayoría llevaban grapado el papelito amarillo de la tintorería y estaban envueltas en finas bolsas de plástico.

Incluso yo, que no entendía nada de ropa, me di cuenta enseguida de que todos los vestidos de la caja tenían una hechura impecable y de que eran caros. Al mirar las tarjetas, encontré marcas que hasta yo había oído nombrar, y tanto el diseño como el tacto proclamaban a las claras que aquella ropa no tenía absolutamente nada que ver con la mía.

Allí había, apiladas con cuidado y bien planchadas, bonitas camisas de cuellos pequeños y faldas de colores vivos y corte sofisticado, aparte de tres suéteres, todos de cachemira. También había una suave chaqueta de felpa, un vestido holgado de punto de color azul marino y una chaqueta negra que parecían nuevos.

Al fondo, había un abrigo de angora color camel, con una bufanda negra plegada dentro. Debajo del abrigo, encontré una caja: al abrirla, descubrí dos pares de zapatos de tacón. Me acordé de que Hijiri y yo habíamos comentado en una ocasión que calzábamos el mismo número. A un lado del abrigo, había enrollada una bolsa de tela sedosa de color ocre y, al descorrer el cordón, vi que contenía conjuntos de lencería de dos piezas. Todos por estrenar, aún con las etiquetas puestas.

Me quedé mirando vagamente la ropa de Hijiri esparcida por el suelo.

Al cabo de un rato, me levanté despacio, agarré varios ganchos vacíos de la barra que había instalado dentro del armario empotrado y fui colgando las prendas de ropa, una tras otra. Los finos ganchos de alambre me parecieron endebles, y estaba claro que el número, a todas luces, era insuficiente. Así que reemplacé parte de mi ropa del armario por vestidos de Hijiri.

Mezclada con sus prendas, la parte de mi ropa que aún quedaba parecía haberse descolorido de golpe. Era toda ropa barata y, además, hacía tanto tiempo que la llevaba que ni siquiera recordaba cuándo la había comprado: no se podía negar que estaba descolorida, pero, más que otra cosa, lo que allí había era un conjunto de andrajos miserable. Era tanta la diferencia entre unas y otras prendas que costaba creer que ambas se llamaran camisas o faldas por igual.

Me quité la camiseta que llevaba, y también la ropa interior, y en el recibidor me planté delante del espejo. Luego volví a mi habitación, saqué un sujetador y unas bragas a juego de la bolsa de lencería que me había enviado Hijiri, añadí un mullido suéter rojo, una falda de lana azul marino hasta la rodilla y unos zapatos de tacón, volví al recibidor y, con todo aquello en la mano, miré mi imagen reflejada en el espejo. Mi cuerpo desnudo era todavía más patético que mi ropa. Lo era tanto que, al verlo, sacudí la cabeza y sentí el impulso de alejarme.

Introduje los brazos por los tirantes con delicado encaje del sujetador de Hijiri, metí las piernas por las aberturas de las bragas a juego, me pasé el suave suéter por la cabeza, luego me subí la cremallera de la falda, me calcé los zapatos de tacón y me enderecé. Era la primera vez en mi vida que me ponía una falda tan suave, que llevaba un suéter rojo o que calzaba unos tacones tan altos.

Volví a mi habitación y me eché por encima el abrigo cámel. Era muy ligero, completamente distinto de los que había llevado hasta entonces. Al meter la mano en el bolsillo, descubrí una tarjeta olvidada en su interior. Era de un restaurante, o algo parecido, y ponía en *katakana** «Nu-re-se-pa». La guardé en un cajón, me acerqué a la cómoda que estaba frente al armario empotrado, saqué de los cajones un montón de prendas de ropa que no me ponía desde hacía años, sudaderas, pantalones, sudaderas con gorro o camisetas raídas y llenas de arrugas, hice una bola con ellas y las fui arrojando, una tras otra, dentro de la caja de cartón que había quedado vacía. En el fondo del cajón encontré, cuidadosamente doblados, los pantalones y las camisas que me había comprado en la adolescencia; incluso había guardado el pants de gimnasia de secundaria que no había tirado diciéndome que podía llevarlo para estar por casa. Se esparció un olor a ropa que no se había usado durante años mezclado con el tacto de recuerdos y escenas que ya no podían tomar forma. También estaba el suéter, hecho por su familia, que Noriko me había regalado en la preparatoria. Lo extendí con las manos sobre las rodillas y, tras permanecer unos instantes contemplando la aplicación del gato del dobladillo, lo metí en la caja de cartón. Y doblé con esmero y metí en los cajones la ropa de Hijiri que había quedado por colgar. Cuando hube terminado de guardarlo todo, sentí que mi cuerpo

* Katakana es el silabario japonés que se emplea, entre otros usos, para transcribir palabras de origen extranjero. En este caso, «Nu-re-se-pa» es la transcripción del francés *ne laissez pas*. *(N. de la t.)*

era cada vez más pesado y tuve la sensación de que toda la estancia, conmigo dentro, había empezado a hundirse, de una manera lenta y silenciosa, para que ni yo ni la propia habitación nos diésemos cuenta de ello. Me escurrí dentro de la cama con la ropa de Hijiri puesta y me quedé así acostada.

Los días de noviembre fueron pasando sin que viera a nadie, sin que hablara con nadie. De vez en cuando, el viento de finales de otoño golpeaba mi ventana con un ruido seco. Pasaba varias horas al día frente a las galeras, hojeando la documentación, e iba a la biblioteca cuando hacía falta. Ni nadie intentó hablar conmigo ni yo intenté hablar con nadie. Incluso cuando tendía la tarjeta de préstamo en la biblioteca o cuando entregaba los libros, parecía que fuera invisible a los ojos de los demás. Era como si no existiera.

Empecé a dormir muchas horas y, durante la noche, tenía muchos sueños. La mayoría de ellos eran superposiciones de imágenes que no podía seguir en cuanto abría los ojos, pero otras veces soñaba con Mitsutsuka-san.

Era siempre el mismo sueño. Estábamos sentados frente a frente en la cafetería, hablando, como de costumbre. Le soltaba sin titubear cosas que en la realidad no podría haberle dicho jamás, me enfadaba por tonterías, le decía, aposta, sin inmutarme, cosas que lo ponían en apuros y, cuando él se disculpaba, lo perdonaba, pero bajo algunas condiciones... Los dos pasábamos un buen rato, bromeando, riendo y mostrándonos nuestros sentimientos como si fuésemos novios. Luego yo le enseñaba un dibujo, siempre el mismo: una casita. Deslizaba el bolígrafo de Mitsutsuka-san sobre el papel blanco y le decía que quería vivir con él en una casa como aquella. Era una casa cuadrada, normal y corriente, como las que hay por todas partes, pero yo iba dibujando resuelta ventanas y puertas dentro del cuadrado y le iba explicando con vehemencia que allí colgaríamos unas cortinas así, que el tejado sería asá o que, junto a la puerta de entrada, habría parterres de rosas iceberg.

Mitsutsuka-san decía: «Oh, qué bien», tomaba un sorbo de café y repetía: «Oh, qué bien». Yo le anunciaba, sonriendo, que no dormiríamos en una cama, sino en un futón. Le remarcaba, una vez tras otra: «En un futón pequeño, ¿sabes? Dormiremos acurrucados en un futón». Mitsutsuka-san volvía a asentir: «Oh, qué bien». Y preguntaba: «Y esa casa, ¿dónde está?». Al oír la pregunta, yo me entristecía y, como no podía responderle, disimulaba diciendo: «¿Y qué más da? Es igual, vamos a dormir juntos en el futón», y agarraba a Mitsutsuka-san del brazo y nos metíamos dentro.

Entonces, ya dentro del pequeño futón blanco, yo pegaba mi cuerpo al suyo con toda naturalidad.

Era una sensación tan placentera que no podía evitar pensar en ello, una y otra vez, mientras me mecía extasiada. ¿Así que era eso lo que se experimentaba al estar piel contra piel? Al percibir el calor corporal, no a través de las yemas de los dedos, sino con toda la amplitud del estómago y de la espalda, sentía que lo intercambiábamos todo. Cada vez que me tocaba Mitsutsuka-san, el cálido líquido en el que estaban embebidos nuestros cuerpos levantaba grandes olas silenciosas y yo sentía, una y otra vez, que iba a perder el sentido. «¡Qué vivo y qué tierno es mirar desde tan cerca los ojos de la persona que amo!», pensaba mientras temblaba de emoción al sentir lo que renacía dentro de mí, y pasaba las palmas de las manos alrededor de su espalda e iba acariciando el mismo punto una y otra vez. Pero, en un cierto momento, me daba cuenta de que la persona que estaba acostada desnuda en el futón abrazando a Mitsutsuka-san no era yo, sino Hijiri, de que lo que rodeaban sus brazos eran las tersas caderas de Hijiri, y comprendía que el placer que yo acababa de sentir, en realidad, no era mío, sino de Hijiri por entero. Lo único que podía ver yo, que ni siquiera sabía dónde me encontraba, era el rostro de Hijiri, tan bellamente cincelado que costaba apartar la vista, y lo único que oía eran los suspiros de Mitsutsuka-san, tan dolorosos como si estuvieran reprimiendo algo, y el aliento que exhalaba Hijiri lo cubría todo y arrastraba suavemente a Mitsutsuka-san hacia un lodazal sin retorno mientras iba humedeciendo absolutamente todas, todas las cosas.

Las mañanas en que me despertaba después de haber tenido aquel sueño, permanecía tumbada en la cama, casi sin fuerzas ni de parpadear, mirando vagamente lo que había ante mis ojos. No importaba ni qué mirara ni el rato que lo mirara, todos los objetos de mi dormitorio permanecían inmóviles. Era como si una fina membrana se hubiera extendido sobre la habitación. No había ningún sonido, ningún olor. Mientras iba y venía por los bordes de aquel sueño incierto, introducía siempre la mano bajo la camiseta y me acariciaba el pecho como si quisiera corroborar el tacto de las manos de Mitsutsuka-san de poco antes. Me pellizcaba suavemente los pezones con las yemas de los dedos. Dejaba que la palma de la mano que tenía posada sobre el estómago se deslizara más abajo y me tocaba como si frotase. Avanzaba hacia la zona suave, más al fondo. Pero no sabía cómo continuar. No sabía qué hacer para regresar al lugar donde había estado hacía unos instantes, cómo volver a gozar de las sensaciones que había sentido.

A cada segundo que pasaba, más se diluían las sensaciones del sueño, empezaban a perfilarse con claridad los contornos de las cosas que veía a mi alrededor y comprendía con calma que todo había sido un sueño. Solo había soñado, aquella era mi habitación de verdad, pasaba los días allí, el lugar donde vivía era aquel y ningún otro, aquel era mi único lugar en el mundo. Mi vida solo estaba allí, y yo únicamente estaba allí. Decirle a Mitsutsuka-san lo primero que se me antojaba y acurrucarme dentro del futón abrazada a él, todo eso lo había hecho en sueños. El lugar donde estábamos un rato antes pertenecía a un sueño, no existía en ninguna parte del mundo. Por más que buscase, aquel tiempo que habíamos pasado juntos no existía en ninguna parte del mundo.

Aquel Mitsutsuka-san que había estado conmigo un rato antes pronto se desvanecía y, cuando empezaba a recordar al verdadero Mitsutsuka-san, me sobrecogía el pensamiento de que yo apenas sabía nada de él. Todos los días, ¿qué comía? ¿Cómo pasaba el tiempo? ¿Y con quién? ¿Qué era importante para él? ¿Qué pensaba en su vida diaria? Yo lo desconocía todo. ¿Dónde dormía? ¿Dónde leía? ¿Con qué tipo de personas hablaba y reía? ¿Y de qué? ¿Qué lo enojaba? ¿Qué le producía melancolía? ¿Y qué pensaba antes de dormirse por las noches? ¿Qué tipo de mujeres debía de gustarle? ¿De qué tipo de mujeres se había enamorado hasta entonces? ¿Y cómo se había enamorado? Si yo hubiera sido hermosa, ¿me habría hecho, en la vida real, lo mismo que me hacía en sueños? Y Mitsutsuka-san, ¿qué debía de soñar él? Me había dicho que le gustaba hablar conmigo, pero ¿era solo charlar lo que le gustaba? A Mitsutsuka-san, ¿qué lo entristecía? ¿Qué lo hacía feliz? ¿Qué sueños tenía? ¿Dónde se encontraba en ese momento? ¿Qué estaba pensando? ¿Qué estaba haciendo? ¿Le resultaba indiferente, a Mitsutsuka-san, haber dejado de verme? ¿Podría acordarse de mí, por favor, aunque solo fuese un momento?

Me tendí boca abajo en la cama, me cubrí la cabeza con el edredón y apreté los ojos con fuerza esperando a que se fuera el remolino que tenía en la garganta. El aliento que humedecía mis mejillas y mis párpados era eternamente cálido y amargo.

En la segunda quincena de noviembre, el sol estaba lejos, incluso a mediodía, y tanto el viento como los olores dejaban sentir ya los signos claros del invierno. Con las galeras listas, me dirigía al pequeño supermercado que se encontraba a unos quince minutos a pie de casa cuando presencié un accidente.

En el instante en que doblaba la esquina y salía a la avenida, resonó un ruido, mezcla de sonido metálico y explosión, que no había oído nunca, e, instintivamente, me retiré de un salto hasta el edificio a mi espalda. Al principio no comprendí qué había ocurrido, pero, a la vez que lanzaba un suspiro de alivio al darme cuenta de que no me había pasado nada, vi que había un hombre tendido en la calzada, unos metros más allá.

Se extendió un silencio como si el flujo del tiempo se hubiera detenido por error. Aparte de mí, había otros transeúntes y todos nos quedamos paralizados por igual, mudos por igual, mirando hacia el hombre tirado en la carretera. No sé cuánto tiempo permanecimos inmóviles, pero el rumor de los coches que circulaban por el carril contrario acabó rompiendo la tensión y, sin que nadie diera el primer paso, nos acercamos y nos miramos los unos a los otros.

—Tendríamos que llamar por teléfono —me dijo una mujer de mediana edad que llevaba una visera negra.

—Es que yo... yo ahora no llevo el teléfono encima —logré decir tras tragar saliva.

Una chica muy joven con el pelo largo que venía desde el lado contrario dijo con voz excitada que había sido un accidente, que había un hombre en el suelo, que también había una motocicleta tirada. Asentí una vez tras otra y, cuando decía: «Ha habido un ruido muy fuerte», vi cómo un hombre joven con traje que estaba a cierta distancia se dirigía hacia nosotras, con el celular al oído, mientras explicaba con calma dónde nos encontrábamos y qué había pasado.

—Acabo de llamar a la policía —dijo el hombre—. Creo que la ambulancia vendrá enseguida.

Las tres murmuramos algo como respuesta,

petrificadas, tan cerca las unas de las otras que podríamos habernos tocado con el codo mientras mirábamos hacia el hombre tirado en la calzada.

El hombre iba con un mono de trabajo de color gris y, en la espalda, llevaba algo impreso, probablemente un logotipo, pero no pude distinguir lo que ponía. Estaba tendido en la calzada con los brazos y las piernas extendidos y el cuerpo doblado. Más que un hombre, parecía un bulto que se hubiera caído de la caja de un camión. Un poco más lejos había tirado un tenis que se le había salido de un pie. También estaba su casco. Y se veía un ciclomotor negro volcado. No pasó ningún coche, ninguna motocicleta. Los vehículos que circulaban por el carril contrario reducían un poco la velocidad para ver lo que ocurría y, luego, seguían adelante como si nada. El hombre parecía un objeto. No se movía, no se veía ni una gota de sangre. Parecía solo un gran fardo envuelto en una tela, arrojado tal cual sobre el asfalto gris. Tenía cabeza, cabellos, espalda, iba vestido, tenía también dos brazos y dos piernas... Sin duda era el cuerpo de un ser humano, pero, sin embargo, por alguna razón, por más que lo mirase, cuanto más lo observara, menos podía creer que aquello fuese una persona.

—Parece que no hay sangre —dijo con ansiedad la mujer joven llevándose los dedos a los labios. Luego miró a izquierda y a derecha—. ¿No viene la ambulancia?

—Aún tardará un poco más —dijo el hombre.

—¿Lo han atropellado? —preguntó en voz baja, como si hablara consigo misma, la mujer de la visera—. ¿Qué ha pasado? ¿Alguien lo ha visto?

—Yo he oído un ruido y, al mirar, ya estaba así —respondí. En la calzada se veían nítidamente dos líneas gruesas, negrísimas. Era difícil saber si eran las huellas que habían dejado los neumáticos al frenar o la pintura de la motocicleta.

¿Estaba vivo? ¿O estaba muerto? Todos debíamos de estar pensando lo mismo, pero nadie intentó explicitarlo. Agarrando el sobre de las galeras con las dos manos, iba oyendo cómo el corazón latía en mis oídos con un ruido susurrante. ¿Estaría muerto? ¿O solo había perdido el sentido? Era difícil saberlo. Todos nos quedamos mirando desde lejos al hombre que yacía en la calzada como un enorme pedazo de arcilla, o como un guante de trabajo desechado, pero ninguno de nosotros hizo ademán de bajar a la calzada para ver cómo estaba.

A lo lejos, se oyeron débilmente las sirenas de la ambulancia y del coche de policía que se acercaban. Cuando llegaron, con un estruendo que ahogó de golpe el sonido de nuestra respiración y nuestros parpadeos, se detuvieron otras personas a ver qué había ocurrido y, en poco tiempo, se juntó una multitud considerable venida de la nada y se formó un pequeño tumulto.

Me desplacé a un lugar alejado de la gente y,

apretando las galeras contra el pecho, respiré hondo varias veces. Vi cómo el hombre que había avisado por teléfono estaba hablando con uno de los policías. El otro tomaba notas y, de vez en cuando, se llevaba un dedo al oído y hablaba por radio. La chica joven y la mujer de la visera ya no se veían por ninguna parte.

Parecía haber transcurrido una eternidad desde que había llegado, pero, al fin, la ambulancia arrancó con el hombre dentro. Después de despedirla con la mirada, fui al supermercado, entregué el sobre en la caja registradora y pagué el importe del envío.

Al volver a casa, me lavé cuidadosamente las manos con jabón, hice lo mismo con la cara y, luego, me senté en el suelo y me quedé mirando vagamente cómo anochecía. La cómoda, el suelo, las paredes y sus márgenes se sumían en una penumbra azulada, y yo clavé la vista en mis manos. Tanto la piel como su contorno iban tiñéndose de azul, como todo lo demás, y no aparté los ojos de ellas mientras iba dándoles la vuelta, cerraba el puño o abría las manos de vez en cuando. Tenían muchas arrugas, en los dedos se veían mucho las articulaciones y, en el dorso, sobresalían las venas.

Me senté frente a la mesa, saqué el reproductor de CD del cajón, me puse los audífonos y pulsé el botón de reproducción. El álbum que me había regalado Mitsutsuka-san todavía estaba dentro, y vi cómo empezaba a girar despacio. Pero, antes de que pudiese sonar la primera nota, pulsé el stop, me arranqué los audífonos de las orejas y los dejé enrollados encima de la mesa. Luego, saqué del fondo del cajón el celular sin batería, lo puse en el centro de la mesa y me le quedé mirando unos instantes, con las dos manos encima. Estaba doblado por la mitad. Lo abrí, lo volví a plegar. Volví a desplegarlo y deslicé, una vez tras otra, la punta de los dedos sobre la pantalla negrísima. La grasa blanquecina de las yemas dibujó con sutiles líneas mis huellas dactilares en la superficie. Permanecí en la misma posición, inmóvil, durante un rato. Y, de pronto, me pregunté qué había hecho yo hasta entonces.

¿Había elegido algo alguna vez? Lo pensé mientras observaba el celular que sostenía en la mano. El trabajo que tenía en esos momentos, el lugar donde vivía, el hecho de estar tan sola, de no tener absolutamente a nadie con quien hablar, ¿eran el resultado de decisiones que hubiese tomado yo?

Se oyó graznar un cuervo a lo lejos y dirigí los ojos hacia la ventana. Luego pensé que era porque nunca había elegido nada.

Me había presentado al examen de ingreso a la universidad que me había recomendado mi tutor, había entrado en la primera empresa que me había ofrecido trabajo y la había dejado solo para huir de una situación compleja. Y, si había podido hacerme *freelance*, había sido porque Hijiri me lo había servido en bandeja. ¿Había elegido alguna vez algo por propia iniciativa y había logrado que aquello se hiciera realidad? No, nunca. Por eso estaba así, sola.

«Pero —me dije— ¿no es cierto que me he esforzado siempre en realizar todo lo que tenía ante los ojos? ¿Acaso no he hecho todo lo posible para sacar adelante cuanto me han ofrecido?» No, no era cierto. Era una ilusión. Me había convencido a mí misma de que hacía algo solo porque iba despachando lo que me mandaban los demás. Me lo había puesto de excusa, igual que estaba haciendo en aquellos momentos, para seguir engañándome y no ver que yo nunca, en toda mi vida, había hecho nada. Que tenía tanto miedo de que me hicieran daño que nunca había hecho nada. Tenía tanto miedo de fracasar, de que me hirieran, que jamás había elegido nada, que nunca había hecho nada.

Me acordé de Mitsutsuka-san.

Del centro cultural donde lo había conocido. De lo sola e insegura que me sentía antes de ir. De cómo había perdido mi bolsa y Mitsutsuka-san me había acompañado a la comisaría. Del café. De los mil yenes que me había prestado. De cómo, en un día radiante, habíamos ido andando juntos hasta la estación. De cómo lo había hecho retroceder en la escalera antes de tomar el tren. De cuando él había pronunciado mi nombre por primera vez. Del timbre de su voz al decir: «Fuyuko-san». De las zonas descoloridas de su camiseta raída azul marino. De las esquinas deshilachadas de su bolsa. De su espalda y del hombro que metía un poco hacia dentro. De la luz. De lo que me había enseñado. De todo lo que me había explicado con paciencia. De la canción de cuna, la expresión de la luz convertida en melodía. De los bolígrafos que llevaba en el bolsillo del pecho. Podía acordarme de cada una de las cosas que había visto, que había oído, pero, sin embargo, era incapaz de recordar cómo habíamos hablado, cómo habíamos pasado el tiempo.

«Si no vuelvo a ver a Mitsutsuka-san...», pensé. Y este pensamiento me hizo estremecer. Si no volvía a verlo, perdería algo muy importante. El sentimiento de nuestras conversaciones, que era lo único que me importaba, se iría difuminando hasta borrarse para siempre. Algo tan valioso para mí se iría perdiendo. El modo en que habíamos hablado, en que habíamos andado, todas las cosas que habíamos atesorado a lo largo de los meses que habíamos pasado juntos, todo eso, todo, lo único que realmente me importaba, se iría borrando sin remedio.

En algún momento, el sol se había puesto y la habitación había quedado a oscuras. Aguzando la vista, logré distinguir que las agujas del reloj señalaban las cinco y media. Saqué el cargador del celular del cajón, lo enchufé en la cocina y, luego, mantuve el dedo sobre el botón de encendido. Se oyó cómo se iniciaba y la pantalla resplandeció, tan clara que tuve que entrecerrar los ojos. Estuve mucho tiempo sentada en el suelo de la cocina a oscuras con el celular en la mano.

Luego pulsé el botón de la agenda y busqué el número de Mitsutsuka-san. Su nombre apareció en medio de la luz. Sosteniendo el celular con la mano izquierda, cerré los ojos y, luego, volví a abrirlos despacio. Pulsé el botón de llamada. Unos segundos después, empezó a sonar el tono, tan fuerte que mi pulso y mi respiración se aceleraron. Doblé el cuello sobre el pecho tanto como pude y apreté el teléfono con fuerza contra el oído.

—Diga —oí que decía Mitsutsuka-san.

En un primer momento, no pude articular palabra. Oí cómo él repetía: «Diga».

—Oiga —dije. Me dio la impresión de que mi voz era tan ronca que no debía de haberme oído, así que volví a decir: «Oiga».

—Diga.

—Soy Irie. ¿Me oye? Soy Irie.

—Fuyuko-san.

Mitsutsuka-san había pronunciado mi nombre. Noté unos latidos en las palmas de las manos.

—¿Está bien?

—Sí. ¿Y usted, Fuyuko-san?

—Sí, todo bien.

—Ah. Bien. Me da la sensación de que ha pasado mucho tiempo —dijo Mitsutsuka-san.

—Sí, a mí también me da la impresión de que ha pasado mucho tiempo —dije.

Enmudecimos y, unos instantes después, Mitsutsuka-san soltó una tosecita.

—¿Qué ha estado haciendo últimamente? —me preguntó.

—He estado trabajando en casa —respondí—. ¿Y usted?

—Yo también he estado trabajando.

—Claro.

—Sí.

Tras una pequeña pausa, Mitsutsuka-san dijo:

—Por cierto, hará un mes, más o menos, que no dejo de escuchar a Chopin.

—¿Ah, sí?

—Y, por cierto, también he estado resfriado. Me ha durado bastante. Debe de ser la edad.

—Así que no se ha encontrado bien.

—Pues no. Ahora que lo dice, no —rio Mitsutsuka-san.

—¿Ya está mejor?

—Sí, eso creo —dijo. Luego, como si se acordara de repente, añadió—: Este año también está llegando a su fin.

—Me parece que está hablando como un profesor —dije, y se me escapó una risita.

—Es que lo soy.

—Claro.

—Ya han puesto las luces de Navidad.

—Ah, la iluminación de las calles.

—Ya las encienden durante la noche, ¿no?

—Sí, supongo que sí.

La voz de Mitsutsuka-san, que oía después de tanto tiempo, no había cambiado en absoluto. Hablaba como si nos hubiésemos visto el día anterior en la cafetería y estuviésemos continuando la conversación.

Yo sentía una extraña mezcla de tristeza, alivio, amargura, con una pequeña dosis de enfado, y me daba la impresión de que mi cuerpo se iba reduciendo segundo a segundo, como si lo estuvieran raspando desde el exterior. Estaba escuchando la voz de Mitsutsuka-san después de un mes y medio de no oírla. Pensé que me encontraba en el instante que tanto había soñado. Cuánto había deseado volver a verlo a lo largo de aquel mes y medio. Cuánto había pensado en él. Este sentimiento revivió con fuerza y me conmovió hasta el punto de que no pude continuar hablando.

—...Voy a colgar —dije al fin.

—Sí —repuso Mitsutsuka-san.

Volvió a extenderse el silencio, permanecimos largo tiempo sin hablar.

Estaba sentada en el suelo de la cocina a oscuras, cabizbaja, con el teléfono humedecido por el aliento y el sudor pegado al oído. El termostato del refrigerador dejaba oír un zumbido grave. Ni siquiera estaba segura de que Mitsutsuka-san continuara al otro lado del teléfono. Quizá ya se había cortado la llamada. Envuelta en las tinieblas, cerré los ojos y, agarrando con fuerza el teléfono que brillaba débilmente, le pregunté en voz baja:

—Mitsutsuka-san, ¿está usted casado?

Un poco después me respondió que no. Tomé una profunda bocanada de aire, contuve la respiración, cerré los ojos y, luego, despacio, espiré el aire.

—Mitsutsuka-san, ¿ha deseado alguna vez acostarse conmigo?

A través del teléfono, sentí su presencia. Todavía con los ojos cerrados, fui contando los latidos de mi corazón, que resonaban en el fondo de mis oídos. Él no respondía. ¿No me habría oído? ¿O no habría querido oírme? Lo ignoraba. Pero no podía dejar de preguntárselo otra vez. Me di cuenta de que me temblaban un poco los dedos de la mano derecha.

Mitsutsuka-san, ¿ha deseado alguna vez acostarse conmigo?

Sí, dijo.

En la oscuridad, levanté la cabeza.

Tras un largo silencio, susurré como si hablara conmigo misma: «¿Lo ha deseado?».

Sí, dijo con calma.

Yo también, siempre. Hablé como si me arrancara las palabras de la boca y, luego, sentí que iba a derrumbarme. Noté un siseo en la garganta, que presionaba con una mano, y me desplomé en el suelo.

A continuación, no sé muy bien de qué hablamos, o cómo colgamos, o qué respuestas le fui dando vagamente, como si fuera siguiendo con la yema del dedo el rastro del sueño de otra persona. Se extendieron muchos silencios y pienso que Mitsutsuka-san se rio un poco y que yo también me reí un poco. Quedamos en vernos al cabo de quince días, poco después de empezar diciembre, para su cumpleaños. Sentía que estaba hablando con el verdadero Mitsutsuka-san y que aquello era la continuación del sueño que había tenido tantas veces a lo largo del mes y medio que había estado sin verlo. Después de colgar, permanecí un rato en medio de la cálida oscuridad, inmóvil, apoyada contra la pared. Luego, con la cabeza llena de una suave neblina, logré ponerme en pie, me dirigí hacia la cama con paso inseguro y, al alcanzarla, las fuerzas me abandonaron de golpe y me desplomé sobre ella de bruces. Una excitación estremecedora y callada, que lo llenaba todo, me absorbió y, durante unos instantes, no pude moverme. No sé cuánto tiempo transcurrió antes de que consiguiera levantar el edredón y deslizar despacio mis piernas y mis brazos calientes entre las frías sábanas. Apoyé una mano en el muslo y me llevé la otra al cuello. La sangre circulaba por mi cuerpo, calentándolo. Envolví el celular con las manos, lo deposité sobre mi pecho; luego volví a agarrarlo con fuerza y cerré los ojos mientras reproducía en mi cabeza, decenas, centenares de veces, la voz de Mitsutsuka-san.

11

A cada movimiento, un olor penetrante se desprendía de la superficie del abrigo de Mitsutsuka-san y quedaba flotando en el aire, pero tardé un tiempo en comprender que aquel era el olor del invierno.

—Es invierno —dije.

—Sí —repuso Mitsutsuka-san.

La calle que bajaba desde la estación de Shinagawa hasta el restaurante, en un punto algo alejado, estaba bordeada de árboles adornados con algunas luces navideñas, y nos deteníamos de vez en cuando a contemplarlas.

—Últimamente, casi todas las luces son azuladas, pero a mí me gustan más las bombillas de siempre —dijo Mitsutsuka-san.

—Las amarillas dan una sensación más cálida, ¿verdad?

—Estas duran más, por eso las prefieren.

—Las azuladas son frías, ¿no le parece?

En la estación, al reencontrarme con Mitsutsuka-san después de dos meses sin verlo, cuando me incliné, casi no fui capaz de alzar la vista y mirarlo de frente. «Es aquí», dije sacando del bolso el mapa impreso y mostrándoselo a Mitsutsuka-san. Los dos estudiamos el camino sin mirarnos a los ojos y comenzamos a andar a través de la noche recién empezada mientras hablábamos de cosas sin importancia. «¿En qué clase de libro está trabajando ahora?» «Estoy revisando una recopilación de ensayos y entrevistas.» «¿Ah, sí?» «Sí. ¿Y usted, Mitsutsuka-san? ¿Qué tal la escuela?» «Pues pronto empiezan las vacaciones. Pero antes hay exámenes de recuperación.» «¿Ah, sí?» «Sí.» Los dos avanzábamos paso a paso, como si las plantas de nuestros pies fueran marcando las costuras de nuestra conversación fragmentada. Era prácticamente la primera vez que llevaba zapatos de tacón, y no tenía ni idea de dónde hacer recaer el peso del cuerpo para que no me dolieran los pies. A pesar de ello, estaba contenta. Me había puesto un conjunto de ropa interior a juego, un fino suéter verde de cachemira, una falda suave de lana de color azul marino y, por encima, el abrigo cámel. Y, ahora, andaba al lado de Mitsutsuka-san. Como no sabía dónde ponerme el perfume, lo había buscado por internet y, cada vez que me movía, podía comprobar cómo las gotas que me había aplicado en el lugar correcto emanaban un suave olor que ascendía desde las caderas.

El restaurante estaba en una gran casa reformada de una zona residencial y, al abrir la pesada puerta de madera, una mujer con el pelo largo y un largo vestido negro se nos acercó, nos dio la bienvenida con una reverencia y, luego, me preguntó mi nombre en voz baja. Al decirle: «Soy Irie», repuso con una acogedora sonrisa que nos estaban esperando y nos condujo al interior del local.

En la sala, de techo altísimo, había dispuestas algunas mesas de forma muy espaciada, y se veía a varias parejas tomando vino. Lámparas de araña de diferentes tipos, no muy grandes, pendían del techo, e innumerables lágrimas de cristal relucían en tonos irisados. En una vitrina antigua había objetos de cerámica con motivos delicados y, a lo largo de las paredes, se repartían equilibradamente cuadros abstractos de colores vivos. El suelo de madera estaba pulido, y yo avanzaba despacio detrás de la mujer, con cuidado de no introducir los tacones en las junturas del entablado.

Abrió una puerta estrecha y alargada, pintada de color amarillo, que estaba al fondo, y nos condujo a la salita contigua: contuve el aliento sin pensar al ver las velas que iluminaban la estancia. Sobre una mesa cubierta con un mantel blanco, descansaban tres candelabros y, en unos estantes colocados simétricamente a derecha e izquierda, había una infinidad de velas distintas —gruesas, blancas, delgadas, amarillas, azules, largas— cuyas pequeñas llamas de color naranja titilaban al unísono, como si susurraran.

A mí me invitó a sentarme al fondo, Mitsutsuka-san se sentó en la silla de delante y, entonces, la misma mujer regresó al poco rato con una carta forrada en cuero negro. Como ya había reservado con antelación el menú especial del restaurante, me limité a recordarle en voz baja que comeríamos lo que había pedido por teléfono; ella me sonrió diciendo que ya estaba todo dispuesto y me preguntó qué deseábamos beber. Al enterarme de que la bebida se pedía aparte, me ardieron las orejas. Clavé los ojos en la lista de nombres y precios impresos en la carta sin saber qué elegir hasta que la mujer me indicó un vino y me explicó que casaba con el menú. No tenía la menor idea de si el precio era alto o bajo, pero, al compararlo con el de los otros vinos, vi que era el más barato, así que le dije, con una inclinación de cabeza, que sí, que tomaríamos aquel. La mujer salió de la salita anunciando que nos lo serviría enseguida.

Mitsutsuka-san y yo, ambos con las manos posadas sobre las rodillas, estudiamos la sala con los ojos. Unos instantes después, todavía sin hablar, tomamos un sorbo de agua de la copa que teníamos delante y, luego, volvimos a dirigir la mirada hacia las paredes y las velas. «¡Qué bonito!», exclamé. Mitsutsuka-san asintió con un movimiento de la cabeza y repuso: «¡Qué bonito!». Como tenía la impresión de que, una vez dicho lo bonito que era, ya no tenía nada más que decir, me quedé contemplando las llamas de las velas. Entonces se oyeron unos golpecitos en la puerta y entró la mujer con el vino. Nos dejó suavemente un par de copas grandes muy cerca de los dedos y nosotros nos quedamos observando cómo agarraba la botella con mano experta y nos servía vino en ellas.

—Feliz cumpleaños —dije en voz baja, poco después de que la mujer abandonara la habitación.

—Aún falta un poco para mi cumpleaños —rio Mitsutsuka-san—. Y el suyo, Fuyuko-san, también llegará pronto. Podríamos haberlos celebrado los dos a la vez.

—No, hoy es su día —dije sonriendo. Me había hecho tan feliz que Mitsutsuka-san se acordara de mi cumpleaños que la sonrisa había acudido a mis labios de forma espontánea—. Lástima que solo hubiera reserva para hoy. Habría sido mejor venir el día de su cumpleaños.

—Oh, no —dijo Mitsutsuka-san recorriendo, de nuevo, el interior de la habitación con la mirada—. Muchas gracias.

—Felicidades —dije inclinando la cabeza.

—Hoy será la celebración anticipada.

—¿Anticipada? —repetí.

—Sí, antes de tiempo —dijo Mitsutsuka-san.

—¿Y es algo usual llamarla así? —pregunté con interés—. ¿Celebración anticipada?

—No, no es que sea ninguna expresión fija. Lo he dicho yo, sin más —especificó Mitsutsuka-san con cierta precipitación. Se pasó una mano por la frente. Parecía que estaba sudando un poco.

—Entonces, felicidades por su celebración anticipada —dije. Reí un poco y levanté la copa unos centímetros.

—Muchas gracias por su felicitación anticipada —dijo Mitsutsuka-san, y entrechocamos las copas. Se oyó el agudo tintinear del cristal. Nuestros ojos se encontraron un instante, pero los dos desviamos la vista enseguida y tomamos un sorbo de vino en silencio.

Almejas salteadas, pasta de pescado y verduras con una presentación exquisita... Los platos iban llegando y la mujer nos explicaba al detalle la elaboración y el lugar de origen de cada uno de ellos, pero yo estaba tan centrada en cómo responder y en ir asintiendo que no lograba captar bien el sentido de las palabras.

—Esto no lo había probado nunca —dijo Mitsutsuka-san en voz baja después de morder una aceituna que iba acompañada de pan.

—¿Está buena? —le pregunté.

—No puedo calibrar bien el sabor —dijo moviendo la boca—. Es que el sabor es algo que crea el cerebro, y en mi cabeza aún no existe esta categoría...

—Yo es la segunda vez que como aceitunas.

—No es ácido... Es un sabor diferente. Pero ya lo he captado.

Mitsutsuka-san asintió varias veces y se llenó la boca de vino. Yo bajé la cabeza, entre divertida y contenta, y me reí para mis adentros.

Era la primera vez que veía a Mitsutsuka-san bebiendo alcohol o comiendo algo. Al ver cómo tomaba el pan en la mano y lo pellizcaba con la punta de los dedos, no sabía dónde mirar. En cada una de las ocasiones, trataba de disimular moviendo el cuchillo y el tenedor, y cortando la comida que tenía en el plato.

El vino se acabó muy pronto y, cuando la mujer acudió a retirar los platos, volví a pedir el mismo. Me dije que llevaba cincuenta mil yenes en el monedero y que seguro que bastaría. Era una celebración y habíamos quedado en que invitaría yo.

Cuando la mujer volvió a salir de la salita después de habernos traído el segundo plato, nos quedamos en silencio con las dos manos posadas sobre la mesa. La luz de las velas creaba, en las paredes, sombras que oscilaban y bailaban. Estábamos solo los dos rodeados de una infinidad de pequeñas llamas.

—Hoy tiene usted el rostro bien dibujado —dijo Mitsutsuka-san hablando deprisa cuando nuestros ojos se encontraron.

«¿Ah, sí?», repuse llevándome una mano al cuello y bajando la vista.

Llevaba casi un año dejando que el pelo creciera a su aire y sin cuidármelo en absoluto, así que había decidido cortármelo un poco antes de la cita con Mitsutsuka-san y, aquella misma tarde, había ido a la peluquería de delante de la estación.

—Unos tres centímetros, ¿verdad? —me había dicho la peluquera, una señora de mediana edad que iba peinada como un bichón maltés, mientras me invitaba a tomar asiento en uno de los dos sillones de la peluquería. Después de cepillarme cuidadosamente el cabello, me lo había humedecido con un pulverizador—. ¡Qué pelo tan bonito tienes! —exclamó admirada—. Pocas veces veo un pelo tan liso y sano como el tuyo.

Era la primera vez que me decían algo así y yo, sin saber qué responder, bajé un poco la cabeza ante el espejo.

—¿Te has hecho alguna vez la permanente? —me preguntó mientras me estudiaba las puntas del pelo.

—No, nunca.

—Ya se nota.

La señora pinzó un mechón de pelo entre los dedos, tiró ligeramente de él y, luego, lo fue cortando despacio con el sonido seco de las tijeras.

—¿Tienes una cita? —me preguntó con voz alegre.

Primero le respondí automáticamente que no,

pero después le dije en voz baja que sí. «Claro», dijo la señora, moviéndose sobre la silla giratoria para estudiar la longitud del pelo. «Y eres joven, guapa y estás en tu mejor momento», dijo con una sonrisa.

—Y, además, eres muy elegante —añadió mirándome a través del espejo—. Vaya, que pareces salida de una revista.

—No, qué va. —Negué con la cabeza.

—Que sí. La buena ropa se nota enseguida. Y, además, estás delgada.

—No, qué va. —Volví a sacudir la cabeza.

—Y tanto.

—¿Te la compras en alguna tienda en especial?

—Sí. En una tienda que me gusta.

No tardó mucho en cortarme el pelo. Me dio un poco de aire caliente con el secador y, luego, me lo secó bien con el cepillo: el cabello quedó tan brillante que parecía una peluca. Al balancear la cabeza, aparecían halos de luz que oscilaban al compás de la melena, y yo sentí que acababa de hacer un feliz descubrimiento. Jamás había supuesto que mi cabello pudiera lucir de aquel modo si lo secaba con el cepillo. Mientras lo admiraba, mi rostro se distendió de forma natural.

—¿Te maquillo luego? —me preguntó la señora clavándome la vista a través del espejo.

Como no había pensado nada al respecto, al principio me quedé sin palabras, pero luego se me escapó que sí, que después del corte. Dándome un golpecito en el hombro, la señora dijo: «Regalo de la casa, ¿eh? Siendo una cita...», y volvió con una gran caja de maquillaje floreada que había sacado de un armario del fondo.

—También tienes la piel bonita —suspiró—. Es tan bonita que no necesitas base.

Me esforcé en darle las gracias mientras me arrastraba los dedos y una esponjita por toda la cara. «Tienes la piel alrededor de los ojos muy fresca. Aunque sea invierno, el azul te quedará muy bien», me dijo. Luego, embadurnó el aplicador con una sombra azul profundo y me la extendió por todo el párpado. «Con los párpados simples, es difícil trazar una línea arriba. Queda muy junto, todo pegado. A mí también me pasa, ¿sabes? Con estos ojos tan bonitos, quedará genial una raya abajo. Para avivar la mirada, ¿entiendes?», me dijo y, ni corta ni perezosa, agarró un lápiz fino y trazó, por partida doble, una raya de izquierda a derecha, justo en el límite entre el globo ocular y el párpado inferior, casi tocando la mucosa; después, con el mismo lápiz, fue siguiendo la parte superior de las cejas. Luego me pintó generosamente los labios con un bilet de un olor tan penetrante que casi punzaba la nariz y, al terminar, miró mi cara en el espejo asintiendo repetidas veces y me enseñó cómo tenía que apretar los labios para fijar bien el bilet. La capa era tan gruesa que, al juntarlos, produjo un sonido pegajoso y, entonces, la señora me dijo: «Aprieta un poco», mientras me pasaba un clínex. Al presionar los labios contra el pañuelo, en el papel quedaron nítidamente estampadas unas arrugas de color rosa oscuro que recordaban la impresión artística de la figura de un pez. Había tardado solo unos minutos en total. «Te he hecho algo sencillo. Solo el maquillaje básico», me había dicho mientras me pasaba un espejo de mano. El rostro que se reflejaba en él era una imagen de mí misma que no había visto jamás.

—¡Qué bien te sienta el maquillaje! —había exclamado admirada la señora.

—Sí.

Yo no podía apartar los ojos del rostro reflejado en el espejo. A pesar de que, al principio, lo había encontrado terriblemente recargado, al mirarme bien me había dado la sensación de que, con el maquillaje, tanto las cejas como los ojos habían cobrado más fuerza, y de que todo mi rostro en general parecía haberse dotado de decisión y energía. Mientras movía la cabeza y me estudiaba bajo diferentes ángulos, me había dado la impresión de que había dejado de ser la yo de siempre y, cuando había dejado el espejito de mano y me había vuelto a mirar en el gran espejo frontal de la pared, había sentido una emoción que se ajustaba perfectamente a la palabra *alegría*.

—¿Bien dibujado? —le dije a Mitsutsuka-san. Las llamas de las velas de los candelabros, de un color entre marrón y naranja, se avivaron un instante e iluminaron su mejilla izquierda.

—Sí, bien dibujado —dijo sonriendo.

No sé por qué, a mí me dieron ganas de replicarle: «Ah, ¿está bien dibujado? ¿Y qué quiere decir con eso?». Para quitarme la pregunta de la cabeza, tomé un sorbo de vino.

—Además, no sé, hoy parece usted un poco diferente de lo habitual —dijo sonriendo.

—¿Ah, sí? —Yo también sonreí.

—¿Viene mucho a este restaurante? —preguntó bajando un poco la voz.

—Es la primera vez. Una amiga me dijo que estaba bien e hice la reserva.

—Tiene un nombre extraño, ¿verdad? —dijo Mitsutsuka-san mirando a su alrededor con los ojos entrecerrados—. ¿Cómo es? Nu, nure...

—Nu-re-se-pa —reí—. Suena un poco raro, ¿no?

El vino estaba muy bueno. Cuando nos mirábamos a la cara y nuestros ojos se encontraban, apartábamos la mirada y tomábamos, luego, un sorbo de vino. Supe entonces que algo que había entre nosotros, algo que no se podía ver con los ojos, tal vez la atmósfera, o la distancia o, tal vez, los recuerdos, se estaba transformando en algo más flexible, como si fuera carne de color piel macerada en alcohol. Tanto Mitsutsuka-san como yo habíamos bebido mucho. Cuando la mujer vino a recoger los platos vacíos, le pregunté qué significaba el nombre del restaurante.

—En francés significa: «No me dejes» —nos explicó con una sonrisa alegre.

Junto con el sonido de cuchillos y tenedores al entrechocar con la vajilla, de vez en cuando llegaban las risas de los comensales al otro lado de la puerta. En cada una de las ocasiones, nos mirábamos. Cuando nuestros ojos se encontraban, esbozábamos una sonrisa, volvíamos a bajar la vista al plato, agarrábamos la copa y tomábamos un sorbo de vino. Sentados frente a frente, nos llevábamos a la boca, poco a poco, pedacitos de carne o de verduras cortadas en trozos pequeños con la punta del cuchillo y saboreábamos su jugo con toda la superficie de la lengua. Masticábamos cada bocado, una vez tras otra, hasta que perdía su forma por completo y, tras comprobar que ya no podía desmenuzarse más, dejábamos que se nos fundiera en el paladar y lo íbamos ingiriendo despacio.

«Es el último plato», dijo la mujer trayendo unos boles lisos de cerámica azul. Clavamos la vista en los boles que había depositado frente a nosotros. Contenían una especie de sopa de color marrón oscuro y, al parecer, sin pedazos de nada. La mujer hizo una seña, con la palma de la mano, para que la probáramos, y nosotros agarramos una cuchara limpia y pasamos el dorso por la superficie de la sopa. Al hundir la cuchara en ella, se percibía una textura seca y, al removerla, emergieron del fondo una especie de granos. «Adelante», nos dijo la mujer, y nosotros nos llevamos la cuchara a la boca.

—Es sopa de tierra —explicó ella con las manos cruzadas sobre el vientre.

—¿Tierra? —dijo Mitsutsuka-san, y yo volví a atisbar dentro del bol y pregunté: «¿La tierra se come?».

—Depende de la preparación. Nosotros la cocemos a fuego lento para espesarla y esterilizarla, luego le quitamos la espuma y la colamos —dijo la mujer—. Y le añadimos gelatina.

Después de que la mujer hiciera una reverencia y se fuese, tomamos la sopa. Lo que emergía del fondo era tierra. Me llevé una cucharada a la boca. Un tacto áspero se extendió por mi paladar y oí cómo crujía entre los dientes. Mitsutsuka-san también tomó una cucharada. Nos miramos a la cara en silencio mientras íbamos comiendo la sopa despacio. Yo tenía los ojos clavados en las llamas que bailaban reflejadas en las pupilas de Mitsutsuka-san.

—Insisto en pagar —dijo Mitsutsuka-san al salir del restaurante, deteniéndose detrás de la primera esquina.

Negué con la cabeza. «No, es una invitación», dije riendo. Mitsutsuka-san no parecía muy convencido, pero yo seguí andando y, unos instantes después, oí sus pasos a mi espalda.

—El vino estaba bueno, ¿verdad? —dije.

Aquel alcohol, el primero que tomaba con Mitsutsuka-san, circulaba por mi cuerpo de una forma muy placentera, e incluso sentía cómo se me iban aligerando, más y más, los brazos y las piernas. Los tacones hacían un ruido agradable. Y estaba contenta de llevar un abrigo tan liviano. Me acordé de mi cara, aquella tarde en la peluquería. Me acordé de que Mitsutsuka-san me había alabado diciendo que tenía el rostro bien dibujado. Y también de los halos de luz del pelo. Me di la vuelta, me detuve y miré su rostro.

—Hay una novela en la que sale una niña que come tierra, ¿verdad? —dijo él.

—¿Una novela? —pregunté.

—Sí. ¿Cómo era? Me da la impresión de que era una novela bastante larga... Creo. La niña comía tierra a escondidas de su madre. Mucha tierra. Y, por más que se lo prohibieran, ella no podía parar —dijo.

—¿Y por qué comía tierra esa niña? —le pregunté.

Mitsutsuka-san se había quedado allí, inmóvil, sin decir nada, como si se hubiera acordado de algo.

—¿Mitsutsuka-san?

—Lo siento —dijo al oírme, sonriente—. ¿Qué decía?

—Nada —repuse—. ¿Le ha pasado algo?

Él me dijo que no y se rio un poco.

—No, solo que me ha venido a la cabeza algo que había olvidado hace ya mucho tiempo.

Me quedé mirando el perfil de Mitsutsuka-san, a mi lado.

—Algo sobre mi padre —dijo bajando un poco la voz.

—¿Sobre su padre? —pregunté.

—Bueno, más que sobre mi padre, sobre algo que hacía mi padre. Sobre el hecho en sí... —dijo ladeando la cabeza—. No se trata de tierra, pero... En fin, es algo muy antiguo: mi padre tenía la mala costumbre de comer arroz crudo. Acabo de acordarme ahora... Lo había olvidado hasta ahora mismo.

—¿Arroz crudo? ¿Arroz tal cual, duro?

—Sí —dijo—. Siempre se metía un puñadito de arroz crudo en los bolsillos de la cazadora, o de los pantalones, en todos los bolsillos, se lo metía en la boca, como quien masca chicle, y se lo comía. Mi madre se enfadaba mucho. «¡Deja de hacer eso! ¡Es asqueroso!», le decía. Pero, ya se sabe, un vicio es algo que se hace de manera inconsciente y no se puede dejar así como así. Mi padre era profesor de preparatoria, y había oído decir que se metía arroz en la boca incluso durante las clases. Y mi madre odiaba tanto esa manía que discutían día y noche. Es curioso, porque ahora me da la sensación de que fueron unos años tranquilos.

Asentí varias veces sin apartar los ojos de su rostro.

—Cuando yo todavía estudiaba, mi madre se fue de casa y, desde entonces, vivimos mi padre y yo juntos durante mucho tiempo, hasta que murió hace unos años. Y ya ve. A pesar de ser algo tan cercano, había olvidado completamente todo lo de esa manía —dijo Mitsutsuka-san sonriendo—. Todo se acaba olvidando, ¿verdad?... Y perdóneme por contarle una historia tan tonta. Hace un momento me había preguntado algo, ¿verdad? ¿Qué era?

—Que por qué la niña de esa novela comía tierra —dije en voz baja con los ojos clavados aún en los suyos.

—Creo que no había ninguna razón —dijo—. Pero la verdad es que he olvidado todos los detalles de la historia. Si no hubiésemos comido tierra hace un rato, seguro que no me habría acordado.

Caminamos despacio hacia la estación.

Extendí la punta de los dedos, moví los brazos y empecé a andar como si nadara por el aire. Justo en ese instante, la canción de cuna de Chopin empezó a sonar dentro de mi cabeza y me puse a tararearla. «¿Sabe qué melodía es?» «La canción de cuna.» «Ha acertado. Respuesta correcta.» «Canta muy bien, Fuyuko-san.» «¿Yo? Qué va.» «¿No? Pues a mí me parece que afina mucho.» «¿Ah, sí? ¿Y usted, Mitsutsuka-san?» «¿Yo? Soy un desastre.» «Ah, pues entonces ya somos dos.»

Seguí tarareando la canción de cuna mientras andaba de espaldas y miraba el rostro de Mitsutsuka-san.

—Cuidado, Fuyuko-san. Es peligroso caminar de esta forma. —Mitsutsuka-san alargó el brazo con aire preocupado.

Sopló una gran ráfaga de aire. Sin darnos cuenta, nos habíamos detenido bajo un árbol grande que yo no conocía y ambos levantamos la cabeza al oír el susurro de las infinitas hojas al ser mecidas por el viento. Un cuervo graznó muy cerca, los contornos de la noche se perfilaban, por aquí y por allí, y nosotros estábamos solos entre las sombras de la noche.

—Sopla el viento —dije haciendo ademán de remover el aire con la mano—. Y qué bien se distinguen las sombras a pesar de ser de noche.

—Sí —dijo Mitsutsuka-san.

Volvió a soplar otra ráfaga de viento y el pelo de encima de las orejas le cubrió la frente.

—Mitsutsuka-san, ¿de verdad que aquí no hay nada? —pregunté mirándolo directamente a los ojos.

—¿Aquí? ¿Dónde?

—Aquí —dije señalando con la mano el espacio entre nuestros cuerpos.

—Hay muchas cosas —dijo—. Cuando usted mueve la mano así, nota el tacto de algo, ¿verdad?

—Sí, lo noto —dije haciendo girar las manos en el aire.

—Sí, ¿verdad? —Mitsutsuka-san también las movió trazando círculos—. ¿No percibe el desplazamiento del aire?

—Lo percibo —dije.

—Está tocando partículas.

—¿Partículas? —dije con voz aguda.

—Exacto. Partículas.

Los dos nos quedamos un rato moviendo las manos en todas direcciones. Mitsutsuka-san ponía una expresión tan seria que no pude evitar echarme a reír. Él también se rio. Tras estar un rato riéndonos, nos quedamos callados de repente. Volvió a soplar otra gran ráfaga de viento. Dentro de una única sombra, nos miramos a los ojos.

«Mitsutsuka-san», lo llamé por su nombre. Él solo me miraba, sin responder. Nuestras manos se tocaron sin que ninguno de los dos tomara la iniciativa. Nos quedamos inmóviles con los dorsos de los dedos rozándose. La noche que se filtraba entre las hojas de los árboles dibujaba vagamente sombras en sus mejillas. «Y la luz, ¿se puede tocar?», dije en voz baja, mirándolas. «Se puede decir que sí, pero también se puede decir que no», respondió Mitsutsuka-san con voz tranquila. Oía su respiración justo al lado de mi oído. «Mitsutsuka-san», dije yo. «¿Puedo tocarlo?», pregunté. Tomé su mano y le apreté los dedos con fuerza. «¿Y usted me está tocando ahora, Mitsutsuka-san?» «Es lo mismo que la luz —dijo él dejando sus dedos entre los míos—. Tocar es un estado difícil de explicar.

También implica estar tan cerca que ya no es posible acercarse más.» Clavé los ojos en la punta de sus dedos, que yo mantenía agarrados con fuerza. Él estaba allí, y yo, que hasta hacía poco había estado sola en mi habitación oscura, incapaz de moverme, ahora me encontraba allí, así, tocándolo. Al pensarlo, sentí un hormigueo en el cuero cabelludo y un nudo en la garganta. «Lo estoy tocando —dije en voz baja—. No me importa que no pueda acercarme más. Ahora puedo tocarlo.» Al levantar la cabeza, vi el rostro de Mitsutsuka-san justo ante mis ojos. Sus pupilas negras estaban húmedas, pequeñas luces bailaban en ellas. Extendí la otra mano y acaricié con la punta de los dedos la cicatriz del rabillo del ojo. «Mitsutsuka-san, lo amo. Lo amo, Mitsutsuka-san.» Estaba expresándole con libertad un cúmulo de sensaciones que eran más fuertes que lo que había dicho en mi habitación, cuando no podía verlo, al despertar del sueño. Más fuerte que aquellas palabras que nacían de la desesperación y que se borraban en cuanto eran pronunciadas. «Mitsutsuka-san, lo amo.» En cuanto lo dije, mis ojos se llenaron de lágrimas, la ranura entre los párpados y los ojos se hinchó, gruesos goterones empezaron a rodar por mis mejillas y se me agolparon en la barbilla antes de caer en la noche. Sin parpadear siquiera, como si huyera de algo, como si huyera de mí misma, dejé que las lágrimas se deslizaran por mis mejillas como criaturas amantes de la noche y brotasen y brotasen sin cesar. Mientras lloraba con el rostro contraído, pensé que hacía tanto tiempo que no lloraba que ni siquiera podía recordarlo; estaba segura de que también entonces, también aquella vez, habría querido llorar como lo estaba haciendo ahora y, al pensarlo, volví a sentir unas ganas irrefrenables de derramar lágrimas. Pero de lo que no tenía ningún recuerdo era de haber estado de pie frente a Mitsutsuka-san y de haber llorado mientras me veía reflejada en sus pupilas. Él permanecía de pie ante mí, sin decir nada, estrechándome la mano. Y yo, en aquellos momentos, experimenté por primera vez en mi vida lo que se sentía al llorar junto a alguien que simplemente está ahí, cuidándote.

Mitsutsuka-san no decía nada mientras permanecía a mi lado, inmóvil, al parecer esperando a que cesaran mis lágrimas. Se oyó cómo un coche pasaba no muy lejos de allí. Me sequé con la palma de la mano las lágrimas que se deslizaban desde la barbilla, me froté los ojos, me cubrí la cara con las manos y volví a llorar. Mitsutsuka-san posó la mano que yo no le estrechaba sobre mi cabeza. Me pareció sentir cómo su calor me llegaba despacio a través de la piel. «¿Pasará mi cumpleaños conmigo? —le pregunté, casi entre sollozos, mientras sentía aún la palma de su mano en mi cabeza—. ¿Pasaremos la noche juntos? ¿Andaremos juntos los dos?»

Se lo pedí llorando. Al sentir que la mano de la

cabeza oscilaba, abrí los ojos y los dirigí hacia arriba: Mitsutsuka-san me estaba mirando la cara mientras asentía una vez tras otra. Parecía estar esbozando una sonrisa. Al verlo, me cubrí la cara con las manos y empecé, esa vez, a sollozar.

Caminé hasta la estación como si reviviera el tacto de un sueño, subí a un tren abarrotado de gente, dejé que me meciera y, tras cruzar el paso a los andenes, me encontré delante de la estación de siempre.

El viento había arreciado y me junté las solapas del abrigo. El frío, que apenas había sentido hasta entonces, se había ido intensificando, poco a poco, con el paso del tiempo, pero yo aún permanecía dormida en un vago sueño y mi cuerpo flotaba dentro del calor que emergía de los recuerdos.

Saqué el reproductor de CD del bolso, me puse los audífonos y pulsé el botón de reproducción. Tras un breve silencio, empezó a sonar la familiar melodía de piano y yo lancé un hondo suspiro. Los faroles blancos de las puertas temblaban ligeramente, las ventanas de las casas silenciosas reflejaban el olor fresco de la noche, las hojas, que se mecían al viento, parecían llamear. Extendí los brazos y los moví a derecha e izquierda, como solía hacer en mi habitación, mientras andaba como si nadara por el aire. Meciéndome en el placer que brotaba de la melodía, pensaba en la noche de mi cumpleaños con Mitsutsuka-san, en aquella noche especial junto a él. Al pronunciar su nombre en mi cabeza, «Mitsutsuka-san», reviví su tacto en la palma de las manos y el corazón me dolió de alegría. Las notas de piano se entremezclaron con las partículas invisibles y se convirtieron en un viento que acarició mi pelo y mi piel mientras mi cuerpo se abría camino entre aquella suavidad. Mientras recordaba, detalle a detalle, todo lo que había sucedido aquella noche, me puse la palma de la mano en la cabeza y canturreé la canción de cuna de camino a mi departamento. Cuando ya me encontraba delante, vi una sombra humana que se movía junto a un poste de la luz, al lado de la escalera. Me detuve en seco, me arranqué los audífonos de las orejas y clavé la vista en el punto donde parecía estar moviéndose algo. Permanecí unos instantes inmóvil, esperando a ver qué pasaba. Efectivamente, allí había alguien que se movía. Me puse a la defensiva y retrocedí, pero parecía que ese alguien ya me había descubierto y, un instante después, la sombra empezó a acercarse despacio a la luz de la farola.

Era Hijiri.

12

—¿Te he asustado?

Hijiri se fue acercando, paso a paso, mientras yo permanecía allí clavada. Me había sorprendido tanto ver a alguien allí escondido y, más aún, descubrir que se trataba de Hijiri, que no podía articular palabra. En un gesto instintivo, retrocedí y embutí en el bolso los audífonos que llevaba en la mano. Hijiri se detuvo en la penumbra y, mirándome de frente, dijo:

—Decías que te encontrabas mal, pero tienes muy buena cara.

—¿Qué ocurre? —Finalmente había logrado articular alguna palabra—. ¿Ocurre algo?

—He venido a ver cómo estabas —dijo Hijiri—. Como se supone que te encuentras mal.

Me cambié el bolso de hombro y me quedé inmóvil, sin abrir la boca. Hijiri miraba fijamente hacia mí desde debajo de la farola de luz azulada.

Iba envuelta en un abrigo negro con un cuello de pieles de color marrón y llevaba unas gruesas medias negras y unos zapatos de tacón, también negros. Durante unos instantes, nos quedamos allí de pie, mirándonos de hito en hito, sin decir nada. Soplaban repentinas ráfagas de viento que mecían las hojas de los árboles y su susurro se iba deslizando entre las dos. Yo no quería moverme, pero, como no podíamos seguir eternamente así, me armé de valor y empecé a dirigirme despacio hacia la entrada del edificio.

—¿No me preguntas cómo he encontrado tu casa? —me dijo Hijiri. Las sombras le dibujaban manchas en el rostro, tenía los ojos emborronados de negro y parecía un poco pálida.

—Porque tú... conoces mi dirección —dije en voz baja.

Al oírme, soltó una risita sofocada que sacudió la parte superior de su cuerpo. La risa le hizo perder el equilibrio, vaciló y estuvo a punto de caerse hacia delante. Al mirarle la cara desde lejos no me había dado cuenta, pero quizá estuviese algo borracha.

—Pareces encontrarte muy bien —dijo—. ¿Qué ha pasado con la migraña de origen desconocido? ¿Ya te has curado?

—Bueno..., estoy mucho mejor.

—Oye, ¿has bebido? —me preguntó mirándome fijamente a los ojos—. Antes he visto cómo venías bailando, ¿sabes?

—He bebido solo un poco.

—¡No me digas! Creía que no te sentaba bien el alcohol. ¿Ya no es así?

Como no sabía cómo explicárselo, me quedé callada.

—Pues si ya estás curada, podrías habérmelo dicho, ¿no te parece? —dijo Hijiri fríamente—. He sido muy flexible contigo pese a estar en una época de muchísimo trabajo. Así que lo mínimo que podrías haber hecho es comunicarme cómo te encontrabas y qué agenda tenías para el futuro, ¿no te parece?

—Lo siento —me disculpé.

—¿Te estoy hablando con demasiada dureza?

—No. —Negué con la cabeza—. Es lógico que me hables así.

—Entonces, ¿por qué no lo has hecho?

Enmudecí, incapaz de responder.

—... En todo caso, esta noche he venido a ver cómo te encuentras. Pero aquí hace un poco de frío, ¿verdad? Estoy helada. Déjame pasar. —Hijiri siguió con los brazos cruzados y encogió los hombros.

La miré. Ella también me miró. Luego me repasó con los ojos de arriba abajo. «Anda, pero si esa es mi ropa», dijo, y soltó una risa irónica, sin emitir ningún sonido. «No me había dado cuenta. Es que, tal como la llevas, no parece mía. Vaya, que es completamente diferente», dijo, y volvió a arrebujarse en su abrigo. «Tengo frío», dijo temblando. Caminé en silencio hasta la entrada del edificio y empecé a subir la escalera. Hijiri me siguió, también en silencio. Los tacones de nuestros zapatos hacían un sonido desacompasado al pisar los peldaños de metal.

—¿Puedo sentarme aquí?

«Por favor», le dije, y fui a buscar una botella de té al refrigerador. Hijiri estaba sentada en la cama, mirando con interés a su alrededor. «Está todo muy limpio y bien ordenado», se rio.

Como no tenía nada especial que decir, puse la silla de la mesa a una cierta distancia de la cama, me senté con el abrigo puesto y bajé la vista hasta la etiqueta de la botella sin leer lo que ponía.

—Anda, pero si llevas maquillaje. Llevas, ¿no? —dijo Hijiri divertida—. Antes estaba oscuro y no me había dado cuenta... ¿Qué te ha pasado? No podías beber y ahora bebes, y no te maquillabas y... Ese maquillaje..., pero ¿eso qué es?

Hijiri se rio alegremente.

—Es que hoy tenía algo que hacer.

—Sí, bueno. Pero ese maquillaje es... En fin, es que no encuentro palabras... Ese azul, ¡por favor! Y, además, bajo los ojos se te ve negrísimo. ¿Son ojeras? Pero... si tienes negro hasta debajo de la nariz... Eso es algo fuera de lo normal. ¿Y tú has vuelto a casa así? —Con aire de pensar que era increíble, Hijiri tomó un cojín que había a su lado, se lo puso sobre el vientre y se echó a reír, doblando el cuerpo por la mitad—. Pero ¡qué barbaridad!

Estuve escuchando su risa sin decir nada. Luego, me froté debajo de los ojos con el dedo. Me quedó una línea negra en la yema. Volví a frotarme con el dedo, una vez tras otra, pero el rastro negruzco no desaparecía. Me acordé de las palabras «bien dibujado».

—¿Y qué tenías que hacer? —preguntó Hijiri cuando paró de reír.

—Ver a alguien —dije. Me salió una voz extrañamente ronca y carraspeé. A pesar de ello, no logré aclararme la garganta.

—¿A quién? —preguntó ella con una sonrisa.

Como no quería responder, permanecí callada. «¿No quieres decírmelo? ¿O es que no puedes?», siguió. «No, no es eso», logré decir con un esfuerzo.

—¿Un hombre? —preguntó interesada—. Te has encontrado con un hombre, claro. ¿Es eso?

No respondí.

—Pero si no pasa nada, mujer. Podrías contármelo, ¿no? Vas de punta en blanco, vestida con mi ropa de arriba abajo, así que también tiene algo que ver conmigo. Aunque sea de forma indirecta. Además, acuérdate de que tú me has preguntado muchas veces esto y aquello sobre mis amoríos y yo siempre te lo he contado todo, ¿no?

Espiré aire por la nariz y, con los ojos fijos en la botella de plástico, dije:

—Hemos ido a cenar. Nada más.

—¿Con tu novio?

—No, no es eso.

—¿No? ¿Es un amigo?

—No, tampoco.

—Ah, ¿y qué es entonces?

Ya no supe qué decir, y enmudecí de nuevo.

—¿Un amigo con derecho a roce? —me dijo riendo con aire burlón.

Miré a Hijiri de frente. Ella también me miró a la cara y nos quedamos unos instantes así, observándonos fijamente.

—¿Lo es?

—¿Estás borracha? —le pregunté.

Hijiri se tumbó en la cama de espaldas, soltó una risita y, acto seguido, volvió a incorporarse sin responder.

—Porque, si no es un novio, ni un amigo, ni un amigo con derechos, ya me dirás qué es entonces —dijo con cara de no entender nada de verdad.

—La persona que me gusta —dije, al fin, en voz baja.

—¡Vaya! —Hijiri abrió la boca admirada—. ¿Te gusta y ya está?

No respondí a eso.

—¿Y él? ¿Qué siente por ti? ¿Ya se lo has preguntado? Porque eso es fundamental, ¿no?

Sin apartar los ojos de mí, desenroscó el tapón de la botella de plástico, se la llevó a la boca y tomó un sorbo de té.

—¿Le has dicho que te gusta?

Seguí muda.

—... Oh, vamos. ¿Por qué no dices nada? Estamos hablando de tu vida sentimental, ¿no? ¿Por qué no dices nada? ¿Me estás escuchando?

—Es que ahora no quiero hablar de eso —dije con la cabeza baja.

«Vaya.» Hijiri ladeó la cabeza desconcertada y me clavó los ojos. Después cruzó las piernas y dijo, como si se acordara de repente:

—Ya. ¿Y eso es porque te encuentras mal por la migraña? Ay, no. Que ya se te ha pasado —dijo con voz carente de entonación—. En fin, dejemos eso... Entonces, ¿ya le has dicho que te gusta?

Al ver que no tenía intención de responder, Hijiri se rio un poco.

—Bueno, con el carácter que tienes, seguro que no se lo has dicho. Estarás convencida de que es mejor así, imagino.

—Que es mejor así, ¿qué? —pregunté.

—Pues eso. Como ahora. Eso es lo que a ti te gusta, ¿no? Lo más cómodo.

—¿Cómodo? —repetí—. ¿A qué te refieres con «cómodo»?

—¿A qué? ¿Es que a ti no te atrae siempre lo más cómodo? Esa manera tuya de bastarte contigo misma y de involucrarte lo mínimo con los demás... Porque a ti te gusta eso, ¿no?

—¿Esa manera mía? —pregunté.

—En una palabra: egocentrismo —dijo Hijiri—. No es que te esté criticando, ojo. Solo digo que tienes esa mentalidad. No sé si no puedes... o si no quieres, eso nunca lo he sabido, pero todo lo que sea comunicar tus sentimientos, actuar o relacionarte con los demás, todo eso puede ser muy complicado, muy difícil, ¿no? Porque es frustrante que te malinterpreten, es triste que no te entiendan, porque pueden herirte a veces. Y, si vas evitando todo eso, si no haces nada, si vives guardándote las cosas solo para ti misma, al menos tú no sufrirás ningún daño, ¿no? ¿No es eso lo que te gusta? —dijo—. Si tú no le pides nada a nadie, tampoco habrá nadie que te pida nada a ti. ¿No te parece cómodo ir viviendo de esa manera?

—¿Eso es cómodo? —pregunté.

—Pues no lo sé —dijo Hijiri—. Eres tú la que debería saberlo, supongo. Yo no soy así, y yo, a diferencia de ese tipo de personas, tengo la sensación de que estoy pagando el tributo para vivir de verdad.

Tras descruzar y cruzar las piernas, se metió un cojín bajo el brazo, hincó un codo en la cama y se tendió de lado.

—Creo que ya lo sabes, pero, para que esas personas puedan llevar una vida solitaria en un lugar seguro, y a salvo, tiene que haber alguien que esté actuando y recibiendo los golpes.

—... Y esas personas que dices, las que siguen el camino cómodo, ¿crees que no pagan el tributo tal como lo estás haciendo tú?

—No lo sé —dijo Hijiri—. Pero, desde mi punto de vista, creo que viven bastante aturdidas.

Enmudecí y me miré los dedos.

—... Y eso de que yo no pago ese... esa especie de tributo, ¿crees que lo estás pagando tú por mí? ¿Es eso?... ¿Es eso lo que quieres decir? —dije en voz baja.

Hijiri enmudeció unos instantes, sin responderme.

—Bah, dejemos este tema tan deprimente. Mejor que hablemos de este amor tan preciado que tienes. ¿A él le importas tú? —dijo un poco después con una expresión extrañamente alegre.

—No lo sé.

—Pues pregúntaselo —dijo Hijiri con aire exasperado—. ¿Ves? No entiendo cómo puedes estar así, parada, sin hacer nada.

«Ya le he dicho lo que sentía», solté sin pensar y, acto seguido, me deprimí. Hijiri se incorporó sobre la cama y me miró con la risa bailándole en los ojos.

—¿Quééé? ¿Se lo has dicho?... ¿Y él? ¿Qué...?

—Pues nada en particular.

—¿No te ha pedido que salgan juntos?

—No es eso.

—¿Y se acostaron?

Miré a Hijiri a la cara.

—Es que no es eso.

—Pues, mira, si aún no se han acostado, deberían hacerlo, ¿sabes?, a ver qué tal —dijo sonriendo solo con los labios—. Al menos daría un aire fresco al asunto. A todo, ¿sabes? Pruébalo, créeme.

Verás cómo las cosas se ponen en marcha, cómo todo se ve más claro. Y es muy normal que sea la mujer la que lo proponga.

Le clavé la vista y ella enarcó una ceja, me miró y se echó a reír.

—¿Sabes? A veces lo pienso, ¿por qué debe de ser tan importante una cucharadita o dos de fluido corporal, ya sean lágrimas o semen? No lo entiendo. Pero, ¿sabes?, sí que es importante. Tanto que casi es chocante. A mí me choca tanto que a veces me echo a reír.

«Oye.» Hijiri me miró a la cara. Yo seguía en silencio y no desvié la mirada. «No es eso», dije una vez más.

—No paras de repetir que no es eso. ¿Qué quieres decir? —dijo ella tras una pausa—. ¿Que tú no eres esa clase de mujer?

—Es que... él simplemente me gusta, ¿sabes? —susurré con una voz apenas audible—. Ya sé que, al decir eso, puede que me tomes por tonta.

En ese punto, perdí las palabras, así que me llevé la botella de té a los labios y bebí despacio. Luego, lancé un suspiro y, aún con la mirada baja, proseguí:

—No puedo expresarme bien y quizá tú no lo entiendas, pero no se trata de que quiera ser algo o de que quiera hacer algo. Más que eso... —Me interrumpí.

—... No sabes si él siente lo mismo por ti, ¿verdad? ¿Pero a ti no te gustaría acostarte con él? —dijo Hijiri y, acto seguido, inspiró fuertemente por la nariz—. Si no tienes ningunas ganas, cero, de acostarte con él, entonces discúlpame. Pero, según lo veo yo, si una persona le dice a otra que le gusta es porque aspira a algo, ¿no? Vaya, a mí eso me parece de cajón. Y la verdad es que tú has tenido el valor de reconocer tus verdaderos sentimientos, has tomado la iniciativa y, entonces, él te ha rechazado y has vuelto a casa destrozada, con la cara hecha un cuadro. Te has esforzado mucho. Pero, ahora, ya sea porque tienes miedo a que te hieran, sea por lo que sea, has vuelto a recular y, desde tu zona de confort, esperas que él entienda tus sentimientos y sea él quien haga algo, mientras tú te empapas de un sentimentalismo de colegiala e idealizas tus deseos para sentirte mejor. La verdad es que a mí eso me repugna. ¿Tanto valor tienen las palabras bonitas? ¿Por qué? ¿Acaso tienes miedo de que te menosprecien? ¿Quieres que los hombres piensen que estás protegiendo algo valioso? ¿Quién te preocupa que te juzgue? ¿Es así como te gustas a ti misma? ¿Es así como quieres verte? Pues deja que te diga que eso es simplemente ridículo.

—Me gustaría que tuvieras en cuenta que no todo el mundo, absolutamente todo el mundo, ve las cosas y actúa como tú.

Yo fui la primera sorprendida al oír las palabras que habían salido de mi boca. Hijiri también me miró con una ligera expresión de sorpresa. Lancé un suspiro.

—Los sentimientos de las personas son más complejos de lo que tú dices y hay muchos tipos distintos de relaciones —dije tropezando con las palabras—. Y, por lo que respecta a las cosas importantes, cada uno tiene las suyas... Además, ¿de verdad crees que necesito que me digas que lo estoy haciendo bien? —Hablé articulando bien cada sílaba. Como si intentara convencerme a mí misma.

—Nadie ha dicho eso —repuso Hijiri frunciendo el ceño—. Lo único que te digo es que tú, si levantas una capa de piel, tienes los mismos deseos miserables que todo el mundo y, ya sea porque no puedes, o por lo que sea, te engañas a ti misma contándote las historias que te convienen y te quedas encantada con ellas. Y, a mí, eso me fastidia. Cuando te he preguntado si te acostabas con él o no, me has mirado como si fuera una pobre imbécil. Y eso, ¿a qué viene? No sé en qué basas tu complejo de superioridad, porque juraría que hoy llevas la ropa interior que yo te di. Es de eso de lo que estaba hablando. De que todo ese fingimiento me parece repugnante.

—Es igual —dije. Y añadí, negando con la cabeza: «Para ya».

Hijiri enmudeció, lanzó un suspiro y, tras un largo silencio, susurró como si hablara consigo misma:

—Cuando te miro, me pongo nerviosa, ¿sabes?

En ese instante, cerré los ojos y centré todas mis fuerzas en recordar a Mitsutsuka-san. Me acordé de su rostro, me acordé de su rostro cuando sonreía y traté de volver con el recuerdo al espacio que compartíamos siempre. Su voz cuando me llamaba, «Fuyuko-san», su camiseta gastada, las esquinas deshilachadas de su bolsa, el color de las paredes de la cafetería, sus cejas caídas, lo que me había explicado sobre la luz: reuní todas las cosas que tenía en mi mente, todo lo que guardaba dentro de mi cuerpo y, mientras lo sostenía en mis brazos conteniendo la respiración, sentí ganas de echarme a llorar. Y pensé que, en vez de ir a aquel lujoso restaurante que nos era ajeno, en vez de beber vino, habría sido mejor comer unos espaguetis o un sándwich en la cafetería donde quedábamos siempre. Pensé que ojalá lo hubiésemos celebrado en el mismo lugar de siempre, sentados en aquella cafetería, cara a cara, hablando de cosas sin importancia como de costumbre. Y que, si hubiésemos querido beber alcohol, podríamos haber comprado algo en un supermercado y tomárnoslo en el parque, uno al lado del otro. No sé por qué se me había ocurrido pensar eso, pero, acurrucada en la silla, lo pensé desde el fondo de mi corazón y, entonces, ya no pude reprimir más las lágrimas. Trataba de recordar las horas que había pasado con Mitsutsuka-san aquella misma noche, pero algo se interponía en el camino de los recuerdos y les impedía volver. Algo emborronaba el rostro de

Mitsutsuka-san, que se hallaba entre las sombras de los árboles de la noche o bajo la luz de las farolas, y no dejaba que apareciera ante mis ojos. Cuanto más intentaba recordar lo que había tocado con la punta de los dedos hasta poco antes, todos los olores, todas las miradas que habíamos intercambiado, más deprisa se iba alejando.

Llorando, me puse las manos en lo alto de la cabeza. Aquel tibio calor ya no estaba en ninguna parte. ¿Se acordaría Mitsutsuka-san de mí? Una ansiedad indescriptible fue creciendo por minutos. Cerré los ojos con fuerza y sacudí todos los recuerdos tratando desesperadamente de encontrar algo, por pequeño que fuese, que me llevara hacia él. Mitsutsuka-san dándose la vuelta en la esquina de la estación, Mitsutsuka-san sonriendo avergonzado, Mitsutsuka-san, quien, como siempre que le preguntaba algo sobre la luz, me lo explicaba sin importarle el momento que fuese, o el tiempo que necesitara. Me costaba respirar. Tantos recuerdos alegres, la forma en que iba asintiendo mientras escuchaba cualquier cosa insignificante que le contara, su figura vista desde atrás, su manera de andar, su forma de pensar, su manera de hablar, la ropa que llevaba, el olor del invierno, todo, todo me gustaba con locura. Y no sabía realmente nada de él, pero él tampoco sabía nada de mí. Y, así, se iría acabando todo sin que hubiera empezado nada. Así, sin más. A pesar de las muchas cosas divertidas que quedaban por decir, conforme fueran pasando los días sin vernos, se irían borrando, poco a poco, la angustia y los presentimientos, el arrepentimiento y la gratitud: todo iría pasando de largo para no volver jamás. Al sentir cómo aquella mezcla de sentimientos recorría mi cuerpo, me abracé las rodillas y lloré. «Oye, no llores», me dijo Hijiri en voz baja. Vino a mi lado y, turbada, me frotó dulcemente el brazo. Yo negué con la cabeza en silencio. Intentaba decir que no, que no, pero las palabras no me salían. En la cara de Hijiri se leía que no sabía qué hacer. Me dijo que la perdonara. «No podía contactar contigo —me dijo—, no sabía qué te sucedía. Me preocupabas, aunque también estaba enfadada, ¿sabes?, pero no quería decirte esas cosas tan horribles. Perdóname, perdona», dijo. Y se sentó en el suelo y se quedó acariciándome el brazo. «No quería decirte cosas tan horribles», repitió Hijiri, y se echó a llorar. «No, no —le decía yo—, tú no has dicho nada malo, la culpa es mía», le repetía, acariciándole el brazo mientras ella acariciaba mi brazo. Y ella decía que no, que era una mala persona y que siempre acababa todo igual. Que siempre lo estropeaba todo, lo destruía todo, todo. «A ti te he dicho un montón de cosas horribles, te he dicho cosas que no debería haber dicho, cosas que no quería decir», repetía entre sollozos. «Ya lo sé, ya lo sé», decía yo llorando. «Quizá pienses que hablo sin saber nada de ti —me dijo Hijiri—, y tal vez tengas razón, pero yo te considero mi amiga.»

Lo dijo con una voz apenas audible y con el rostro, cubierto de lágrimas y mocos, deformado por el llanto. Yo asentí con un movimiento de la cabeza. «Quiero conocerte mejor —dijo—. Quiero conocerte mejor y que seas mi amiga», añadió llorando, y yo me levanté de la silla, me dejé caer al suelo, agarré la punta de sus dedos y, llorando, asentí una vez tras otra.

13

—¡Feliz cumpleaños!

Tres globos de colores brillantes, rosa y rojo, unidos por un hilo, se balanceaban alegremente en el aire, casi rozando el techo.

La mesita del salón se llenó al instante con los platos multicolores que Hijiri había comprado en los grandes almacenes y con el pollo y el pastel envueltos en papel de aluminio, y no tuvimos más remedio que repartir el resto de los platos con comida por el suelo. Nos servimos vino en vasos de cristal y brindamos.

—¡Treinta y siete años! —exclamó Hijiri. «Sí, es increíble», dije, y me llevé el vaso a los labios.

—Pero, oye. Tú no deberías beber, ¿no? —le dije precipitadamente, clavándole la mirada, tras tomar el primer sorbo.

—Sí, sí... Tampoco es que me vaya a emborrachar. Todo el mundo se pasa un montón con ese tema. Ahora, por ejemplo, solo me he mojado los labios.

Hijiri dejó el vaso en el suelo, sacó una cerveza sin alcohol del refrigerador, se llenó un vaso limpio hasta arriba y se lo bebió con avidez, haciendo ruido al tragar.

—¡Ah! ¡Qué maravilla! Solo pensar qué haría sin esto, se me ponen los pelos de punta. Gracias a ella, puedo ir sobreviviendo durante estos meses tan estúpidos.

—Muy bien. Pues, entonces, hínchate de cerveza sin alcohol —dije riendo.

Hijiri acababa de entrar en el séptimo mes de embarazo y ya se le notaba mucho la barriga. Comentó que primero habían sido las náuseas y, cuando al fin habían desaparecido, le había entrado un hambre feroz. «Y, últimamente, no hay nada que me siente bien», se quejó con aire resentido mientras pinchaba con el tenedor varias lonchas de salmón marinado y se las llevaba juntas a la boca. «Ah, me olvidaba», dijo luego, alargó el brazo y sacó de su bolso un envoltorio de plástico. Era un árbol de Navidad de fieltro, en miniatura. Lo colocó entre los platos y, mirándome, dijo que daba ambiente navideño.

—¡Qué mono!

—Y, al apretar este botón, mira. —Cuando presionó la base del árbol con el dedo, empezaron a parpadear unas bombillas diminutas—. Casi no se ve si están encendidas o no —dijo riendo—. Pero bueno...

Mientras nos contábamos las últimas novedades, nos lo fuimos comiendo casi todo. Mordisqueando los últimos restos de pollo con los incisivos, Hijiri comentó:

—El tiempo vuela. ¡Es increíble!

—¡Y tanto! Todo pasa en un visto y no visto.

—Mira, el bebé, por ejemplo, si todo va bien, nacerá en abril.* Terrorífico, ¿no?

Algunos meses atrás, cuando me había anunciado que estaba embarazada, le había preguntado si pensaba casarse, pero ella me había respondido inmediatamente que no. Por lo visto, su pareja no deseaba tener hijos y ella había roto enseguida con él, diciéndole: «Esto facilita las cosas», y había decidido tenerlo sola.

—Ahora es un espanto. El embarazo no tiene nada de bueno. Pero me muero de ganas de tenerlo y de criarlo. No puedes imaginarte la ilusión que me hace. Cuanto más oigo lo duro, lo durísimo que es, más lo quiero. Me dicen que hablo así porque no tengo ni idea de lo que me espera, pero es natural, ¿no? ¿Cómo voy a saberlo si aún no ha

* En Japón, el embarazo se cuenta desde el primer día del último periodo menstrual y se considera que dura diez meses lunares, cada uno de cuatro semanas. La diferencia con algunos otros países es que, en Japón, todos los meses de embarazo tienen exactamente cuatro semanas. *(N. de la t.)*

nacido? —rio Hijiri—. Pero, ya me conoces. A mí me encanta ver hasta dónde puedo hacer las cosas por mí misma. Así que con esto estoy emocionadísima.

—¿Y cómo fue con tu madre la última vez? —le pregunté.

—No me lo recuerdes. —Hijiri sacudió la cabeza riendo—. Casi se puede decir que hemos terminado. A su modo de ver, eso de que una mujer tenga un hijo sola, sin casarse, es casi peor que cometer un asesinato. Me soltó: «Con lo mucho que me he esforzado en criarte hasta ahora, ¿cómo puedes hacerme algo así?». Y eso se lo dice a su hija, de casi cuarenta años, y se queda tan ancha.

—Vaya.

—Me da vergüenza, pero... Esto puede ser una oportunidad, ¿sabes? Para que mi madre se separe de mí. Y para que yo también me separe de ella. —Hijiri se dio una palmadita en la barriga y añadió bromeando—: Ya lo ves, ¿eh? Hay un poco de todo. Pero este mundo no está nada mal, ¿sabes? Ven pronto.

Caminamos juntas hasta la estación y estuve agitando la mano diciéndole adiós hasta que desapareció por completo al otro lado del paso a los andenes.

De vuelta a casa, con las manos metidas en los bolsillos de mi cazadora, alcé la vista hacia el cielo nocturno. Se veía una sola estrella que brillaba tenuemente y, en el cielo sin nubes, resplandecía la pálida luna de invierno. Atravesé las hileras de casas desiertas y, al salir a la gran avenida, miré vagamente cómo los coches iban pasando, uno tras otro. A medianoche había muchas luces. Mientras las perseguía con los ojos, una aquí, otra allá, todavía sentí cómo me dolía un poco el corazón.

La noche de mi cumpleaños, dos años atrás, Mitsutsuka-san no había venido.

Lo esperé hasta el amanecer delante de la cafetería donde habíamos quedado, pero él no apareció. Aquella madrugada invernal de color azul marino que no acababa de clarear, de regreso a la estación, me sentía extrañamente tranquila.

Después, fui pasando los días tratando de no pensar en nada, volví a asumir la misma cantidad de trabajo de siempre, a veces veía a Hijiri y hablábamos de trabajo y de cosas que no tenían ninguna relación con él y, poco a poco, con el paso del tiempo, volví a ser la que era antes de conocer a Mitsutsuka-san. En realidad, la única diferencia palpable era que dejé de ir a la cafetería, pero lo cierto es que necesité mucho más tiempo del que creía para olvidarlo.

Sin embargo, incluso aquel sentimiento, incluso aquel sentimiento de entonces cuyo recuerdo hacía que se me encogiera dolorosamente el corazón fue cambiando lentamente de tonalidad a medida que transcurría el tiempo, y aquella desazón que aparecía de repente en mi pecho, conforme pasaban los días, tardaba menos en calmarse, hasta que, finalmente, empezó a decrecer. Me parecía muy extraño que unos sentimientos y un dolor tan claros que casi podían tocarse pudieran llegar a transformarse de aquel modo.

Recibí una sola carta de Mitsutsuka-san.

Fue hacia finales de primavera. En ella me revelaba una mentira. «Le he mentido una sola vez, Fuyuko-san, en algo muy importante», me decía Mitsutsuka-san. No era profesor de preparatoria. En aquella carta me contaba todo lo que había hecho desde que había perdido, hacía ya unos años, su empleo en una fábrica de alimentación y, con su letra, que yo tanto recordaba, me contaba detalladamente la verdad. Y se disculpaba una vez tras otra. Me decía que había sufrido mucho. Y que no iba a volver a verme.

Leí la carta cientos de veces, también fui algunas veces a la cafetería. Pero Mitsutsuka-san no estaba allí. Tras pensarlo mucho, le escribí una carta. Una carta alegre, de contenido completamente distinto de la que había recibido yo. Le contaba qué era de mi vida, cómo era el libro que estaba revisando, cosas por el estilo. Y, tras doblar la hoja de papel, me di cuenta de que no sabía su dirección.

Y, así, pasó la primavera, empezó el verano y, día tras día, llegaba la noche y luego amanecía y, antes de que me diera cuenta, ya estábamos en pleno otoño y, enseguida, volvió el invierno. A partir de un cierto momento, empecé a salir a pasear ya no solo la noche de mi cumpleaños, sino otras noches cualesquiera y, luego, los mediodías, y las mañanas. Aprendí a pasear a través de una luz cualquiera con el mismo sentimiento que el de aquella noche. Mientras avanzaba por la gran luz del mediodía, pensaba en la medianoche que había entonces en algún lugar del mundo y en las personas que la vivían. Pensaba en las personas que pasaban la noche solas, solas en la noche. Me acordaba de Mitsutsuka-san y contenía la respiración. Me acordaba del tiempo que habíamos pasado juntos hablando, me acordaba de lo mucho que me gustaba y, a veces, lloraba y volvía a recordar y, luego, lo iba olvidando despacio.

De vuelta a casa, lavé los vasos, hice una bola con el papel de aluminio y las bolsas de plástico y la arrojé a la basura, fregué la mesa con una bayeta bien escurrida y, tras quedarme un rato absorta, saqué el reproductor de CD del cajón, me puse los audífonos y pulsé suavemente el botón de reproducción. De repente, una oleada de recuerdos y nostalgia se desbordó ante mis ojos y contuve el aliento. Cerré los ojos con fuerza para que no se precipitara aún más en mi interior y, al pensar que era la última vez que escuchaba aquella melodía, me dolió el corazón. Pero se trataba de un dolor lejano. Un dolor que estaba dentro de un recuerdo que había ido empalideciendo día tras día, que iba cayendo ya en el olvido y que pronto desaparecería. Cerré los ojos para abrazar cada nota con la yema de los dedos, para dejar una señal en el tiempo y en la memoria. Seguí la cadena luminosa de los sueños y, cuando se desvaneció la última nota, abrí los ojos despacio.

Mientras trabajaba en la continuación de las galeras, me entró sueño de pronto, me puse la pijama y me metí en la cama. Cerré los ojos y me quedé inmersa en la oscuridad, pero algo cruzó velozmente la modorra que me iba a conducir al sueño. Me di la vuelta y me cubrí con el edredón, pero me di cuenta de que había algo que me estaba observando. Encendí la luz de la cabecera de la cama, abrí los ojos y me quedé abstraída. ¿Qué era lo que me inquietaba? ¿Qué había allí desde hacía un rato? Permanecí inmóvil, con la vista clavada en el techo. Me quedé unos instantes en esa posición y, cuando ya me disponía a olvidarlo y apagar la luz, supe de qué se trataba. Eran palabras. Alargué el brazo, tomé un cuaderno nuevo que estaba en el borde de la mesa y un lápiz y, tumbada boca arriba, abrí la cubierta. Sosteniendo el lomo del cuaderno con la palma de la mano, escribí en la primera página en blanco: «Los amantes de la noche». No eran más que unas palabras que me habían venido de alguna parte. En la tenue luz, clavé los ojos en esas palabras que no componían ni una frase ni un texto. Nunca las había oído ni visto antes. ¿Era el título de alguna película o alguna canción que había leído o visto alguna vez en alguna parte? ¿O habrían surgido sin más de algún rincón de mi interior? No lo sabía. Al ver mis propias letras bañadas en luz, pensé que era la primera vez que escribía algo sin un propósito, sin un sentido, en un sitio que no era el manuscrito de alguien o una prueba de composición. No tenía ni idea de qué eran, ni para qué servían, pero me quedé mirando fijamente aquellas palabras que habían brotado en mi pecho y que no parecía que fueran a borrarse. Tras permanecer algún tiempo contemplándolas, cerré el cuaderno y, al apagar la luz de la cabecera de la cama, unas pálidas tinieblas se extendieron dulcemente por debajo de mis párpados. La luz se fue y cerré los ojos en silencio antes de que me visitara, poco después, la luz de la mañana.